ACÓNITO

ACÓNITO

EL AMOR QUE TODOS QUIEREN

Lorena Garcia

Número de Control de la Biblioteca del Congreso de EE. UU.:   2012913252
ISBN: Tapa Blanda   978-1-4633-1822-2
                Libro Electrónico   978-1-4633-1823-9

Para pedidos de copias adicionales de este libro, por favor contactenos en:
Palibrio
1663 Liberty Drive
Suite 200
Bloomington, IN 47403
Llamadas desde España 900.866.949
Llamadas desde los EE.UU. 877.407.5847
Llamadas Internacionales +1.812.671.9757
Fax: +1.812.355.1576
ventas@palibrio.com
421120

ÍNDICE

PRIMERA PARTE:
TÚ Y YO

SEGUNDA PARTE:
SU MUNDO

TERCERA PARTE:
TRAICIONES

Quiero agradecer a mis padres todo el apoyo que me han dado, a mis hermanos por todo lo que han hecho por mí, a Rosana por ese paseo tan largo en el que no nos acordemos de subir al autobús y a mi novio/agente/ jefe de seguridad por tener tanta fe en mi. Os quiero.

PRIMERA PARTE:
TÚ Y YO

PRÓLOGO: ASI SE HIZO

Hace miles de años, un vampiro y una bruja mezclaron su sangre en una copa sagrada y esa sangre se la dieron a beber a bebés humanos. Dicha sangre, especiada con un poderoso hechizo les otorgó a los bebés los sentidos inigualables del vampiro y los poderes mágicos de la bruja, creando una raza nueva de inmortales: los gansmos.

A medida que la raza fue evolucionando, los gansmos se hicieron más poderosos, por ese motivo sus creadores destruyeron el hechizo y quisieron exterminar a los gansmos, pero ya era tarde, conforme el tiempo avanzaba erradicaban el mal del universo, por lo que las demás razas, salvo unas cuantas excepciones de cada especie, se aliaron para alzarse en contra de las poderosas creaciones. Como era de esperar, no pudieron aniquilarlos, los gansmos eran demasiado poderosos. Entonces, cuando creían que era imposible poder destruirlos, apareció La Lágrima Del Vampiro, el efecto de La Lágrima era fatídico para los gansmos, que se veían reducidos a simples humanos cuando el amuleto ejercía su poder sobre ellos.

La bruja y el vampiro decidieron crear un ejercito, ellos mismos dirigirían a los guerreros más poderosos de las otras razas y de la propia, para de ese modo exterminar a los gansmos, que se habían reproducido y eran tantos que les resultaba imposible contar su número; el ejercito del vampiro y la bruja se internó en la batalla bajo el nombre: Los Del Olymdos.

Pensaban que ya habían ganado y fue entonces cuando sucedió... una humana alumbró un pequeño varón mitad gansmo, mitad humano.

Al pequeño no le afectaba el poder de La Lágrima, y cuando llegó su transformación en gansmo todos los poderes del universo acudieron a su reclamo, convirtiéndole de ese modo en el ser más poderosos que jamás hubo existido.

Los Del Olymdos se llenaron de desesperación... sucedieron acontecimientos que casi les otorgaron la victoria, pero fracasaron...

...y nació su salvadora, era mitad loba, mitad gansma, era en parte humana, pero lo más importante es que sería tan poderosa como el propio Alejandro Maxgrim.

Se tomaron de las manos ante el sacerdote, pero ninguna chispa roja brotó de la unión y eso no era buena señal en una boda
Pronunciaron sus votos.

Faltaron las lágrimas y el intercambio de almas.

La madre del novio sollozó.

El amigo de la novia sonrió perversamente.

El sacerdote carraspeó.

El novio no pareció darse cuenta de nada de eso, miraba embelesado a la bellísima novia pensándose muy enamorado, no podía estar más equivocado.

Él tan solo tenía diecisiete años, ella demasiados para recordarlos, aunque no los aparentaba. - Ya nada podrá separarnos.- murmuró ella y él sonrió con inocente orgullo.

Los Del Olymdos se escondían en un lugar donde no existía el tiempo, ni tan siquiera la propia realidad, en ese lugar tan solo había bruma. Allí nada era real, pero todo era cierto. En esa guarida no existía la muerte, aunque casi todos los que allí residían estaban muertos. En aquel lugar no había amor o compasión, ni tan siquiera era conocido el significado de tales palabras.

Desde ese lugar que no tiene nombre, Los Del Olymdos observaban a la, de momento, humana. Su sola presencia destilaba el poder que en unos años les destruiría si la niña caía en manos de los gansmos, por ese motivo deberían matarla o... algo mucho mejor, conquistarla para ellos, pero bajo ningún concepto podrían permitir que se enamorase del compañero que el universo escogió para ella.

- Alex.- susurró Eda con odio, y la sola mención del nombre hizo estremecer de miedo a los guerreros, que se dispersaron.

Alex era tan poderoso como Eda e Iván juntos, y ellos eran los seres más poderosos del universo hasta que nació el mestizo.

Si la humana se transformaba en gansma en lugar de en loba, sabían que estarían perdidos, ya que ella seria tan poderosa como el mestizo... pero con esos poderes de parte de Los Del Olymdos podrían destruir al maldito gansmo y gobernar el mundo de los mortales y de paso, el de los inmortales.

- Iván, - volvió a susurrar Eda.- eres lo mejor que tenemos, ve tú, ya que yo no puedo y conquístala para nosotros.

Los ojos del malvado vampiro brillaron de forma siniestra cuando inclinó la cabeza.

CUATRO AÑOS MÁS TARDE...

El joven gansmo camina por los túneles blancos que componen su base militar en dirección a la sala del consejo para asistir a la reunión que preside su padre, el rey Tarmaním.

Camina con una elegancia sobrenatural; su porte es altivo, orgulloso, conoce las extensiones de su ilimitado poder y vuelca ese conocimiento en cada uno de sus movimientos, incluso en su forma de acentuar cada palabra. Está acostumbrado a dar ordenes y a que estas sean obedecidas sin tan siquiera ser cuestionadas.

Permite que una capa de acero cubra su corazón para protegerlo de los errores del pasado, y solo muy de vez en cuando deja caer esa máscara y se muestra al mundo tal y como realmente es.

Llega ante las altas puertas de la estancia en la que se reúne el consejo y su entrada, como no, llama la atención de los veinte ancianos que le esperan.

- Tan discreto como siempre.- exclama Yubar con sarcasmo.

- ¿Desde cuando es necesaria la discreción en mi propio reino?- inquiere el joven con fingida inocencia.- ¿O es que acaso planeáis mi ejecución por indiscreto? Algo que, si me permitís la observación, no os beneficiaria en nada.

El anciano del consejo suspira con exasperación mientras el joven gansmo se repantiga con tranquilidad y elegancia en una de las butacas de estilo barroco que forman un amplio círculo en el centro de la estancia.

La sala del consejo es única, ninguna otra comunidad gansma tiene una y en ella tan solo entra quien realmente merece ser digno de tal honor, a resumidas cuentas: el que es poderoso cruza las puertas, los que no lo son tanto ni tan siquiera se acercan a ellas.

- Supongo que ya conoces el motivo por el cuál te mandemos llamar.- Yubar se sienta frente a él, a unos diez metros de distancia.

Yubar en el líder de los ancianos del consejo, es el más anciano de todos aunque su apariencia de un hombre joven hace difícil aceptar que tenga más de seis mil años. Su edad, guiándose por su apariencia física, se diría que es joven pero de edad incalculable, igual son dieciséis que veintiséis. Al muchacho le sucede lo mismo, solo que él tiene cincuenta y tres.

- No.- responde el joven príncipe con una voz que suena como terciopelo negro, suave y siniestra.- ¿Debería?- inquiere alzando una perfecta ceja azabache.

El anciano le mira con sus oscuros ojos cargados de impaciencia y se mesa los cabellos rojos. Su joven y poderoso príncipe tiene la cualidad de saber exasperarle en el momento en el cual le venga en gana.

- Eres telépata.- replica tenso.

- Es cierto...- reconoce con aire ausente.-...esta misma mañana tu esposa pensaba en los bóxer de corazones que llevas ahora mismo,- entrecierra sus enorme ojos verdes.- le pareces muy sexy con ellos.

El anciano gansmo rechina los dientes, recordando que debe tener paciencia con él, no porque sea su príncipe, si no porque es un joven que por sus propias decisiones ha sufrido más de la cuenta.

- Ya sabemos que como príncipe heredero de la comunidad gansma más poderosa que existe y líder del ejercito universal de los gansmos, tienes muchas responsabilidades, pero debemos encomendarte una más, debes salvar el mundo.

- No te cortes, adelante, di lo que ya sabemos, di... otra vez.- su tono se vuelve resuelto, como si comenzara a prestar atención a la conversación.- Pero,- sacude la mano para cambiar de tema.- ¿qué hay más importante que mi comunidad gansma?

Una sola palabra basta para convencerle.

- Teresa.

El príncipe suspira con resignación.

- Le dije a Gémigro que Vernire y Rimasly no eran las adecuadas. Han fracasado.- afirma si esperar información.

- Solo tú puedes evitar que ocurra el desastre. *Solo tú.*- murmura con cierta ansiedad.

- Padre...- protesta mirando al rey.

- Es necesario.

El joven lo medita durante unos instantes, al fin termina encogiéndose de hombros con indulgencia.

- Puede que sea divertido ¿Iré solo?- inquiere sin demasiado interés.

- Mi hija y su compañero irán contigo.- le informa Yubar.

- Bien,- se pone en pie - debo preparar a mis capitanes - murmura, y se marcha con paso tranquilo.

- ¿Crees que tiene verdadera conciencia de sus poderes?- le pregunta Yubar al rey.

- No, estoy seguro de que no, si lo supiera...- sonríe con aire dramático-...sería aún más engreído.

- Sálvenos, Dios.- exclama Yubar. Los veinte ancianos estallan en carcajadas.

CAPITULO 1: ¿CREES EN EL AMOR A PRIMERA VISTA O TENGO QUE PASAR OTRA VEZ?

Voy a hablarte un poco sobre mí. Me llamo Tesa, tengo dieciséis años aunque no los aparente, parecen más... soy más madura que una cría de mi edad, y curso el último curso de educación secundaria en el instituto Madrid Sur. Vivo en un barrio llamado "El Pozo".

Tengo un hermano de veintidós años, pertenece a la generación ni-ni, ni estudia ni trabaja. Mis padres son dos trabajadores sin muchas luces pero con muy buenas gargantas, se pasan el día gritando, se llaman Raquel y Hugo. Soy el tipo de chica que ahuyenta a los chicos, me miran, les miro y ni el que me miraba ni sus amigos vuelven a dirigir sus ojos hacia mí. Soy un repelente, pero en vez de para moscas para chicos.

Dani, mi mejor amigo aunque me pase la vida deseando romperle la nariz, claro que esto él no lo sabe, dudo que se acercara a mí en caso contrario, siempre me dice que es porque miro mal a todo el mundo, afirma que parezco un ogro y creo que tiene razón... pero es que el coqueteo me parece algo tan ridículo que no puedo evitar sentir asco hacia aquellos que intentan hacerme parecer ridícula.

En el fondo soy un poco rara, vale, tan poco tan en el fondo. Varios chicos del instituto, que desde el punto de vista de las chicas normales no estaban nada mal, me han pedido tema, ¿y qué he hecho yo? Exacto, mandarles a la mierda. Tal vez tengo un defecto, puede que a mi cromosoma X le falte medio palito... ¡DIOS! Ahora resulta que estoy incompleta. No me hagas mucho caso, pero creo que ese es el motivo por el cual soy rara y no me extraña nada ser un repelente para adolescentes, he salido defectuosa de la fabrica.

Me levanto de la cama y me apresuro a vestirme, short rosa chicle, camiseta negra con tachuelas doradas, cazadora corta vaquera, calcetines a rayas altos y zapatillas de bota azul cielo... Sí, ya sé que estamos en Noviembre, pero yo nunca tengo frío, cosa extraña si tenemos en cuenta que estamos en Madrid y últimamente a Madrid le ha dado con que la nieve mola. Lo cierto es que pierde todo su encanto el segundo invierno consecutivo en el cual se tiñen las aceras de blanco, por no hablar del tedio de tener las aceras cubiertas de hielo durante una semana, pero en fin...

Peino mi largo y recto flequillo y recojo mi cabello capeado y salpicados de plumas marrones gracias a unas irracionalmente caras extensiones, en una alta coleta. Doy un respingo cuando mi padre comienza a chillar como un energúmeno.

- ¡Raquel mi corbata!- por poco me atraganto con la pasta de dientes.-
¡Raquel mis zapatos!- casi me quedo ciega con el jabón por abrir los ojos,
entre lágrimas de escozor me pregunto desde cuando la gente se pone antes
la corbata que los zapatos.- ¡¡¡RAQUEL!!!- su voz se mezcla con el grito de
protesta de mi hermano y el chillido exasperado de mi madre.
Pertenezco a la única familia en el mundo que se levanta por la mañana con
ganas de marcha.
Cierro la puerta con la mochila al hombro, deseando encerrarles y
prenderle fuego a la casa, por eso corro los pocos metros que me separan
del portal de Dani. Mientras le espero me miro en la puerta de su portal.
Soy alta, casi uno setenta, delgada y de piel ligeramente bronceada, ojos
almendrados color café, nariz normal, labios rosas muy normales, ni grandes
ni pequeños. Desfrunzo el ceño, completamente inconsciente de que lo
había fruncido.
- Son y diez, has llegado cinco minutos antes.
Cojo la manzana que me tiende, siempre tan condenadamente atento.
- Por cinco minutos.- bufo con la boca llena antes de darle otro mordisco a
la manzana para después arrojarla al suelo.
- ¿No sabes que lo que le hagas ahora a tu planeta será la herencia que van
a heredar tus hijos?- inquiere Dani con su habitual dulzura mientras recoge
la manzana mordisqueada del suelo y la tira en una papelera.
- ¿Y a ti no te ha enseñado tu madre que las cosas del suelo no se cogen?
Me pone mala; es tan buena persona que sería incapaz de formar una
expresión de disgusto. Al poco comienza a parlotear, y yo, que desde hace
tiempo aprendí a no escucharle mientras habla, me sumerjo en oscuros
pensamientos.
"Ponle la zancadilla", me suplica esa malvada vocecilla que me atormenta día
y noche, *"Vamos, solo tienes que estirar la pierna y se caerá de bruces"*. Apuro
el paso, dejándole atrás.

Aparto la coleta salpicada de plumas de mi hombro y me siento sobre la
mesa de pimpón, deseando que Natalia y Sonia estuvieran en este maldito
instituto y no en el Primero De Mayo, de ese modo podría charlar con ellas
durante la hora del recreo, que es precisamente la hora en la que estamos
en este momento.
-¿Sabías que el jefe de estudios ha propuesto un viaje de navidad para los
de cuarto y bachiller?- me pregunta Dani con sus tiernos ojos cargados de

ilusión, ilusión que se desvanece de inmediato.-Pero el APA ha dicho que ni se le ocurra.

-¿Y para qué me lo cuentas si no vamos a ir?- inquiero frunciendo el ceño y mirándole de forma acusadora.

- Pero se incorporan un chico y una chica la semana que viene.- añade rápidamente para evitar que diga algo demasiado grosero para sus oídos.

- ¿Cómo haces para enterarte de todo lo que pasa en el maldito instituto?- le pregunto divertida, con la diversión empañada por mi deseo de romperle la nariz de un puñetazo. Dios, como odio su nariz.

- Voy a ser periodista.- alza la nariz anteriormente mencionada; gesto que no ayuda para continuar con mi puño entorno al bocadillo, y se aparta un mechón de cabello color trigo de las gafas de pasta negra. - Debo practicar. - y sonríe. Esa sonrisa va a derretir corazones. Dani es el típico chico del montón que inspiran ternura, tiene *algo*.

Mide uno setenta, exactamente lo mismo que yo, es delgado y pálido como un muerto, sí, ya sé que hay muertos morenos, tiene el pelo color trigo siempre despeinado sobre los ojos de un bonito tono avellana de expresión dulce y utiliza gafas de pasta negra que le sientan realmente bien y que evitan que se choque con todo ser viviente o inanimado de cualquier lugar, pero como todo el mundo, tiene un lado muy oscuro... su horrorosa forma de vestir, utiliza camisa azul cielo al estilo de las que utilizan los abuelos, lo sé por los viejecitos que veo en los parques, no porque yo haya conocido a ninguno de mis abuelos, vaqueros lisos de corte recto, también en azul y zapatos cascudos de colegio privado. Es algo pardillo, vale mucho, pero es mi mejor amigo, la única persona por la que siento algún tipo de afecto, independientemente de que sea algo bueno o malo, desear romperle la nariz y querer matar a medio mundo es sentir algo, o ¿no?

El joven príncipe gansmo hace una mueca de fastidio y entrecierra sus enormes ojos verdes. Balmernia le da un beso en la mejilla, Gémigro, una palmada en la espalda.

- Hay que prepararla antes de contarle lo que es.- se consuela así mismo.- La influencia maligna bajo la que ha vivido durante estos años ha sido más poderosa que la benigna, debo igualar la balanza para que pueda elegir con libre albedrío.

-Los humanos son...- comienza Gémigro en un vano intento por consolarle, pero Balmernia le interrumpe.

- Cobardes, inocentes, bondadosos, pero también crueles, tremendamente aburridos, bastante simples y estúpidamente estúpidos, además, como eres medio humano puedes terminar enamorándote de una humana, tu padre lo hizo y era completamente gansmo.

- Si no te quisiera tanto me ofendería por esa lista de insultos, que quieras o no, iban dirigidos a mí ya que como bien has dicho, soy medio humano y te agradecería que no enumeraras sus *virtudes*, con lo que sé sobre ellos me basta y me sobra para revolcarme en el fango y lloriquear.

- Pero si no sabes nada de ellos,- exclama Balmernia sorprendida.- te empeñas en ignorar tu parte humana.

- Te sientes mal si no me restriegas por la cara que fui alumbrado por una humana, ¿verdad?- inquiere en tono mordaz.

- Alex,- la reina y madre del chico interrumpe su acusación, Ana.- tu humanidad es lo mejor de ti.

- Te agradecería que no vuelvas a entrar en mi habitación sin llamar y en cuanto a tu afirmación, si tanto te gusta ser una cosita débil y blanda, ¿por qué te transformaste en gansma?

Balmernia y Gémigro miran a la reina en busca de algún gesto que indique que se ha enojado, pero no lo encuentran, la sonrisa de la madre está cargada de amor y dulzura.

La reina Ana es bella, como toda gansma, su cabello negro está recogido en un intrincado moño en lo alto de la cabeza, su cuerpo marfileño lo cubre un vestido greco-romano color cereza, brazaletes de oro blanco adornan sus brazos y unas pequeñas estrellas plateadas embellecen la comisura de sus grandes y hermosos ojos azules.

- ¿Podéis dejarme a solas con mi hijo?

Balmernia y Gémigro, ambos temidos capitanes de las poderosas tropas de Alex, se esfuman en un abrir y cerrar de ojos.

Ana se sienta junto a su hijo y hace ademán de acariciar su mejilla, pero el muchacho se aparta, por lo que la reina baja la mano hasta su regazo y la cierra en un puño.

- ¿Por qué no te muestras al mundo como realmente eres?

- Bueno...- se rasca la mandíbula mientras lo medita unos segundos.- ... no creo a padre le guste, pero a mí no me importaría pasearme desnudo por las calles de la comunidad si eso te hace feliz.

- Mi amor, ¿eres un arrogante cascarrabias por naturaleza o has aprendido a serlo con el tiempo? - su hijo desvía la mirada- No, claro que no, mi pequeño.- suspira al ver la mueca de obstinación en las bellas facciones del rostro del muchacho.- Todo el mundo comete errores, Alejandro, incluso tú.

- He de marcharme, Yorbin y Mani me esperan, y ya sabes lo impaciente que es Yorbin.- murmura fríamente y se pone en pie antes de que su madre pueda abrazarle.
- Ten cuidado, cielo.
- Sí, - alza las cejas con sorna.- los humanos tienen pistolas.
- Que las balas de las pistolas de los humanos no traspasen tu dura piel de gansmo no quiere decir que estés inmunizado contra ellos, recuerda que su arma más poderosa es la que más te afecta a ti, el amor.- se ríe cuando su hijo le dirige una mirada furibunda y utiliza la transferencia, popularmente conocida como pestañeo, para acudir al lado de sus compañeros de viaje.

Me aparto el móvil de la oreja con una mueca de fastidio; Dani puede llegar a ser realmente pesado. Observo el móvil extraplano, rosa cubierto por brillantitos fucsias y aprieto el botón de colgar, pero este vuelve a sonar de nuevo.
- ¿Qué?- gruño sin dejar de caminar a buen paso.
- Se ha cortado.- me explica sin percatarse de mi tono cortante.
- Dani,- murmuro con infinita paciencia.- eres mi mejor amigo, lo sabes, ¿verdad?
- Sí.
- Entonces también deberías saber que ahora mismo no me apetece seguir hablando contigo.- guarda silencio unos instantes y termina colgando sin añadir nada más.
Con un suspiro guardo el móvil en la bolsa mensajera amarilla que golpetea contra mi cadera.
- ¿Por qué eres tan borde con él?- me pregunta Carlos, mi hermano, a quién me parezco muchísimo solo que él es más alto y fornido.- Aunque para formular la pregunta correcta debería cambiar *él* por *todo el universo*.
- No soy borde.- refunfuño.- Decir lo que piensas no es ser borde,- me justifico.- es ser sincera.
- Yo creo,- comienza con aire especulativo, como si a mí me importara lo que crea.- que es una forma de esconderte del mundo, te escudas bajo la agresividad.
- ¿Desde cuando eres psicólogo?- pregunto con curiosidad.
- No deberías ser tan resabida.
- Aunque claro,- razono, ignorando su comentario, es algo que se me da genial, me refiero a ignorar, porque lo que se dice razonar lo hago tan bien

como una patata. - puede que hayas ido a la luna y yo no me haya enterado, como nunca me contáis nada.- le miro intencionadamente.

Pone sus oscuros ojos en blanco.

- No seas ridícula.- me riñe.

- No lo soy,- alzo las manos intentando dar más énfasis a mis palabras.- cada vez que me acerco a vosotros cuando estáis hablando, os calláis como si hubiera impuesto un toque de queda que exigiera silencio.- dirijo mis turbios ojos hacia los suyos, apartándolos de la acera por la que camino- ¿Qué me ocultáis?

- Que eres adoptada.- se burla.

Sacudo la cabeza y comienzo a ignorarle mientras observo los rostros que enseguida se me olvidan, los escaparates de las tiendas de ropa y calzado, el cielo azul, el maldito día soleado, incluso saboreo el aroma de la contaminación.

- En realidad, - dice mi hermano al cabo de un buen rato.- me da igual si eres borde con Dani, me cae bastante mal.

Le pongo mala cara.

- Sí, gastas tu dosis diaria de simpatía soportándote a ti mismo.

Sus ojos se llenan de una emoción que no soy capaz de descifrar.

- Cuando tenga novia, va a ser lo opuesto a ti.

- En el remoto caso de que consigas que una chica se fije en ti, ¿va a ser fea, idiota y aburrida?- inquiero con incredulidad.- Nunca pensé que fueras tan poco exigente.

- No, va a ser dulce, amable y simpática.

- Eso es lo que yo he dicho y...- qué raro, sacudo la cabeza, noto una sensación extraña, como si algo intentara entrar en mi mente y... me llamara. La llamada es siniestra, como hondas que llegan a través del aire y que solo yo puedo escuchar.

Alzo la cabeza respondiendo a esa llamada... y es entonces cuando le veo. Camina por entre la gente directo a mí, abarcando todo mi campo visual aún desde la distancia. Distingo las líneas de su rostro a la perfección, es hermoso. Más alto que mí hermano, más musculoso que mi hermano. Camina con una elegancia sobrenatural, felina, posee cierto aire desgarbado, su piel es pálida, la mía es morena comparada con la de él. Sus labios carnosos tienen el color de las cerezas y sus ojos son los más grandes que jamás he visto, de un intenso verde hierba muy llamativo, brillan con sensualidad y picardía, llenos de misterio. El cabello negro cae sobre su frente, contrastando con su piel debido al intenso color del mismo. Estoy segura de que aunque viva dos mil años no volveré a ver a alguien con tanta belleza, no creo que exista nadie más en todo el mundo con tal cantidad de perfección a sus espaldas, y las demás personas piensan lo mismo, ya que todo el mundo se gira para mirarle con la boca abierta.

Todo parece ir a cámara lenta, incluso mi corazón, que por unos instantes se detiene para retomar los latidos a toda pastilla, retumbando en mis oídos. En apenas unos segundos está casi a mi lado, pero a mí se me hacen una eternidad, estoy suspendida en el tiempo y... su mirada es... maliciosa, divertida, cargada con el misterio del mundo, pero a la vez transmite algo de confusión, como si esperara otra cosa de mí.

Noto como el aire que me rodea se estira en un vano intento por alcanzarle.

No puedo evitarlo, de verdad, giro sobre mí misma para ver como se aleja, es un imán y yo un pedazo de hierro negro y retorcido, me atrae y una parte de mi se va tras él dando saltos como caperucita por el bosque y entonces, cuando he perdido la esperanza de que semejante obra de arte se haya fijado en un cuadro de mercadillo como yo, *en ese preciso instante,* mira por encima de su hombro, con eso extraños ojos brillando con sensualidad y arrogancia; sonríe, mis rodillas tiemblan y mi corazón se detiene definitivamente, esa sonrisa acaba de llevarse la poca cordura que poseo.

Una carcajada que sabe a miel, huele como un campo de lilas y suena como el repiqueteo de mil pequeñas campanillas, estalla dentro de mi cabeza.

Dios, que maravilloso es sentir algo y mejor si es tan intenso como lo que ese chico ha provocado en mí.

- He tenido el primer contacto con Teresa. - les informa a Yorbin y Mani.
- ¿Y qué tal?- inquiere Mani con sus rasgados ojos beige brillando con curiosidad.

ESPECTACULAR. DESEQUILIBRANTE. REFRESCANTE PARA MI ALMA SEDIENTA.

- Para ser portadora de genes caninos es muy guapa... y como decían los informes, tiene hielo en el alma.
Mani sonríe con disimulo.
- Según he visto con mis visiones, es una autentica preciosidad, recuerda que puedo ver lo que la gente ve.

- Y según mis datos...- le pincha Yorbin-... tu temperatura corporal ha aumentado varios grados mientras estabas en su presencia, por un momento pensé que perderías el control.
Estallan a carcajadas cuando les dirige una iracunda mirada.
- Se supone que hemos venido a trabajar.- gruñe y el matrimonio guarda un silencio avergonzado. Le tratan como si fuera su hermano menor, pero no por eso deja de ser su superior en el ejército.

Me dejo caer en el sofá del salón de mi casa sin darme cuenta de lo que estoy haciendo. No puedo quitarme de la cabeza al chico de los ojos verdes, siento que esa mirada se ha grabado a fuego en mi alma. No sé muy bien como explicarlo, pero noto una pequeña llamita en mi interior. Hay fuego donde antes había hielo, y todo gracias a una mirada. Es tan raro... pero siento como si todos los engranajes de mi alma hubieran sido removidos.
- Hola, Tesa.- la suave voz de Dani llega a mí desde la puerta. Pongo mala cara cuando la llamita se apaga, y todo por culpa de este idiota. Por distraerme. Todo vuelve a la habitual indiferencia.
Observo el aire tímido y frágil que rodea a Dani, preguntándome por qué deseo romperle la nariz y cosas con menor trascendencia, como por ejemplo: que mi padre le deteste, que mi madre le soporte y que mi hermano le adore, diga lo que diga. Se sienta a mi lado, despeinado y con las gafas torcidas.
- Acércate para que pueda colocarte.- le ordeno.
Acerca su dulce rostro al mío, cuando termino de arreglarle no se aparta, se queda ahí parado, mirando mis labios con los suyos fríos y pálidos entreabiertos. Leo en sus ojos avellana la intención de besarme y antes de que lo haga y me vea en la obligación de matarle, actúo. Alzo luna ceja y extiendo por mis labios una sonrisilla de suficiencia.
- ¿Vas a besarme?- inquiero en tono de burla.
Se aparta bruscamente, avergonzado, pero no se ruboriza, existen cosas raras en este mundo, personas tímidas que no se ruborizan, como Dani, a quién nunca he visto ruborizado, ni tan siquiera después de estar una hora corriendo en educación física, creo que tiene sangre de horchata.
- Pensé que no habías terminado.- se justifica en un bajo murmullo.
- Sí, es muy típico en ti pensar mucho pero siempre mal. - le sonrío con simpatía. Sí, ya sé que puede resultar tarea imposible verme como una persona simpática después de mi comentario, pero él lo hace porque me devuelve

la sonrisa con sus tiernos ojos brillando por algún motivo que escapa a mi comprensión.

Dale un puñetazo en la nariz, verás como deja de sonreír.

Mi mirada se dirige al punto exacto, mi puño se cierra y se prepara para golpearle, pero medio segundo antes de que suceda, me levanto con rapidez del sofá y me alejo de él. Me mira con curiosidad. Estar con este chico tan bueno saca lo peor de mí, me hace ser consciente de mi falta de sentimientos y eso me corroe por dentro, me hace sentir que soy malvada. Lo único que deseo es hacer daño, pero hay algo que me refrena, y no es Dani, es algo que me ata y no es mi conciencia, porque no tengo, es otra cosa muy diferente y está relacionado con el chico de los ojos verdes. Ese chico, por unos breves momentos, ha encendido una llamita en mi corazón y ha derretido una pequeñísima parte del hielo que envuelve mi alma, no mucho, pero sí lo suficiente como para formar un charquito a mis pies y desmoronarlo todo.

CAPITULO 2: EL COMIENZO DE TODO EL BARULLO

- ¡Nos atacan!- brama Yorbin y acto seguido se escucha una sonora explosión.
-¡Yorbin!- chilla Mani con desesperación.
Alex sale de la ducha a toda velocidad y se pone unos vaqueros mientras corre hacia el salón. Nada más entrar en él, se ve en la obligación de girar sobre sí mismo para esquivar la bola de fuego que le lanza una bruja.
-¡Yorbin!- vuelve a chillar Mani, que no está acostumbrada a estar en medio de una trifulca, parada en medio del salón destrozado con cara de horror. Chilla cuando la mesa de cinco mil euros salta por los aires.
Yorbin se pone en pie de un elegante salto y corre hacia su esposa cuando un vampiro se dispone a arremeter contra ella. Enredando un brazo en su esbelta cintura la derriba y ambos ruedas por el suelo cubierto de cristales mágicos.(Uno de los brujos fabrica cristales que cortan la dura piel de los gansmos, aunque no es muy recomendable utilizarlos si quieres tener vampiros lúcidos a tu alrededor).
Alex lanza una llamarada hacia el vampiro y hace de él un pequeño montoncito de cenizas rojas. Repele los ataques de dos brujos y les devuelve sus propios hechizos, se desintegran.
Sonríe mientras mira con macabra satisfacción a los dos únicos vampiros que quedan vivos.
Ambos retroceden con sus duros y fríos rostros contraídos en una mueca de terror.
A los vampiros tan solo les daña el fuego, y saben que Alex lo utiliza muy bien, lo saben porque le conocen y porque hace saltar en sus palmas dos bolas de lava.
-¿Quién quiere ser el primero?- inquiere con diversión.
- Tan solo hemos venido a transmitirte un mensaje de nuestro rey.- tartamudea uno de ellos.
- Iván.- escupe Alex con odio.
El vampiro asiente casi imperceptiblemente.
-¿Cuál es el mensaje?- inquiere viendo a través de su visión periférica como Yorbin ayuda a Mani a ponerse en pie, escucha el sonido que produce el cristal al salir del muslo de la gansma y huele la dulce sangre cuando esta brota de la herida como un pequeño riachuelo.
Los ojos del vampiro llamean con locura y deseo una fracción de segundo antes de abalanzarse hacia Mani.
Alex se mueve velozmente, interponiendo su cuerpo entre los vampiros y sus amigos. Su piel chisporrotea levemente, desprendiendo leves llamitas, como

una ligera lluvia de fuego liquido. Cuando los vampiros le tocan, uno de ellos se convierte en cenizas rojas, el otro sale despedido hacia atrás y cae sobre la otra mesa de cristal de tres mil euros, gran parte de su cuerpo se ha desintegrado.

- Llévate a Mani de aquí.- le ordena a Yorbin con calma. Éste pestañea sin titubear y desaparece junto con su esposa.

Camina con toda tranquilidad hacia el vampiro, los cristales y trozos de madrera que antes eran los muebles de su lujoso salón crujen bajo sus pies descalzos. El vampiro, o lo poco que queda de él, gime mientras el gansmo sonríe con simpatía.

- Por muy ancianos o poderosos que seáis, sois incapaces de resistiros a la sangre de un gansmo.- murmura con falsa amabilidad.

El vampiro retira los labios en una mueca salvaje, mostrándole sus blancos colmillos.

- ¿Cuál es el mensaje, Rob?

- No...- lo poco que queda del vampiro llamado Rob se crispa ante el dolor atroz que padece.-...acerques... a ella.- su voz apenas es un agónico susurro, pero el agudo oído del gansmo capta cada palabra con toda claridad.

- Mensaje recibido, puedes marcharte.-le hace un gesto con la mano para que desaparezca, pero no lo hace.- No me digas que estás esperando que te pida matrimonio.

El vampiro escupe ponzoña sobre el suelo.

Alex suelta algo parecido a una carcajada.

- Si al final el que no va querer casarse vas a ser tú.

- Solo quiero que me des... tu mensaje.

Alex sonríe de forma siniestra, saboreando el dolor del vampiro.

- Mi mensaje eres tú,- sisea entre dientes.- y ahora lárgate antes de que decida ir yo mismo a darle el mensaje. - el vampiro capta la amenaza y se esfuma.

Frunce el ceño cuando escucha el sonido del timbre de la puerta. Policías.

- Solo espero que no me pidan explicaciones por este desastre.- murmura para sí, mirando a su alrededor. Está todo completamente destrozado.

Los vecinos antiguos se han quejado del vecino nuevo.

Edificio de ricos = gente quisquillosa.

Al tiempo que la pareja de policías sale del ascensor, se escucha un ruido casi atronador, como si algo grande y pesado explotara en mil pedazos. Se miran a la vez y echan a correr hacia la puerta del piso en cuestión, aporrean el timbre y un segundo más tarde la puerta se abre.

Es un chico joven, de cabello negro liso sobre los ojos, despeinado a la perfección en torno su cabeza, su piel es marfileña y sus ojos son dos *inmensos* charcos verde fluorescente. Es *muy* alto y *muy* musculoso. Mantiene la puerta entornada a su espalda y una mano apoyada en el marco, impidiéndoles el paso; en la muñeca luce una pulsera de cuero con el escudo del Real Madrid de oro blanco.

La mujer policía es incapaz de abrir la boca ante tanta belleza y descaro, el hombre carraspea con cierta incomodidad, se siente inferior.

- Hola chico, ¿hay alguien en casa?.- inquiere al fin el hombre, ella continua muda de asombro.

- ¿Te sirvo yo?- alza una ceja negra y perfecta, que se pierde en su flequillo.- Creo que yo soy alguien.

- Me refiero a alguien mayor, a tus padres, por ejemplo.

Hace una mueca de disgusto, irradiando poder y autoridad mezclado con algo de impaciencia.

-Me temo que papá está en Londres por trabajo y mamá está en casa del recepcionista de la empresa.

Los ojos del policía masculino se tensan y se hinchan como si fueran los de un besugo.

- Hemos recibido un aviso, los vecinos han escuchado mucho jaleo, no podemos marcharnos sin comprobar que todo está en orden.

El chico les mira como si fueran dos gusanos clavados en un cartón con chinchetas, pero le da una patada a la puerta con el talón de la zapatilla negra y se hace a un lado arrogantemente.

Todo está en perfecto orden, perfectamente decorado, con sofás de piel, estuco en las paredes, mármol color crema en el suelo, brillantes en las arañas y oro y mármol en las columnas y las mesas, todo parece muy nuevo.

- ¿Cuanto os han costado esas mesas?- exclama la mujer al fin.

- Creo que cincuenta mil cada una,- el chico se encoge de hombros.- las anteriores costaban tan solo tres mil y a mi madre no le gustaban, eran de pobres.- añade con una sexy sonrisa.

Ambos policías se miran y piensan lo mismo a la vez : demasiado dinero para una sola familia.

¿Por qué no puedo quitarme de la cabeza al chico que vi ayer por la tarde en Vallecas? Es cierto que es el ser más bello que pueda existir, pero eso no significa que deba obsesionarme con él y mucho menos sin conocerle y con la falta del palito en mi cromosoma "X". Claro que no le conozco y ya le he besado, en sueños, no te asustes. He soñado que le daba un... bueno vale, era más de un beso, pues eso, que he soñado que le besaba y he despertado llorando porque no era real. Claro, me he asustado bastante, hay que tener en cuenta que los chicos me dan asco, por eso he imaginado que besaba a Cristian, el bombón macarra de la clase y tras vomitar, he comprobado que mi repulsión dirigida hacia el sexo masculino continua intacta salvo por una notable excepción.

- ¡Ey!- la exclamación de Sonia para llamar mi atención me saca de mis pensamientos. Sonia es una chica alta, delgada y morena que siempre lleva gafas de pasta morada sin necesitarlas, dice que le dan aire de intelectual, a mí personalmente me parece una idiotez.

- ¿Qué?- la miro de mala leche, como siempre.

- ¿Te has metido algo? - inquiere de forma retórica.

- ¡Sonia!- exclama Natalia horrorizada; ella es bajita, rubia, con los ojos azules y habla por los codos.- Que esté distraída no quiere decir que se haya colocado, todos tenemos días en los cuales no sabemos ni donde estamos, a propósito, ¿vosotras sabéis donde he metido mi chaleco de cuero? Lo estoy buscando pero no lo encuentro, es que lo necesita mi hermana y hablando de mí hermana,- exclama como si fuera un revelación.- Tie...

- NATALIA,- la interrumpo exasperada.- CA-LLA-TE.

Baja la mirada y cierra el pico, como siempre.

Sonia se despatarra sobre su cama, mirándome con curiosidad.

- ¿Qué te pasa?

-Nada.- refunfuño con la imagen de unos misteriosos ojos verdes bailando en mi cabeza como si estuvieran dibujados en ella con tinta indeleble. Es ese chico, que me ha trastornado y lo peor es que sé que no voy a volver a verle nunca jamás.

Sí, me digo a mí misma, es lo que suele pasar cuando te cruzas con un desconocido por la calle, que difícilmente le vuelves a ver.

Natalia abre la boca para decir algo pero se lo piensa mejor y no dice nada, que es lo que suele hacer, salvo cuando dice algo, entonces ya no hay nadie que la calle.

- Tesa...- me advierte Sonia.

Me apoyo contra la cabecera de la cama y suspiro.

- No es nada, en serio.

- Seguro que sea lo que sea tiene que ver con *tu amiguito Daniel.*- replica con retintín.

Natalia mira a una y a otra mordiéndose los labios al ver mi cara de asesina en serie.

- ¿Por qué metes a Dani en esto?- le reprocho.- Parece que te ha hecho algo. Seguro que si me rompo un tobillo le vas a culpar de ponerme la zancadilla.

- No le culparía si no te la pusiera, ¡pero lo hace!

- ¡Ni tan siquiera le conoces!- grito con algo explotando dentro de mi pecho, me apetece abofetear a Sonia hasta dejarla tonta, pero reprimo mis instintos asesinos en un intento de controlarme, lo consigo. Consigo que el frío envuelva mi alma.

Sonia me mira sin saber qué decir, nunca antes me había visto enfadada, a decir verdad *nadie* me ha visto enfadar, mantengo demasiado al limite del abismo mis sentimientos para que estos no salgan a la luz, es mejor así.

¿Por qué todo es tan difícil? ¿Por qué no puedo ser una chica normal que no tenga que insensibilizarse para no desear matar a todo el mundo? *¿Por qué no soy normal?*

No. Claro que no puedo ser normal, he sido escogida para ser la psicópata de la familia. Carlos es el gandul y yo la asesina. ¿No era suficiente con un hijo rebelde, yo también tenía que salir rarita? ¿Si? Pues eso dice maravillas sobre la genética.

Miro a las dos chicas con las que comparto mi vida desde parvulitos. No las quiero. Es así de sencillo, no siento nada por ellas, si se murieran me daría absolutamente igual. Ellas no notan que no las quiero, si notaran *lo otro* probablemente me encerrarían en un psiquiátrico, pero ellas no se dan cuenta de nada porque sé fingir muy bien mis emociones.

- Lo lamento.- no me gusta disculparme porque no siento arrepentimiento de lo que hago.

Sonia sonríe.

- No pasa nada.

Entonces, y sin venir a cuento, pienso en *Él*, en el chico de mirada seductora y misteriosa; jamás había imaginado que pudieran existir unos rasgos tan bellos, tan perfectamente perfectos, ni tan siquiera en los chicos de la tele, es como si estuviera hecho por catálogo. Me gusta la nariz del número tres, los ojos del dos, los labios del nueve... ¡Listo! Ya hemos creado al chico perfecto, mañana se lo enviaremos por correo Express.

Suspiro, me encantó su sonrisa descarada.

Imagino que sus labios tocan los míos y una poderosa y extraña sensación me recorre, parece que tengo una piedra en el estómago que tira de mí hacia abajo, pero a la vez es como si me hubieran crecido alas y fuera a despegar hacia el infinito. (Y más allá). ¿Raro? Todo lo relacionado con migo carece de pies y cabeza.

- A ti te pasa algo.- me acusa Sonia arrodillándose sobre la cama y señalándome con un dedo.

Me levanto de la cama y me siento en el suelo apoyándome contra la pared.

Natalia se tensa, expectante, sentada sobre la cómoda de Sonia.

- Has visto algo.- tantea Sonia.

Sacudo la cabeza.

-Entonces... has visto a *alguien*.

Me encojo de hombros.

-¡¿UN CHICO!?- chilla emocionadísima.

Asiento una sola vez.

- ¡Ay, Dios!- también chilla Natalia.- Si creíamos que nunca en la vida te ibas a fijar en un chico, comenzábamos a pensar que carecías de emociones adolescentes y... ¡¿y si te casas con él!?- doy un respingo.- ¡Qué emocionante! Yo soy la dama de honor, con un vestido rosa y guantes color crema...

- ¡¡¡NATALIA!!!- se calla. Qué milagro.- No vamos a casarnos.- hace un pucherito.- Ni tan siquiera sé su nombre y desde luego,- alzo las manos.- no hay *nada*, ¿vale?- sus cejas tiemblan, sus ojos azules se llenan de lágrimas y comienza a llorar. En serio, ni en las cataratas Victoria hay tanta agua. Sonia y yo la ignoramos.

- Y si no hay *nada*, ¿por qué hay *algo*? - quiere saber Sonia, la condenada se da cuenta de todo.

- Porque...- déjame pensarlo, solo necesito un se... ¡¡¡LO ESTOY PENSANDO!!! ¿VALE?- Me ha gustado,- admito al fin.- mucho.- añado.

-*¿Cuanto?*

- Lo suficiente como para pararme en mitad de la calle, seguirle con la mirada y marearme por haber dejado de respirar.

Alza las cejas y no dice nada, pero a la vez lo dice todo con la mirada.

- ¿Cómo es?

- Más de metro ochenta y cinco,(lo sé porque esa es la estatura de mi hermano y mi hermano ayer parecía bajito en comparación),y...- comienzo a balbucear cosas muy raras incluso para mi.-... es que...es que es tan impresionante que no puedo describirlo.

Sonia sonríe con deleite, Natalia continua lloriqueando.

- Maxgrim.- susurra la extraña palabra con placer. Natalia se calla de golpe.

- ¿Eso es un nombre?- inquiero extrañada.

- No.- sacude la cabeza, pero hay un brillo extraño en su mirada, como si viera la luz, la victoria, como si por fin el cumplimiento de su deseo estuviera muy cerca.

Cruzan una mirada muy significativa y sonríen al mismo tiempo.

- ¿Por qué os miráis así?- gruño.

- ¿Así? ¿Cómo?

- Comiendo, no te jeringa. Os miráis como si me escondierais algo y...- me callo, no por gusto sino porque la madre de Sonia acaba de abrir la puerta de la habitación y con ese repelente cualquier adolescente se callaría, incluso un bicho raro como yo.

- ¿Qué pasa aquí?- nos exige saber.

- ¿Qué va a pasar?- la acusa Sonia de mal humor.

- Estabais llorando.- replica frunciendo el ceño.

- No,- niega con la cabeza.- Natalia lloraba, nosotras,- nos señala a ella y a mí con el dedo.- la ignorábamos.

La madre de Sonia mira a la chica de aspecto inocente sentada sobre la cómoda de su hija y pone los ojos en blanco, firmemente convencida de que Natalia se va a deshidratar. Nos mira con resignación y se marcha para gran alivio nuestro.

Cruzo los brazos y apoyando la cabeza contra la pared observo a mis amigas. Las conozco desde los tres años, hace trece, pero no me siento unida a ellas, es como si viviéramos en planetas diferentes. Tengo la permanente sensación de que me esconden algo, lo mismo que mi familia... sí, ya sé que es absurdo, ¿como iba mi familia a contarles algo que me ocultan a mí?

Y luego está Dani, al que conozco desde los doce años. Cuando estoy con él no me siento del todo a gusto, pero no me siento tan fuera de lugar y por otra parte él no me esconde nada. Para Dani solo soy su mejor amiga, a decir verdad soy su *única* amiga y de vez en cuando es genial sentirse única.

Sonia y Natalia cruzan una mirada, pero soy incapaz de descifrarla. Me esconden algo... claro, que también puede ser que sea paranoica. Mejor no descartar posibles opciones.

- ¿Nos vamos esta noche al cine?- propone Sonia con excitación.

- Te vas a aburrir.- le advierto a Dani en el ascensor del edificio de Sonia.

- No importa, me apetece conocer a tus amigas.

- Si ya las conoces.- exclamo alzando las manos un poco exasperada.

Frunce el ceño y alza su nariz. Meto las manos en los bolsillos de mi cazadora para no darle un puñetazo, aunque también puedo darle un cabezazo y aplastarle la nariz. Procuro no pensar en ello.

- ¿Desde cuando conoces a una persona por foto?

Le fulmino con la mirada. ¿Por qué no comprende que no quiero que venga con nosotras al cine? ¿Tan difícil es comprender que quiero mantener separados diferentes aspectos de mi vida? ¿Por qué tiene que obligarme a fusionarlos? ¿Eh? ¿¡POR QUÉ!?

Cuando he llamado a Dani y le he dicho que iba al cine con mis amigas a la sesión de las diez, ¿qué ha hecho él? Exacto, apuntarse y mira que he intentado disuadirle, pero nada, él terco como una maldita mula.

- Ambas tienen novio. ¿Qué vas a hacer con dos chicas que tienen novio?- le pregunto.- Ni siquiera sabes tratar a las que no lo tienen.- añado mordazmente.

Dani me mira con los ojos muy abiertos y los labios apretados, como si le hubiera dado un puñetazo en el estómago y se estuviera muriendo.

Cuando salgo del ascensor me sigue en absoluto silencio. Reconozco que le he dado un golpe bajo, pero lo cierto es que no me arrepiento.

Natalia abre la puerta, nos mira y palidece al ver a Dani.

- Gansma.- escupe mi amigo con cierto desprecio.

- Chupa.- sisea Natalia entre dientes. - Pasad.-nos ordena con los músculos rígidos.

Dani entra y la sigue muy tranquilo, dejándome pasmada en el rellano.

Esto lo digo en serio, cada día conozco menos a las personas. Cuando entro en la habitación de Sonia los encuentro a los tres charlando amigablemente, como si se conocieran de toda la vida, pero yo, que lo analizo todo sin ningún tipo de sentimiento, me doy cuenta de que están tan tensos como... no se me ocurre nada ingenioso con lo que compararlos.

- Estábamos pensando que podíamos ver una de miedo,- me explica Natalia poniendo los ojos en blanco,- pero las de miedo que hay dan demasiado miedo, por eso hemos decidido ver una comedia romántica.- genial, son *mis* amigos y lo deciden todo sin *mi*. Qué poco me ha durado ser única.- Espero que no te importe que hayamos decidido sin ti, pero es que la película de la que hemos hablando me apetece verla y...

- NO. ME. IMPORTA. ¿Vale?- la interrumpo de malas maneras.

Sonia me mira con una sonrisa mientras se calza unos botines planos y mueve sus oscuras cejas de arriba a abajo con rapidez.

- A lo mejor ves a tu churri.

- ¿Qué churri?- la pregunta sale disparada de los labios de Dani.

- Ninguno.- exclamo y comienzo a empujarles hacia la puerta. Dios, qué tostón de chico.

Acaricio mis extensiones de plumas mientras caminamos por el puente que cruza la vía del tren. Natalia no para de cotorrear, pero ninguno la escuchamos. Sonia chatea por el móvil con su novio. Y Dani me mira.

Pienso en las cosas tan raras que me rodean, en las conversaciones que se interrumpen cuando llego, en las miraditas de expectación y preocupación, en la falta de ganas de superarse a sí mismo de mi hermano y en el poco interés de mis padres por la falta de ganas de superarse a sí mismo de Carlos. ¿Para qué molestarse en educar a un hijo? Y tampoco puedo olvidar los anillos de oro blanco con pequeños y redondos brillantitos blancos y piedras cuadradas de colores que tenemos todos los miembros de la familia y ninguno podemos quitarnos. Yo lo llevo en el dedo corazón de la mano derecha. Siempre que le he preguntado a mi madre por ellos, me ha dicho lo mismo: son anillos protectores. Nunca he comprendido lo que esas palabras significan y ella nunca me lo ha explicado. Siento que me tienen en el centro de todo, pero yo noto que estoy fuera; no me cuentan la verdad, siempre mienten, me apartan pero me acercan a la vez, como a una extraña.

Dani me mira expectante.

- ¿Qué?- le frunzo el ceño.

- Que qué quieres para beber.- señala la chico del mostrador, que con paciencia espera nuestro pedido.

- Coca- Cola, no compres palomitas que me atraganto.- le advierto.

Es entonces cuando escucho *esa* carcajada, la de miel, campanillas y lilas, miro por encima de mi hombro y le veo.

Es el chico de ayer, el altísimo, de pelo negrísimo y ojos verdísimos. Su rostro refleja la misma expresión picara, misteriosa y sensual de ayer. Me mira con sus ojos de un agresivo verde hierba y parece conocer todos los secretos que me son ocultos. Nos miramos fijamente, completamente inmóviles. La sonrisa descarada se borra de sus labios y una mirada intensa abarca la plenitud de sus inmensos ojos verdes y de pronto... todo desaparece. Los secretos, Dani, Sonia, Natalia, el cine, *todo*. No queda nada, ni tan siquiera soy consciente de que existe el tiempo. Noto algo, como una explosión que nace desde mi estómago y que recorre mi sistema nervioso, hasta el punto de que quiero reír y llorar a la vez, saltar, correr, hacer cualquier cosa, pero no me muevo porque su mirada me mantiene anclada en un punto fijo del universo y entonces... todo se va por el desagüe.

- Alex.- exclama una chica y él se gira, dándome la espalda con una mueca de alivio.

Miro a la chica. MIERDA.

Es el tipo de chica con las que salen los tipos como él. Alta, con la piel muy bronceada, ojos... beige, cabello rojo encendido perfectamente rizado y... (Suspiro muerta de envidia)... absolutamente despampanante. Si yo fuera así... ¿qué? Todo seguiría igual, o tal vez peor que ahora porque al ser guapa los chicos me perseguirían y me darían todavía más asco.

Giro la cabeza y miro a Dani, está enfadado. Le miro de nuevo, asombrada, ¿Dani? ¿Enfadado? ¿Dani enfadado? Siento ser tan repetitiva pero es que creía que nunca podría unir esas dos palabras en la misma frase.

Oooooh, está tan mono cuando se enfada, y a todo esto, ¿por qué se ha enfadado?

- ¿Estás enfadado?- le pregunto con una sonrisa asombrada mientras veo por el rabillo del ojo que Sonia y Natalia ya están comprando las entradas.

- No.- intenta gruñir, pero no le sale tan bien como a mí.

- ¡Te has enfadado!- exclamo con una carcajada.

Saca un billete bruscamente para pagar y se pone rígido, supongo que también él lo nota. El chico guapo está detrás de nosotros. La mano de Dani se paraliza y traga saliva con fuerza. Miro por encima de mi hombro, es *él*, pero no me mira a mí, mira la nuca de Dani con abierta hostilidad. Quien me mira es la chica, su mirada expresa una adoración desconcertante, como si yo fuera una súper estrella y ella mi fan. Una mano brusca me sujeta del brazo y me arrastra hacia la sala de cine.

- ¿Qué te pasa?- exclamo de mala leche.- Aún no tenemos las entradas.

Escucho una carcajada, la misma que resonó ayer en mi cabeza y que ha hecho que todo el mundo se girara a mirarle hace un rato, es un ligero repiqueteo de campanillas, miel y lilas.

Se sientan a nuestro lado en la sala de cine, qué casualidad, ¿no? y eso que la sala está casi vacía.

- ¿Es ella?- cuchichea la chica . Silencio.- Alex.- insiste

- ¿No crees que es un poco estúpido preguntarlo cuando conoces la respuesta?- su voz es suave, siniestra, con un deje de amargura y ligeramente ronco. - Huele a loba, a gansma y a humana, ¿o acaso has perdido la sensibilidad olfativa?

Doy un respingo, ¿se suelen mencionar a los licántropos en una charla completamente normal?

- ¿Pero continua siendo humana?

- Manier, ¿de verdad crees que estaríamos aquí si no lo fuera?

- No,- admite la chica al fin con un suspiro.- supongo que no.

CAPITULO 3: ¿LOCA? ¿PORQUE VEA EL FUTURO? ¡QUE VA!

Me gusta la noche. Tan solo al anochecer las calles son como realmente quieren ser: oscuras, siniestras, despreocupadas... y entonces vuelve la luz y las calles vuelven a esconderse en un traje de formalidad y cada uno a sufrir con lo suyo.

- ¡Han enviado al mejor!- escucho gritar a mi hermano desde el salón.
- Carlos, los del Olymdos también han enviado lo mejor que tienen.- razona mi madre.
- ¡Va a ser gansma!- lloriquea el tonto de mi hermano mayor.

Frunzo el ceño, reconociendo esa palabra, es la misma que ha utilizado Alex en el cine cuando hablaba con la explosiva pelirroja que respondía al extraño nombre de Manier.

- Ser gansmo no es tan malo como crees,- afirma mi padre crudamente.- y sabes que cabe la posibilidad de que sea una loba.
- ¡¿Y SI NO LO ES?!- brama Carlos.
- ¡No importará!- exclama mi madre con autoridad.- Tu padre y yo vencimos todos los obstáculos, vosotros haréis lo mismo.
- Los gansmos apestan.- sisea el gandul.
- ¡Ah, claro! - replica mi padre con sarcasmo.- No recordaba que los perros olierais a rosas.

Salgo de mi habitación y entro en el salón, los tres están en pie y se miran unos a otros furiosos.

- ¿Se puede saber qué os pasa?- inquiero con absoluta indiferencia, ya sé de antemano que no van a contarme nada.
- Nada.- gruñe mi madre.

¿Lo ves?

- No sé por qué me molesto en preguntar, nunca pasa nada pero siempre os estáis gritando.- les miro sin ganas.- Si no sucede nada podéis ir cerrando esas bocazas que sois incapaces de utilizar para hablar como cualquier persona normal y así podré dormir.
- Tesa...- comienza mi padre, pero yo ya he cerrado la puerta de mi cuarto y estoy en la cama con las mantas tapándome la cabeza.

Al principio todo va bien, no hay nada, tan solo la oscuridad relajante del sueño, pero entonces sucede algo bastante extraño, estoy despierta, ¿vale? de modo que no es un sueño, aparece una imagen ante mi visión, no como si me la estuviera imaginando, es como si la viviera en realidad.

"Corro por los túneles, desesperada, voy buscando algo o a alguien... grito llamando a Dani, la respuesta es un alarido aterrado. Continuo corriendo a más velocidad y es cuando veo su cuerpo familiar arrojado en medio de la vía." Todo lo que sucede a continuación es algo que imagino imposible, sobre todo porque yo estoy involucrada.

Doy un respingo y suelto un pequeño alarido cuando todo vuelve a la normalidad. Tengo frío pero mi cuerpo dice lo contrario pues está cubierto de sudor, el corazón repiquetea contra mis costillas, me cuesta respirar y una ligera sensación de mareo se apodera de mí. De modo que esto es sentir miedo.

Trago saliva, pero tengo la garganta tan seca que me duele, deseo agua con todas mis fuerzas, pero me siento incapaz de levantarme, algo me lo impide, estoy completamente inmovilizada.

Al cabo de un rato me veo obligada a levantarme a por agua, estoy sedienta.

Me tenso cuando cruzo la puerta de mi habitación y suspiro aliviada cuando no sucede nada.

Claro, idiota, no esperarías que realmente te atacara un vampiro.

Se burla de mí esa vocecilla odiosa que habita dentro de mi cabeza. Pero lo cierto es que en este momento tiene motivos para burlarse, ya que sí esperaba que un vampiro me atacara.

- Solo ha sido una pesadilla.- me tranquilizo en voz alta, intentando romper el silencio de la noche, pero no sirve de nada, todo continua silencioso y sé que no ha sido una pesadilla ¡estaba despierta!

Cuando vuelvo a toda prisa a la cama, dejo una lámpara encendida y me tumbo boca arriba, acariciando el anillo de mi dedo, por primera vez en mi vida... tengo miedo.

Un desagradable escalofrío me recorre la espalda, mi visión se oscurece por completo para, momentos más tarde, iluminarse con un fogonazo naranja.

"Tras mis párpados está el sol caribeño, bajo mi espalda la arena de la playa, el agua salada lame mis piernas desnudas y acercándose con paso lento y seguro, no necesito abrir los ojos para saber quién se acerca, el amor de mi vida."

Jadeo cuando mi visión vuelve a su estado normal. La angustia estruja mi corazón, el miedo ya ha sido olvidado, dos gruesas lágrimas brotan de las mismas profundidades de mi alma.

Ojala fuera cierto.

Me echo agua en la cara por tercera vez en quince minutos. Tengo que irme al instituto, pero acabo de secarme la cara y ya tengo las mejillas empapadas por las lágrimas.

- ¿Qué te pasa?- inquiere Carlos.

Le miro a través del espejo; son las ocho de la mañana y se va a acostar ahora, qué suerte, yo tampoco debería haberme ido a la cama en toda la noche.

- Nada.- gruño.

- Entonces, ¿por qué lloras?- cruza los brazos y se apoya contra el marco de la puerta. Sus musculosos y morenos antebrazos resaltan contra la blanca camisa remangada que lleva.

- Alergia.

- ¿En Noviembre?- alza una ceja oscura.

Me seco las mejillas y me giro a encararle.

- Si lloro, a ti no te importa el motivo.- afirmo fríamente.

- Eres mi hermana.- replica, como si eso lo dijera todo.

Sacudo la cabeza y cuadro los hombros, dispuesta a marcharme.

- Llego tarde. - anuncio al pasar por su lado, pero su voz me detiene y me quedo clavaba junto a su cuerpo, ambos ladeamos la cabeza para poder mirarnos a los ojos.

- No voy a permitir que te suceda nada.- me promete.

Resoplo, fijándome en que lleva toda la noche sin dormir pero no tiene ojeras ni huele a alcohol.

- Eso no me preocupa.

¿Cómo voy a decirle a mi hermano que lloro por un sueño? Porque mi alma anhela que sea real, porque me he dado cuenta de que prefiero vivir en un sueño nocturno, sueño que he tenido estando despierta, antes que en la vida real. ¿Acaso estoy loca? Puede ser, pero también existe la posibilidad de que estoy tan desesperada por sentir *algo*, que me engancho a cualquier pequeña emoción sin importarme que no sea real. ¿Por qué estoy vacía? y las lágrimas, también vacías, caen de nuevo por mis mejillas.

- Tesa.- susurra mi hermano y me envuelve en sus brazos.

Me abrazo a él con desesperación mientras las lágrimas mojan su camisa.

- Aunque no lo creas, te comprendo. Yo pasé por algo parecido hace muchos años.- me besa la coronilla.- Tranquila, falta poco para que comprendas.- y tras darme un último beso en la frente, se encierra en su habitación.

Mi móvil comienza a vibrar y lo saco del bolsillo trasero del short vaquero.

- ¿Qué pasa?- gruño, metiendo el dedo en los rotos de mis tupidas medias azules.

- Son y veinte.- chilla Dani.
- ¿Y por qué no has venido a buscarme a casa para no llegar tarde?- me coloco la camiseta amarilla con tachuelas azules y corro a calzarme las converse blancas antes de salir disparada, mochila al hombro.

- Pon al día a los del Consejo, diles que todo está comenzando.- le informa Alex al mensajero enviado para recibir los informes.- Los poderes de Teresa han reaccionado en cuanto me he acercado a ella. Está neutralizando sus genes licántropos, pero que no se confíen, los Del Olymdos han enviado a alguien poderoso, aún puede haber sorpresas.
- Sí, mi señor.- el mensajero abre un portal y se marcha.
Alex se deja caer en un diván, confundido, la chica ha despertado sentimientos en su interior que él mismo se ocupó de aniquilar, no está hecho para amar a una mujer, pero ella no es una mujer cualquiera, es la elegida para ser su compañera eternamente, no hay nada que él pueda hacer para evitar enamorarse de ella y eso precisamente es lo que más le incomoda, que está en manos del universo.

- ¡Genial!- exclama Dani lanzando su mochila contra el suelo, solo que el efecto no es el deseado y todo su contenido se esparce por la acera.
Nos agachamos y comenzamos a guardarlo todo, los libros, el estuche, el archivador, la agenda... una pequeña botellita de color rojo con un pequeño tapón de corcho.
- ¿Qué es esto?
- Nada.- murmura arrancándomela de la mano.
Se sienta en un bordillo con la mochila entre las piernas y la mandíbula apoyada en los puños, sus codos reposan en sus muslos. Me siento junto a él, abrazándome las rodillas y olvidando la mochila en la acera.
- Cuarenta y cinco minutos esperando hasta segunda hora.- refunfuña en tono de niño malcriado.
Me subo la capucha de la sudadera amarilla y me muerdo los labios para no reírme mientras me coloco las coletas sobre los hombros.
- Tampoco es para tanto.
Repite mis palabras intentando imitar mi voz. Le quito el gorro de lana con una carcajada. Intenta recuperarlo, y en medio del forcejeo terminamos

medio tumbados sobre la acera, él encima. Acerca su rostro al mío y su frío aliento acaricia mi cara. Su tacto helado no es del todo agradable, y eso que yo nunca tengo frío. Se pasa la lengua por los pálidos labios y mira los míos con intensidad. Una parte de mi pide un beso, pero otra más poderosa le repele y se estremece de asco con solo pensar que me besa, siento que estos no son los labios correctos.

El sueño de anoche cruza mi mente y me estremezco de placer al imaginar esos labios tan rojos besándome. Los pálidos de Dani se acercan demasiado, con lentitud pero sin pausa y yo... me veo en la obligación de fingir un estornudo y le golpeo la barbilla con la frente.

- ¡Ay!- me quejo de dolor.- ¡¡Pero qué tienes en esa barbilla!?- me incorporo y le aparto con brusquedad.

- Lo siento.-tartamudea con timidez. Le fulmino con la mirada.

- No importa, solo que... - me río como si fuera a decir la mayor estupidez del mundo- ...parecía como si fueras a besarme.

Se ríe con incomodidad y se rasca la oreja.

- Sí, qué tontería, ¿verdad?

- Para nada, estoy buenísima.

Me mira de un modo raro, con una mezcla de anhelo, deseo y expectación, parece que espera algo de mi, algo que no va a llegar nunca, la imagen de esos ojos verdes me sacude, al menos no para él.

La vida es una basura, ¿por qué no puedo amar a Dani? Es obvio que yo le gusto, aún siendo un bicho raro. Me siento incompleta, sin terminar, vacía, muerta. Antes creía que a todo el mundo le sucedía lo mismo, que fingían sus emociones, pero con el tiempo me di cuenta de que la única que fingía era yo, los demás sentían sus emociones *de verdad.;* y me da envidia, o el sentimiento que se supone que es la envidia, porque yo también quiero saber qué es odiar y qué amar. Anhelo esa felicidad que siente todo el mundo... salvo yo.

- ¿Qué te pasa?- me pregunta Dani, frotando se la barbilla.

- ¿Alguna vez has sentido que tu familia espera que te suceda algo, no tiene porqué ser malo pero tampoco bueno, sino... una cosa normal y no quieren que te suceda?- le miro expectante, me decepciono con su respuesta.

- No ¿tú si?

Suspiro, en ocasiones es bastante tonto el pobre.

- No... Olvídalo, son cosas de chicas.

- Todo son cosas de chicas.- hace una floritura con la mano.

- Eso ha quedado muy femenino, Dani.- le felicito con una sonrisa burlona. Da un respingo y baja la mano, que había dejado suspendida cerca de su mejilla.

- ¿Insinúas que soy gay?- inquiere frunciendo el ceño con delicadeza, tenso.
- Nooo,- se relaja.- he dicho que eres un poco afeminado, es diferente.
- ¿En qué sentido?
- En todos.- le empujo por el muslo y me pongo en pie.- Venga, perezoso, tenemos que firmar, son las nueve y veinte.
Cojo el boli que el conserje me tiende y escribo en la hoja la información requerida: *Teresa Díaz Gómez. 4° C*, Dani me sigue tras escribir su nombre: *Daniel Fuencarral Estrada. 4° C*.
- ¿Qué toca ahora?- le pregunto sin que me importe realmente.
- Mates.
- Arg,- exclamo- no me gustan las mates.
- A ti no te gusta nada.- me reprende con una sonrisa.
- Eso no es del todo cierto,- sus cejas se alzan en un arco color trigo perfecto - me gusta la ropa, los zapatos, los colores brillantes.
Entramos en la clase después de subir hasta el tercer piso e ignoro a Cristian, que me dice tonterías sobre la cama y nuestra falta a primera hora. Es entonces cuando lo siento, un escalofrío que me deja clavada en medio de la clase, es *el* escalofrío. No es una sensación desagradable, pero es un aviso de que me va a suceder lo mismo que anoche: me voy a quedar ciega y voy a ver cosas sacadas de mi imaginación... tomo aire bruscamente, he visto una pequeña película bastante interesante. La profesora de matemáticas se acerca a mí y me mira preocupada.
- ¿Te sucede algo, cielo?
- Me ha venido la regla y no llevo nada puesto.- miento descaradamente, yo nunca he tenido la regla, y mi madre tampoco, dice que es una herencia familiar que te permite quedar embarazada sin necesidad de ovular; hace una mueca de horror.
- Ve y no tardes.
Me giro hacia la puerta.
- ¿A dónde vas?- me pregunta Dani.
- No tardo.- afirmo echando a correr, por el rabillo del ojo le veo componer una mueca de disgusto.
Atravieso los pasillos como una flecha, bajo las escaleras sin pisar los escalones, a saltos, para cuando llego a conserjería, estoy jadeando como un perro.
- ¿Aún no han llegado?- le pregunta Carmen, la jefa de estudios al conserje, Rafael.
- No.
- Cuando lleguen envíalos a mi despacho, quiero hablar con ellos.

Suspiro aliviada cuando no veo lo que he visto, pero a la vez me llevo una horrorosa decepción, esperaba volver a verle y acabo de darme cuenta de que en realidad es algo imposible. En ese momento se abre la puerta de cristal, me giro... y una sensación de mareo se apodera de mí.

Unos increíbles ojos verdes hierba se clavan en los míos, los cierro, rogando porque no lleve unos holgados vaqueros, una camiseta roja, Nike negras y cazadora de cuero con cremalleras ultra moderna, cuando abro los ojos y le miro, me estremezco de pavor, lleva *esa* ropa, con la que le he visto en la mini-peli.

Su mirada es puro misterio. Camina con un garbo excepcional, seguido por la chica despampanante de cabello rojo fuego y piel morena. No se parecen en nada, pero a la vez son iguales; rasgos bellos y perfectos, movimientos felinos, sensualidad, misterio... esto ya lo he vivido, en la clase, en la mini-peli. Es como si... hubiera visto el futuro.

Sus enormes ojos, clavados en mi, se llenan de admiración.

¿He visto el futuro?

Se acerca Carmen, yo estoy parada junto a ella, intercambia algunas palabras con la chica mientras yo siento la mirada de *él* fija en mi rostro.

¿He visto el futuro?

Trago saliva con fuerza y jadeo, intentando encontrar una explicación lógica a todo esto... ¡ACABO DE VIVIR ESTA ESCENA EN CLASE! ¿Qué explicación lógica puede haber?

Le miro, e instantáneamente una sensación de tranquilidad me invade. En su mirada hay tal cantidad de seguridad que por unos pequeños momentos yo también me siento segura.

- Vamos a mi despacho, chicos.- les ordena Carmen, pero yo apenas la escucho, porque un rugido ensordecedor me tapona los oídos. Me falta oxigeno.

Mientras se alejan, Alex mira por encima de su ancho hombro con aire preocupado, pero vuelve a mirar al frente cuando la chica despampanante le golpea con una rapidez realmente asombrosa en las costillas.

- ¿Necesitas algo?- pregunta el conserje.

Le miro al darme cuenta de que se dirige a mí. Tan solo veo su rostro, lo demás está todo negro, a los lados, por arriba, por abajo... solo un pequeño punto de luz en el centro de mi visión me impide sumirme en la oscuridad completa.

Mis piernas comienzan a moverse, ansiosas por salir de aquí, el conserje grita algo, pero el rugido de mis oídos no me deja escucharle. Salgo al patio, corro, abro un puerta y me escondo en los lavabos del patio, hay varias chicas fumando, las paredes están pintarrajeadas, casi sin ver me encierro en uno de los cubículos del retrete y me siento sobre la tapa del mismo, abrazándome las rodillas y mirando fijamente la puerta, sin verla realmente.

El tiempo comienza a escurrirse con perezosa lentitud, robándome la noción de los minutos que pasan. No puedo decir cuanto tiempo llevo aquí escondida, pero puedo asegurarte que no quiero salir. Soy feliz encerrada en mi cascarón, da demasiado miedo el mundo, tan grande, tan lleno de gente que solo va a hacerte sufrir... las chicas, tras unos cuantos cigarrillos, palabrotas y multitud de conversaciones idiotas, se han marchado y estoy... sola. Dos gruesas lágrimas ruedan por mis mejillas, siempre estoy sola y supongo que moriré así.

¿Qué me está pasando? ¿Qué es eso que he visto? Es como... si... trago saliva, rogando clemencia ante el pensamiento tan absurdo que ha cobrado vida en mi mente... he visto el futuro. Me aprieto las sienes con los puños, fuertemente cerrados. Sollozo cuando otro escalofrío me sacude y una visión de lo que va a suceder en el futuro sustituye mi visión real.

"Miro con odio a Iván, ambos envueltos en bruma blanca" ¿Quién es Iván?

La puerta del baño se abre. Escucho pasos lentos, seguros.

Enredo las manos en mi cabello salpicado de plumas.

- Dios mío, ¿qué es esto?- susurro al borde de un ataque de histeria.

- El futuro.- afirma una voz suave y siniestra.

Estoy en medio de una pesadilla.

- No es una pesadilla, te sucede lo mismo que te sucedía anoche,- hace una pausa cargada de tensión.- ves el futuro.

¿He hablado en voz alta?

No

¿Entonces como sabe que estaba pensando que esto es una pesadilla como las de anoche? Es más, ¿¡CÓMO SABE LO DE ANOCHE!?

- Yo también tengo un don, Teresa

Ahora estoy segura, no he abierto la boca.

Se ríe, sus carcajadas son miel, campanillas y lilas.

- ¡Cállate!- le ordeno al tiempo que un escalofrío me recorre con mayor intensidad.

En esta ocasión tan solo veo agua helada a mí alrededor y una gruesa capa de hielo sobre mí.

- Tienes que calmarte.- me indica con tranquilidad.

Me invade un terror tan intenso que quiero arrancarme el pelo, chillar y esconderme bajo tierra con cemento encima, pero no lo hago, mas que nada porque las extensiones de plumas son muy caras.

- Teresa,- su voz es persuasiva- sal de ahí, yo puedo ayudarte.- entierro el rostro entre las rodillas- no vas a morir, lo que has visto son todos tus futuros posibles, pero todavía no has tomado una decisión que te lleve a uno de ellos.

- Vete.- balbuceo.

- Teresa, tengo la solución a tu problema.

- ¡No sabes cual es mi problema!- chillo medio enloquecida.

Permanece varios minutos en silencio, tantos, que si no fuera porque percibo su presencia al otro lado de la puerta pensaría que se ha marchado.

- Nada es lo que parece ser, estás resentida porque tu familia no te cuenta secretos que sabes que te afectan a ti, suceden cosas extrañas que no comprendes y todos a tu alrededor intentan fingir que son cosas normales, como cuando tenias trece años, te enfadaste con Carlos y comenzasteis a gritaros, deseaste que el jarrón que había sobre la mesa explotara y explotó. Tu madre te convenció de que fue debido al calor, pero ¿de qué calor hablaba?

¿Cómo sabe eso? Todos mis nervios desaparecen, de pronto todo encaja y sé que la pieza que le falta mi puzzle tiene nombre: Alex.

Me pongo en pie y abro la puerta. Alex está repantigado contra la pared, con los brazos cruzados sobre su enorme pecho.

Nos miramos en silencio, inmóviles, hasta que él esboza una pícara sonrisa con su boca descarada.

- ¿Cómo sabes eso?- inquiero con un hilo de voz.

- Porque soy como tú.

En mi vida había imaginado que unos labios pudieran moverse con tanta sensualidad, son tan atrayentes que mi cerebro no consigue hilar los pensamientos, se desconecta por unos instantes.

- ¿Q-qué... qué quieres...decir?- tartamudeo.

Se encoge elegantemente de hombros y sonríe de nuevo, su sonrisa es cegadora, me tiemblan las rodillas al observarla.

- Teresa...- arruga la nariz con disgusto.- ¿Puedo llamarte Tes?- se interrumpe alzando las cejas, que se pierden en los mechones negros que caen sobre su frente.

- Claro.- acepto sin saber del todo lo que me ha dicho.

- Muy bien, Tes. Todo esto es más fácil de lo que crees, la respuesta es bastante simple, lo complicado es la pregunta.- sus ojos verde hierba me suplican comprensión, su pálido rostro muestra misterio, sensualidad y algo de amargura.

- Pues dime la respuesta.- pido con lentitud.

Sacude la cabeza.

- Es demasiado pronto para que sepas y no me frunzas el ceño, señorita.-
me advierte con una sonrisa que me obliga a sonreír a mí también.- De
momento... lo único que puedo ofrecerte es un abrazo.- y tras esas palabras
se aparta de la pared y extiende los brazos.

Siento como una fuerza invisible me empuja hacia él, como si algo dentro
de mí tirara en dirección a Alex, pero hay otra cosa que tira en dirección
contraria. En mi interior luchan dos emociones diferentes y que no
reconozco, pero el deseo de abrazarle aplasta todas mis reticencias, tomo aire
bruscamente y enredo mis brazos en su cintura, los suyos se cierran entorno
a mí como barreras que me protegen del mundo que tanto me asusta, me
siento segura.

Es más alto y fuerte desde cerca, mi oído está sobre los cálidos latidos de
su corazón.

Me estrecha con más fuerza, como si me necesitara y sonrío al recordar que
esta es una de las imágenes que vi anoche, si al final ver el futuro no va a
resultar tan malo como pensaba.

CAPITULO 4: ME HE ENAMORADO.
SÍ, YA SÉ QUE LE CONOCÍ AYER.

Le veo a través del cristal, él me ve a mí y sonríe de un modo extraño.
Mi corazón tartamudea. Entro en el restaurante y camino hasta la mesa en la que se encuentra Alex, justo en el centro del local. Cero intimidad.
- Hola.- vuelve a sonreír y se pone en pie.
Me regodeo en la satisfacción cuando me da los dos besos de rigor. *Lo prometo,* noto que mi corazón va a estallar.
¿Quién me manda salir con un chico al que duele mirar de tan bello?
- Siéntate.
Lo hago y después lo hace él.
- Bueno...- murmuro.
Me van a dar un premio por la originalidad de mi comentario.
- Ya sé que nos hemos conocido hoy, aunque nos hayamos visto antes, pero en el futuro compartiremos secretos, de modo que... relájate.
Una preguntita: ¿¡Qué se supone que debo responder a esto!?
- No es necesario que respondas nada porque aún no comprendes.
- Entonces hazme comprender lo que nadie quiere explicarme.
Sonríe con picardía.
- Cada cosa a su debido tiempo, aún es demasiado pronto.
Le frunzo el ceño.
- Pronto ¿para qué?- le exijo saber.
- Tes...- se echa hacia atrás en su silla- ...aún no puedes saber lo que eres.
- ¿Lo que *SOY*?- siseo entre dientes.- ¿Qué soy? Hasta donde tengo entendido los alienígenas no existen.
- Por favor, este no es el momento ni el lugar más apropiado para hablar de estos temas, ¿no crees?- vuelve a sonreír mientras sus ojos resplandecen como joyas.
Se acerca un camarero.
- ¿Que os sirvo?- inquiere con verdadera desgana.
- ¿Que nos recomiendas?- inquiere Alex a su vez, mirándole con curiosidad.
- Que nunca confíes en una mujer.- sisea con rencor- Son todas unas zorras.
Alzo las cejas, dispuesta a patearle el culo por estúpido, cuando Alex vuelve a hablar y claro, toda mi agresividad se esfuma.
- ¿Y de comida?
- ¿Ensalada?

- ¿Realmente me ves cara de comer lechuga?- inquiere como si acabara de insultarle.
- Tienes los ojos verdes.- me trago la risa cuando Alex fulmina al camarero con la mirada, éste da un paso atrás.- Tengo... lasaña, hamburguesa casera, pasta, callos, cocido, cochinillo.
- Yo me quedo con la lasaña, creo que será lo único que sacie mi hambre a las cuatro de la tarde,- miro a Alex con los ojos entrecerrados- hace una hora que debería haber comido.
Sonríe y pide otra lasaña para él.
- Eeehhh... ¿Coca-cola?- inquiere titubeante, como si no estuviera seguro.
- Sí.
- Dos.
El camarero se marcha con un suspiro resignado y los hombros hundidos. Alex hace una mueca de fastidio, sacude la cabeza y me mira. Su cabello negro cuidadamente descuidado brilla con sedosidad, dándole apariencia de mármol blanco a su tez pálida, parece carbón; sus ojos, enmarcados por unas inmensas pestañas curvadas de un negro todavía más intenso que el del pelo, resplandecen con el colorido de la hierba recién cortada, llenos de misterio. Su mandíbula cuadrada es fuerte y varonil, pero a la vez es tan delicada como su nariz, fina y elegante y sus angulosos pómulos. Los labios, con un perfecto mohín pícaro y sensual, poseen el color de las cerezas, llenos, preciosos, parecen estar enmarcados por la piel de seda de alrededor. Se mueven, y estoy tan concentrada en ellos que escucho el susurro que producen al rozarse.
Sus labios se mueven de nuevo, parece que me está preguntando algo.
- ¿Perdona?- inquiero confusa.
Los sensuales labios se estiran en una perfecta sonrisa divertida.
- Te decía que estas muy guapa.- me mira fijamente, examinándome, como yo a él hace unos segundos.
- ¿Qué?- gruño incomoda, no me gusta que me miren.
- Eres...- responde pensativo-...una chica interesante.
Me han dicho muchas cosas, que soy gruñona, desagradable, hosca, respondona, introvertida, sarcástica y un montón de cosas parecidas, pero nunca, jamás, me han dicho que soy interesante.
- Mmmm... ¿Gracias?- inquiero titubeante.
Sonríe y el mismo sol sería opaco si lo comparáramos con esa sonrisa. Al ver esa sonrisa, siento como si miles de estrellas explotaran dentro de mi corazón, obligándome a sonreír, henchida de felicidad.
- Tienes una sonrisa preciosa.- afirma, mirándome embelesado.

Dejo de sonreír y aparto la mirada, no me gustan los piropos.

El móvil de Alex comienza a sonar, lo saca de su cazadora negra, es plateado, de pantalla táctil, nuevo en el mercado y el más caro del mundo, literalmente, solo se han hecho diez... y él tiene uno.

- ¿Qué?- gruñe muy serio, con el ceño fruncido, en este momento se parece a mí- Estoy ocupado.- no, no se parece a mí, dudo que yo de tanto miedo con el ceño fruncido y es imposible que me siente tan bien como a él.- Balmernia, estoy con Teresa.- sisea, separando las palabras con demasiado énfasis.- Claro que puedes venir... si quieres que te avergüence revolcándome en el suelo y berreando como un bebé,- alza las cejas con superioridad, yo sonrío- ¿que no me atrevería? ¿Como crees que conseguí la espada con hoja de doble filo de oro y la empuñadura de azabache, pidiéndosela a los reyes mayos? Te recuerdo que a Ñourem no llegan.- bufa con sarcasmo. Pone los ojos en blanco, exasperado.

Tiene una amiga exacta a mi Dani, un muermo.

Al fin llega el camarero con nuestros platos.

- Balmernia, tengo que colgar. ¡No!- exclama en un susurro.- No puedes venir, pero... ¿tú no estabas en Helarer cogiendo cristales Sabrac?

"Lo siento", forma con los labios, sacudo la cabeza con una sonrisa y me como un pedazo de lasaña.

- ¿En Efubri?- exclama incrédulo.- Ese planeta está en otro sistema solar. Está bien, ¿en qué ciudad del planeta estás? En Efram vive el hermano de Gémigro.- ronronea con aire maquiavélico.- No será que has dejado de lado tus obligaciones para dedicarte al ámbito amoroso pre-matrimonial. Balmernia, Balmernia, Balmernia, eres una viciosilla.- me sonríe.- Me ha colgado.- se guarda el móvil en el bolsillo y vuelve la cabeza para mirar al camarero.- No llego a comprender el dolor que sienten los humanos cuando una persona la deja por otra.

- ¿A quién te refieres?

- Al camarero, está alicaído y la otra camarera tiene que estar todo el rato haciéndole carantoñas para animarle, trata con evidente desdén a las chicas a las que atiende y no mira a ninguna.

- Eres muy raro.- le digo, un poco intimidada, yo no me he dado cuenta de nada.

- No soy raro, simplemente estoy acostumbrado a observarlo todo.

- Y eso ¿por qué?

- Trabajo.- y con esa palabra da por zanjado el tema, ataca su lasaña, haciendo muecas de desagrado de vez en cuando.

- Si no te gusta, ¿por qué te lo comes?

- Si tú te lo comes es porque está bueno y mi criterio no es válido porque yo no tengo necesidad de alimentarme, pero los humanos os ponéis algo nerviosos si vuestro acompañante no come.

- Claro y tú eres un vampiro.- bufo.

Él juguetea con la comida y sonríe lleno de misterio.

- Algo parecido.

Me río y sacudo la cabeza, las cabras tiran al monte y está claro que en el ascenso me he encontrado con una cabra más cabra que yo.

Tiro el bote de coca-cola vacío en una papelera mientras paseamos por El Retiro; después de salir del restaurante hemos cogido el autobús pare venir al aquí, según él porque es más tranquilo, pero yo no le veo tranquilidad a pasear por un parque lleno de gente.

- ¿Y...Dani?

- ¿Cómo sabes tú que existe Dani? - le pregunto con curiosidad, entrecerrando los ojos.

Se encoge de hombros.

Suspiro con resignación, estoy acostumbrada a este tipo de respuestas.

- Dani es mi mejor amigo, como novios no encajaríamos.- no hace falta añadir que hasta que no ha aparecido él ni tan siquiera he sentido curiosidad por los besos, ni que me siento más cómoda en su presencia de lo que estado en toda mi vida.

- ¿Por qué?

- No sé muy bien como explicarlo, pero... voy a decirlo como lo siento y no te asustes, ¿de acuerdo?- hace un gesto de asentimiento.- Hasta hoy, hasta que has aparecido tú, no me importaba nadie salvo Dani. Todo lo demás carecía de sentido, me daba igual.

- Eso lo diría una chica enamorada.

Alzo las cejas.

- O una madre sobre protectora.- sugiero con una sonrisa.- Además, Dani es *demasiado* inocente para mí.

Sus ojos se llenan de incredulidad.

- ¿Cuándo se es demasiado inocente? ¿O demasiado amable? ¿Existe un tope que diga "hasta aquí"?

- Todo tiene sus límites.- contradigo, algo muy típico en mí. Si dieran un premio a la persona que mejor sabe llevar la contraria me lo darían a mí.

- No siempre hay cantidades predeterminadas, no siempre hay límites.

- Por ejemplo...- le insto a continuar con un gesto de la mano.

- Amor sin limites, pasión, sufrimiento, son sentimientos que no tienen fin, cuando odias a alguien con todas tus fuerzas, tanto que el propio sentimiento es lo que durante años da cuerda a tu vida, y es lo que te hace seguir viviendo y piensas que ya no hay espacio en tu corazón para odiar más, en ese momento la persona a la que detestas hace algo y ese odio aumenta, hasta tal punto que te detestas a ti mismo por ser incapaz de no sentir nada hacia alguien tan insignificante, es entonces cuando comprendes que los sentimientos no tienen barreras, que se mueven a su antojo sin que los puedas controlar. No tienen fin.

- Su fin es no existir.- murmuro, mirando al suelo, intimidada por la pasión que desprenden sus palabras.

- Cuando un sentimiento no existe, es porque tiene que nacer y cuando nace comienza su existencia, por lo tanto el hecho de que no lo conozcas no quiere decir que tenga fin. Es como el universo, que no tiene fin, nunca acaba, siempre descubres algo nuevo.

- ¿Y tú como sabes que el universo no tiene fin? No ha sido demostrado.

- No, pero yo he recorrido más universo del que sueñan en la NASA, sus mentes son incapaces de descubrir todo lo que yo he visto. Ni siquiera los de mi especie han visto tanto como yo.

Me río y esta vez no es como las otras veces en las cuales me río por obligación, esta vez no es así, ahora lo hago porque me apetece, porque lo *siento,* es como si Alex despertara la parte buena de mi alma. Sus palabras son tan ridículas...

- Con esa sonrisa conseguirías que cualquier rey te entregara su reino, incluido yo.

- ¿Eres un rey?- que tiene dinero está claro, pero no voy a creer que sea de sangre azul.

Sonríe de un modo siniestro y misterioso.

- Casi.- su voz suena vibrante, como el sonido que produce un golpe en una copa con agua y que crea ondulaciones en su superficie cristalina.

- ¿Y donde está tu "casi" reino?- me burlo de buen humor.

- No he dicho que sea un casi reino, he dicho que yo soy un casi rey, es distinto y aunque te dijera su ubicación exacta serias incapaz de llegar hasta él.- sus palabras son serias, como si lo dijera de verdad, pero el brillo divertido de su mirada me hace dudar.

- No estoy tan mal en geografía.-bromeo. Intentando quitarle seriedad al asunto.

- No es cuestión de geografía, -susurra muy serio.- Mi reino es inalcanzable para los humanos, aún no han inventado, ni lo harán, cohetes lo suficientemente veloces para llegar a mi reino y si lo hicieran, unas simples palabras bastarían para que el simple ojo humano no los viera y ya sabes que lo que los ojos ven y los oídos oyen, el cerebro se lo cree.

Le pongo mal cara; mira que es tener mala suerte tener la primera cita de mi vida con un tío que está chaveta.

- Tú no te habrás escapado de un psiquiátrico, ¿verdad?- inquiero con recelo.

Me mira unos instantes muy serio, después estalla en carcajadas.

Retrocedo un paso, pálida. NO.PUEDE.SER. Sus ojos chispean como las chispitas que salen por la boquilla de un mechero cuando no se enciende; sus ojos desprenden chispitas verdes, como una pequeña lluvia de fuego.

La expresión de su rostro se petrifica cuando se da cuenta lo que estoy viendo, baja la mirada al suelo.

- ¿Alex?- inquiero en un titubeo, sin saber muy bien qué hacer.

- Es demasiado pronto.- afirma dando un par de pasos atrás.- Esto no debería ser así, va demasiado rápido.- gira en redondo y se marcha dando grandes zancadas.

Tal vez debería preocuparme el hecho de que sus ojos desprendan chispas del mismo color de su iris cuando se ríe, o las cosas tan extrañas que dice, pero solo puedo pensar en qué voy a hacer si todo se queda en una conversación.

Me dejo caer sobre la cama con un suspiro de cansancio.

¿Por qué todo es tan complicado? ¿Por qué vivo rodeada de cosas extrañas? La única persona que me lo cuenta todo y es normal es Dani, solo él. ¿Por qué nadie, salvo Dani, confía en mí lo suficiente como para contarme las cosas realmente importantes? Tan solo tengo clara una cosa: soy un fraude. Todos mis fantasmas, los que habían desaparecido cuando estaba con Alex, vuelven; mis miedos, mis obsesiones, la insensibilidad, todo. ¿Acaso le necesito *a él* para ser una persona normal?

- ¿Puedo pasar?- inquiere una voz perezosa.

Miro hacia la puerta y veo a Carlos, mi hermano, apoyado contra el marco.

- No.

Suspira y entra para sentarse en la cama.

- O eres muy tonto y no comprendes el significado de la palabra "no" o te estás quedando sordo con la edad. ¿Ya te han salido canas? Mucha gente con veintidós ya tiene.

Suspira.

- No suspires tanto,- le regaño- que puedes pegarme la gripe A.
- No tengo la gripe A.
- Ya, eso dices tú.- me abrazo a un cojín y le hago un gesto con la mano para que se marche, pero no lo hace.

Sonríe de forma lobuna. Le miro fijamente. Parece un lobo, en su forma de moverse, de mirar, de sonreír, posee cierto aire salvaje, aún con el pelo corto y todo.

- ¿Qué quieres?- refunfuño.
- ¿Por qué iba a querer algo?- cruza los brazos.
- ¿Porque si no quieres nada no entras en mi habitación?- inquiero de forma retórica. Parpadea sorprendido, como si no hubiera pensado en eso.
- Cierto.- asiente con la cabeza.

Alzo las cejas de forma interrogativa.

- ¿Y bien?- inquiero al ver que no dice nada.
- ¡Ah, sí! Verás, no quiero que pienses que te espío, cosa que no hago, - miente; su pulso se ha acelerado brevemente, lo he oído.- pero... te he visto esta tarde con un chico y quería saber si sabes en qué te estás metiendo.

Le miro con fijeza, seria pero con una sonrisilla de suficiencia en los labios.

Traga saliva con nerviosismo y se rasca la cabeza cuando me siento y le miro pensativa.

- ¿Por qué debería hacer algo que tú nunca haces?
- No has respondido a mi pregunta.- protesta.
- Sí, es frustrante querer saber algo y que no te lo cuenten, ¿verdad?- me tumbo de nuevo y aparto el cojín a un lado.- Además, no creo que sea de tu incumbencia.

Me pone mala cara.

- Eres muy desagradable.- afirma con desdén, como si fuese el mayor de los insultos.
- Lo sé, he practicado mucho.- sonrío con satisfacción.

Se levanta de la cama, furioso.

- Me preocupo por ti.- exclama furioso.
- No lo hagas, nadie te lo ha pedido.
- ¡¿Es que no te cansas de mantener a todo el mundo fuera de tu burbuja!?
- No, ¿acaso os cansáis vosotros de guardarme tantos secretitos?, y creo recordar que esta mañana has dicho que me comprendías.
- Eres la persona más estúpida con la que he tenido la desgracia de cruzarme.
- Querrás decir el placer.- le corrijo.

- ¡¿SIEMPRE TIENES QUE DECIR LA ÚLTIMA PALABRA?!- brama con la cara roja de ira.
- Sí.- admito con total calma, ligeramente condescendiente.
Me fulmina con la mirada y se marcha dando un portazo. Sonrío divertida, si una no es capaz de sentir enfado, provócalo en los demás.

Mi padre y Carlos comienzan a discutir... otra vez. Siempre es lo mismo, discuten y nunca me cuentan el motivo de la discusión.
Me levanto, en pijama y a la una de la madrugada, los vecinos deben estar hartos de nosotros, y guardo una muda de ropa en un bolso, cambio los libros de la mochila que he utilizado hoy por los que voy a utilizar mañana y salgo al salón con el bolso y la mochila a cuestas.
- Me voy a dormir a casa de Dani.- anuncio, pero me ignoran y continúan gritándose.- ¡Me voy a dormir a casa de Dani!- chillo, todos se callan y me miran atónitos mientras abro la puerta y me marcho.

Asoma la cabeza desde la litera de arriba, por lo que su lacio cabello color trigo se separa de su cabeza y se le pone de punta, parece que ha metido los dedos en un enchufe.
- Dani, pareces tonto con el pelo así.
Sonríe y sus tiernos ojos brillas divertidos.
- He pensado que... - se queda en blanco, ha olvidado lo que iba a decir.
Me río, pero de nuevo son carcajadas falsas, no siento nada, bueno sí, me apetece enredar las manos en el cabello de Dani y tirar de él para que caiga al suelo de cabeza. Aprieto los puños contra mis muslos bajo las mantas.
- ¿Seguro que a tu madre no le importa que pase la noche aquí y encima viniendo tan tarde?
Mueve la cabeza de un lado a otro. Cierro los ojos y procuro borrar de mi mente la imagen de Dani cayendo de la litera con mis manos enredadas en su cabello.
- Desde que papá murió hace casi cinco años, no he traído a nadie a casa y ahora vienes tu a pasar la noche, está mas contenta que unas castañuelas.
- A lo mejor piensa que somos novios.- exclamo asombrada.
Es mi mejor amigo, no puedo romperle el cuello.

- Posiblemente. ¿Has hecho los deberes?- cambia de tema, abriendo mucho sus inocentes ojos avellana.
- Sí, tan solo he tardado veinte minutos.
- ¿Seguro?
- Sí.
- Vale.
Su cabeza desaparece y reina el silencio durante... ¿un segundo?
- ¿Puedo bajar ahí contigo?- inquiere nervioso.
Guardo silencio unos momentos, pensándolo.
- Si prometes no tocarme.- le advierto de forma bastante hosca.
- Vale.- acepta con rapidez.
- Empíltrate.
Baja de un salto que en la vida imaginé que Dani pudiera realizar y se mete en la cama conmigo, posando su helada mano sobre mi estómago.
- Estás frío.- me quejo y me aparto de él, quitando su mano de mi estómago de un brusco manotazo.- Y te he dicho que no me tocaras.
- Lo siento.
Resoplo, diciéndole mentiroso sin palabras, se le ha notado que la disculpa era falsa.
Tengo mucho en qué pensar, pero no me apetece hacerlo, ¿signo de cobardía? quizá. Debo admitir que me da miedo enfrentarme a la vida en este preciso momento. Visiones de un futuro extraño que anhelo pero que me aterra coger, visiones de muerte y de vida, de amor y odio, de paz y guerra, pero sobre todo, visiones de un futuro escrito que me resulta incierto. El futuro cambia, de modo que nada de lo que haga me asegura que vaya a llevarme hasta mis vi...ES Él. Miro a Dani, sus suaves párpados tienen un ligero tono violáceo y unas profundas y cárdenas ojeras surcan la piel bajo sus ojos, lo veo claramente, a pesar de que estamos a oscuras, ya que mi vista es mucho más aguda que la de los demás, al igual que todos mis sentidos.
Miro el techo de la litera, no puede ser un vampiro, acaba de golpearse la rodilla con la mesita de noche cuando ha apagado la luz, no puede ser un vampiro, es demasiado torpe, me convenzo a mí misma, nerviosa, pero el rostro de Alex acude a mi mente y el nerviosismo se esfuma. Alex...
- ¿En qué piensas?- la voz de Dani me sobresalta, creía que estaba dormido.
- En...- creo que es de muy mala educación decir que se piensa en un chico cuando estás en la cama con otro, aunque ese otro sea tu mejor amigo y le hayas visto vomitar y todas esas asquerosidades que suelen pasarle a uno que está con gastroenteritis.-... Los secretos que me esconde mi familia.- miento sin remordimiento alguno.

- Bueno...-noto como encoge sus delgados hombros.- Sus motivos tendrán, ¿no?
Mi mente deja de visualizar como le meto el dedo en el ojo.
- No, no tienen motivos, lo que pasa es que están todos locos, como yo. Además, no todo el mundo guarda secretos, tú, por ejemplo, no lo haces.
- Pero tú sí.
- Supongo que son los genes, me hacen ser misteriosa.- le frunzo el ceño, dándome cuenta del significado de sus palabras, eso de responder sin escuchar lo que dice tiene que acabar.- ¿Qué quieres decir?
- Yo te lo cuento todo,- eso es verdad, me lo cuenta todo pero tampoco es tanto, nunca le pasa nada divertido.- pero tú a mí tan solo me cuentas lo trivial, - eso también es cierto- lo importante lo guardas tras un escudo de diamante. - caray, tres de tres, este chico es la bomba, claro que no voy a admitirlo.
- Yo no escondo nada.- dejando a parte mi maldad, mis instintos asesinos, las extrañas visiones y todo lo sucedido en los últimos días: Alex.- Y duérmete de una vez, son casi las tres, tenemos que levantarnos en cuatro horas y media.- le doy la espalda, con el único pensamiento de asestarle un golpe de Kárate en el estómago, claro que existe el pequeño problema de que yo no sé Kárate, aunque cualquier otro golpe serviría para la ocasión. Suspiro, ojala pudiera arrearle con un palo de golf, claro que tampoco tengo palos de golf.

¿Alguna vez te ha apetecido comer algo y no has podido quitártelo de la cabeza hasta que no lo has comido? Pues eso me pasa a mí con Alex, no que quiera comérmelo, que también, si no que deseo verle con todas las fuerzas de mi alma insípida.
Suspiro, la clase de química es más tostón que de costumbre.
Una leve esperanza ilumina mi corazón, tal vez luego me llame para quedar, aunque no lo creo por cómo se fue del Retiro ayer, no parecía muy contento, la verdad. ¿Y si le llamo yo?
Se me ocurre, como una iluminación... no, que lo haga él, yo no tengo saldo. Puede que... ¡PUM!
Me levanto de un brinco del taburete y me alejo de la mesa de metal. Miro a Dani, que sostiene un tubito en la mano que echa humo, el líquido de dentro, no el tubo en sí.
- ¿Qué haces?- exclamo fulminándole con la mirada.
Cristian, el gamberro de la clase se ríe entre dientes.
- Un remedio contra el acné.- susurra sin aliento, emocionadísimo.

- ¿Que te arranca la cara?- chillo exasperada.- El tónico que te quita los granos... ¡y el relieve de las facciones!- extiendo los brazos de forma teatral, con mis palabras rezumando sarcasmo.

Todos se ríen, salvo Dani, claro y el profesor, que me manda a dirección.

Me siento-apoyo en uno de los radiadores que están instalados en la pared con cara de mala leche.

Saco el móvil del bolsillo trasero de mis vaqueros azulones cuando comienza a vibrar.

- ¿Sí?- gruño con el ceño fruncido, haciendo girar el pie, enfundado en una bota militar rosa chicle, en círculos.

- Hola.- ronronea una voz siniestra, suave, como una caricia, como terciopelo negro.

- ¡Hola!- desfrunzo el ceño, sonrío y me coloco la camiseta color limón, como si me pudiera ver. Alex.

- ¿Como estas?

- Castigada sin recreo.- refunfuño como una niña pequeña.

Se ríe y suena a miel y a campanillas y a lilas.

- ¿Qué has hecho?

- ¿Yo?- exclamo incrédula.- Nada, el profesor, que me tiene manía.- hago una mueca.- Vale, sí, me he reído de Dani.- admito con la boca pequeña.

Se vuelve a reír y no necesito utilizar mucho mi imaginación para fantasear con esos ojos verde hierba que desprenden chispitas del mismo color.

- ¿Crees que estarás castigada esta tarde?

- No.- probablemente sí, pero me puedo escapar con la conciencia tranquila, no limpia, porque al no tener no se ensucia.

- Que no lo dude, ¿no?

Emito un gruñido de disgusto, se vuelve a reír.

- Espera, viene un profesor.- escondo el móvil.

- No te sientes sobre el radiador.- me reprende.

- Poner sillas.

- Hay sofás.- replica alzando las cejas.

- Ya, pero están ocupados.

Se ríe, sacude la cabeza y entra en la sala de profesores, de donde sale la jefa de estudios / profesora de lengua castellana y literatura.

- Ahora hablamos, Tesa.

- Tranquila, tomate tu tiempo yo no tengo prisa.- la ánimo amablemente.

- Ya, supongo que no.- murmura entrando en su despacho.

- Estoy contigo, Alex.

- ¿Quedamos esta tarde?

- ¿Dónde?
- Puedo ir a buscarte a tu casa e ir a lagavia.
- No sabes donde vivo.- le recuerdo.
- Me las apañaré.- afirma muy seguro.- A las siete. - y cuelga.
- ¿Hablando por el móvil, Tesa?- pregunta de forma retórica la jefa de estudios / profesora de lengua castellana y literatura.
- No.- lo guardo en el bolsillo a toda prisa.
- Dámelo.- extiende la mano.
- Mejor no, puedes gastarte mi salgo.- no voy a decirle a ella que no tengo y que el anticipo ya lo he gastado.
- O me lo das o te pongo un parte, que equivale a tres días de expulsión.
Me encojo de hombros, no será muy difícil falsificar la firma de mi madre.
- Si crees que es necesario... pero te advierto que no lo he utilizado para explotar ninguna bomba.
- A mi despacho, ya.
- ¿Y si te doy el número del profe de naturales?
- Teresa...
- Vale,- alzo las manos.- ya entro.
Menos mal que hoy es miércoles, podré volver el lunes, aunque en este momento lo único que me preocupa es lo que me voy a poner para mi cita con Alex. Ya lo he pensado: pitillos blancos, camiseta blanca, chaqueta blanca de punto por la rodilla, peep toe abotinados blancos, gafas marrones, bolso de piel marrón y el pelo suelto salpicado de plumas.

CAPITULO 5: ¿NO DEBERIA DARME MIEDO?

- ¿A donde vas?- pregunta la voz aburrida de mi hermano desde el sofá, está repantigado en él y mira la tele con total indiferencia.
- ¿Te pregunto yo por lo que ves?
- Fútbol.- responde perezosamente y me mira, alza las cejas al ver ni look total withe... salpicado de plumas.- ¿ A donde vas?- repite
- Es obvio que a la calle.
Sonríe sin ganas.
- ¿A donde vas? - repite.
- ¿No fue ayer cuando dijiste que no querías espiarme?- sonrío mordazmente y me marcho.
Saco el móvil del bolso cuando suena un mensaje.
"¿BAJS?" Es Alex, sonrío, es de los que gritan en los mensajes.
"stoy bajndo ls scalras."
Me espera apoyado contra un espectacular Mercedes azul noche. Tiene las manos metidas en los bolsillos de la cazadora de cuero y en cuanto me acerco comienza a sonreír, formando con sus jugosos labios una perfecta y misteriosa media luna. Supongo que es demasiado sofisticado como para sonreír de oreja a oreja cual niño inocente.
Sus ojos están ocultos tras unas gafas de aviador. Va completamente vestido de negro: cazadora de cuero con cremalleras, vaqueros, zapatillas y camiseta, que contrasta con su pálida piel de terciopelo. Su cabello parece más negro y brillante todavía. La ropa negra le hace parecer menos musculoso y más alto, mide cerca de uno noventa.
A pesar de su altura, parece un felino, estilizado, elegante, misterioso, siniestro y bellísimo. ¿Como puede existir alguien tan perfecto?
- Hola.- me da los dos besos de rigor, dejándome un agradable cosquilleo allí donde sus labios me han tocado.- Estás muy guapa.
- He de admitir que si no me lo hubieras dicho te habría descuartizado.
Se ríe, los oscuros cristales de las gafas ocultan sus ojos, la imagen de miel, lilas y pequeñas campanillas repiqueteado cruza mi mente.
- ¿Vamos?- abre la puerta del copiloto.
- ¿Es tuyo?- exclamo con los ojos como platos.
Se encoge de hombros.
- Me lo compró mi madre por mi cumpleaños al ver que no me lo compraba yo mismo, afirma que es algo muy humano.- arruga la nariz y sacude la cabeza.
- Muy humano.- repito, se encoge de hombros, como diciendo "qué se le va a hacer".- ¿Es que no eres humano?- inquiero de forma retórica.

- Sube.- su media sonrisa se vuelve más misteriosa.
- Creo recordar que tienes dieciséis años.- cruzo los brazos, aceptando el cambio de tema.

Hace una mueca divertido.

- Tengo un permiso de conducir que afirma que tengo dieciocho. Además, vengo de Los Ángeles, allí se puede conducir con los que tengo y mi madre no se opone a que tenga un permiso falso.
- Déjame adivinar,- le pido- piensa que es muy humano.
- Guau, eres buena.
- Vale,- le hago un gesto con la mano para dejarlo correr.- te advierto que como se enteren mis padres me hacen pedazos.- me subo al coche.
- Así que vienes de Los Ángeles.- murmuro después de que se instale tras el volante y de un acelerón salga de la acera y acelere.
- Sí.
- ¿Es una ciudad bonita?
- No está mal.

Frunzo el ceño, ¡vaya!, no lo tenia fruncido.

- Eso no lo diría ningún nativo de su ciudad.
- Es que yo no soy de Los Ángeles, he dicho que vengo de allí, no que naciera allí.
- ¿Y de donde eres?
- Planeta Ñourem, ciudad Ñiro, como mi padre, en este planeta soy de Madrid, igual que mi madre.

El movimiento de sus labios es dulce, suave, seductor, me muero por... (Esto me hace darme cuenta de que estoy loca)... besarle. ¿Te lo puedes creer?

- ¿Tienes muchos hermanos?- me apresuro a obligarle a hablar de nuevo, me gustan sus labios, me gusta *cómo* se mueven sus labios rojos como cerezas.
- Ninguno, tengo... - frunce el ceño, como si no supiera que nombre darles.-... amigos y son mi única tortura, sobre todo Mani y Balmernia y el maldito de Gémigro.

Me echo a reír ante su aire desesperado.

- No serán tan malos.
- ¿Que no?- me mira ultrajado, sorteando coches a toda velocidad sin siquiera mirar la carretera.-Mani es parlanchina, inoportuna, caprichosa y pesada, Balmernia es parlanchina, inoportuna, caprichosa, pesada, entrometida y se come *todo* lo que pilla en la nevera y siempre encuentra el modo de salirse con la suya, su única misión es torturarme y no sé como encuentran formas de causarme problemas y se supone que somos la autoridad y tengo que recurrir a todo tipo de embustes para salir de los apuros, Gémigro y Yorbin,

no pueden estar dos horas seguidas sin sacarme de mis casillas, los únicos normales son Móxterm, Gruneil y Froseisa.

¿Alguien, aparte de él, tiene amigos con nombres tan raros?

- Aunque claro, -prosigue hablando para sí mismo.- Gruneil es normal porque no vive para torturarme, pero tiene un mal genio... y no lo parece, -me advierte- pero desea constantemente pelearse con todo el mundo, a la pobre Froseisa la trae de cabeza, sobre todo con su obsesión por el fútbol.

- Creo que la obsesión por el fútbol la compartís ambos.- señalo con la barbilla su pulsera con el escudo del Madrid.

Dirige su mirada incrédula hacia mí.

- ¿Aún no las conoces y ya te alias con ellas?

- Claro.

Abre mucho los ojos y comienza a dar bruscos volantazos.

- ¡No seas crío!- chillo entre risas. Pero los volantazos no paran, al contrario, acelera.

- Discúlpate.- me exige.

- No.- me sujeto al asiento con todas mis fuerzas.

Rechina los dientes y en medio de la autopista comienza a girar el coche, damos vueltas sobre nosotros mismos a toda velocidad.

- Discúlpate.

- ¡NO!- me río, pero chillo cuando veo un vehículo longo que se dirige hacia nosotros.

- Discúlpate.

- Lo siento.- chillo, realmente divertida y a la vez aterrada.

Entonces y solo entonces, sin hacer caso de los bocinazos de los otros conductores, gira bruscamente el volante y proseguimos nuestro camino como si no hubiera sucedido nada.

Le miro varios segundos, atónita, y cuando reacciono, comienzo a pegarle, él se desternilla de risa.

- Si te digo que no tengo novia, ¿dejarás de pegarme?

- Vale.- me aparto de él, quien sacude la cabeza.

Nos miramos y comenzamos a reírnos como dos imbéciles, solo dos locos podrían pasarlo bien con la muerte pegada a los talones, casi me mata el muy cabroncete, al menos no tiene novia, porque si la hubiese tenido me habría echado a llorar.

- Algo bueno deben tener tus amigos.- retomo la conversación.

- Son los más leales del mundo.- admite con una sonrisa.

Por mi mente cruza la imagen del tierno rostro de Dani, ¿sería leal si le contara como soy en realidad? ¿Si supiera que deseo a cada momento romperle esa perfecta naricilla? Creo que debo cambiar de tema porque si no, voy a enfurruñarme y no me hace demasiada ilusión hacer pucheritos delante de un tío como Alex.

- Creo recordar que el otro día en el Retiro te salieron chispas verdes de los ojos.- suelto de golpe, da un respingo, como si estuviera pensando en otra cosa y mi pregunta realmente le sorprendiera.

- Bueno...- carraspea.-... creo que no es algo de lo que debamos hablar ahora.

Frunzo el ceño, ¿entonces cuando vamos a hablar de cosa importantes?

- ¿Por qué nadie me aclara un poco las cosas?- protesto.- Nunca es el momento adecuado para responder a la pregunta que he formulado o el comentario no es el correcto... ¡estoy harta!- cruzo los brazos y aprieto con fuerza la mandíbula.

Alex forma una sonrisa ladeada salpicada de diversión y posa su mano sobre mi muslo. En seguida mi cuerpo rechaza su contacto, pero de un modo extraño, siento que algo parecido a una descarga de electricidad recorre mis venas, se concentra bajo la piel de mi muslo que cubre la mano de Alex y justo cuando yo siento esa corriente, se escucha un chispazo y Alex aparta su mano bruscamente. Me mira con una mezcla de asombro, diversión y enojo.

- ¡Wow!- se queda con el asombro.- Para ser la primera ha sido bastante fuerte.—se mira la mano, como esperando ver que hecha humo.

- ¿Qué te pasa?- exclamo escéptica.

- Me has dado...- medio sonríe de forma misteriosa-...calambre.

Permanecemos un rato en silencio, hasta que me caso de fingir que estoy enfadada y le hablo.

- ¿Has venido solo?

- No, con Mani y Yorbin.- encoge sus anchos hombros con indiferencia.

- ¿Y vuestros padres?

- En sus respectivas mansiones en Ñourem.

- ¿Han dejado venir solos a tres adolescentes desde otro continente...o sistema solar si así lo prefieres?- añado al ver que me mira con cierta condescendencia. Estoy bastante sorprendida ante esa irresponsabilidad, son peores que mis padres.

- Si tú supieras.- bufa.

- Pues cuéntame y así sabré.- parezco una niña pequeña con una rabieta, sí, lo mejor que se puede hacer en la primera cita es mostrar lo madura que es una.

Suspira con resignación y se frota la nuca.

- Como bien sabes,- comienza- no eres normal, ves el futuro, das descargas eléctricas...

Noto como todo el color huye de mi rostro, ¿cómo es posible que se me hubiera olvidado?

- Tes, eres especial y otros seres también muy especiales, no tanto como tu, te buscan y yo voy a protegerte de ellos.

- Y tú,- trago saliva en seco- ¿también eres especial?

Hace una mueca de fastidio.

- Más de la cuenta.- admite arrugando su elegante nariz.

- ¿*Cuánto* más de la cuenta?

- Bueno... soy el príncipe de mi planeta, el fundador del ejercito universal más poderoso que jamás ha existido, y como no podía ser de otro modo, soy yo quien dirige a los seres más poderosos.- suspira- Aunque parezca muy divertido ser único aún dentro de tu propia especie, temido por todos a causa de tus poderes y ser el más poderoso, en la mayoría de las ocasiones es demasiado pesada la carga que estoy obligado a soportar. Tes,- me mira algo preocupado.- soy *muy* peligroso.

Es hermoso, descarado, parece inteligente, un buen tipo, su media sonrisa deslumbraría al mismísimo sol, ¿Cómo puede ser peligroso alguien que tiene cara de ángel? Pero lo es, no tengo la menor duda, en el fondo de su mirada hay algo oculto, un matiz de locura que sabe mantener muy bien escondido, es como un gato salvaje encerrado en una jaula que espera la más mínima oportunidad para ser liberado y saltar a los ojos de su presa, pero a mí no me hará daño.

- Tes... Soy el guerrero más joven de la historia universal. Como mínimo hay que tener trescientos años para alistarte en un ejército normal, en el mío, además, tienes que tener cien años de experiencia en situaciones límite, debes ser... excepcional. El más joven de mis capitanes es Yorbin y tiene dos mil ciento ochenta y un años, yo con tan solo doce ya los lideraba.- me mira fríamente, como si no le importara mi reacción.- Tes, tengo cincuenta y tres años. Supongo que para un humano es mucho, contando que tú tienes dieciséis, pero los de mi especie no mueren, el padre de Mani, Yubar, tiene seis mil quinientos.

Noto como se me abren mucho los ojos.

¡¡¡¡....!!!!

- ¿No dices nada?- alza una ceja, socarrón.

..., ..., ...

- ¿Tes?- ahora parece algo preocupado.

Abro la boca, pero vuelvo a cerrarla cuando me veo incapaz de articular palabra.

Para en el aparcamiento de lagavia y comenzamos a pasear por el centro comercial en absoluto silencio, parece que nuestras voces se han quedado en el coche. Soy incapaz de pensar en nada, me está abriendo las puertas de otro mundo y me asombra al comprobar que estoy preparada para cruzarlas, como si hubiera nacido para llegar a este momento.

- ¿Eres un asesino?- inquiero con un hilo de voz al cabo de un buen rato.
- ¿Te molestaría mucho si lo fuera?—inquiere a su vez.
- No.- niego con rotundidad.
- No soy un asesino, soy un soldado.
- Y... ¿a quién matas? Por que ese es el trabajo de un soldado, matar a los enemigos para defender a tu gente.

La expresión de su mirada se vuelve dubitativa, como si no quisiera contarme nada más, pero yo quiero continuar escuchando, porque siento que esto también me pertenece a mí. Me ha sumergido en un océano profundo de aguas peligrosas y en lugar de ahogarme, nado con absoluta tranquilidad, flotando, disfrutando del placer de tener un océano para mí sola.

Le cojo de la mano y entrelazo mis dedos con los suyos, expectante.

- Vampiros,- su voz es pausada, una contenida burbuja de emociones.- brujos y licántropos.

Tan solo me cuesta dos segundos asimilar la información, pero incluso ese breve titubeo lo nota y me estrecha la mano para darme ánimos.

- ¿Qué han hecho para merecer la muerte?- tras carraspear mi voz suena normal.
- Asesinan a humanos, los manipulan, los utilizan como si fueran títeres, han formado un ejército con el que planean dominar el universo y se han rebelado contra lo que ellos mismos crearon, mi raza. Mi gente y yo somos creación de los vampiros y brujos y como hemos evolucionado hasta ser casi mas poderosos que ellos, quieren extinguirnos, a nosotros y... a los humanos. Claro que siempre hay excepciones de cada raza, un gansmo se unió a ellos y hay muchos vampiros, brujos y lobos que están con nosotros, no abiertamente, claro, ni luchando en el ejército en primera fila, pero nos apoyan.

Me muerdo los labios, indecisa, ahora me toca hacer la pregunta más importante de mi vida, ésa que decidirá si esto sigue adelante o se pierde en el camino.

- ¿Qué eres?- susurro, parando en medio de la gente que abarrota el centro comercial, completamente ajena a todo y a todos salvo a Alex; ahora es un momento importante, es el minuto en que se decidirá si Alex confía en mí pese a no conocernos apenas, es el minuto en el que se verá si yo soy digna de esa confianza y es el minuto en el que sabremos si seremos capaces de entregarnos a esto que comenzamos a sentir el uno por el otro, *éste* es el momento más decisivo de mi existencia y creo que para él, también.

\- Soy... un gasnmo.

¿¿¿???........¡¡¡!!!......hhhhh....... ¿Cómo?

\- ¿Qué?

Medio sonríe sin ganas.

\- Los gansmos somos el cruce de una bruja y un vampiro, herederos de su inmortalidad, de los agudos sentidos los vampiros y de los poderes de la bruja. Con el paso del tiempo, nuestros poderes mágicos mutaron y no necesitamos utilizar ningún hechizo para que funcione, claro que con un hechizo siempre será más poderoso. También poseemos una intensa capacidad para odiar y amar de forma más rápida que cualquier otra especie y estamos en la obligación de proteger a los humanos.

Asimilo la información y permanezco en silencio durante largo rato.

\- Y tú... ¿me estás protegiendo a mí?. - eso sí es algo difícil de entender.

Arruga su perfecta nariz y se rasca la nuca.

\- Algo así.

\- ¿Por qué?—exclamo confundida.

\- Los enemigos, vampiros, brujos y licántropos, quieren que te alíes con ellos y destruyas a los gansmos, yo estoy aquí para evitarlo, pero ha sucedido algo inesperado.

\- ¿El qué?

\- Están despertando sentimientos entre nosotros, eso no estaba en mis planes.

Sonrío con timidez, me gusta.

\- Lo que no entiendo es porqué me quieren los malos y los buenos, no soy nada especial.

Suspira con exagerada paciencia y pone los ojos en blanco.

\- En un futuro cercano, serás tan poderosa como yo, y ellos, me refiero a mis enemigos, quieren que vayas con ellos para que los lleves a lo más alto y puedan destruirnos. Si no fuera por mí, lo gansmos habrían sido exterminados hace muchos años.

\- ¿Y qué tengo que ver yo?- frunzo el ceño.

\- Pues... tú eres como yo, demasiado poderosa para tu propio bien. Si tú no existieras, la guerra estaría tan igualada que jamás acabaría, pero contigo en un de los bandos,- se encoge de hombros- ese bando gana seguro. Yo igualé la balanza entre el bien y el mal, tú la desequilibrarás de nuevo y yo he sido enviado, dejando de lado todas mis obligaciones, para que la influencia del bien y el mal sea equilibrada, se supone que en un mes debo darte tanta paz como el mal maldad en tus dieciséis años. Hasta ahora has neutralizado la influencia del mal matando tus propios sentimientos, yo estoy consiguiendo que los revivas para que seas buena.

- Supongamos que todo lo que me has contado es cierto, que sé que lo es, ¿por qué no fui criada como gansma?
- Porque tus padres no lo permitieron.
- ¿Por qué no?
- No estoy autorizado a responder a esa pregunta.- alza la mano que no entrelaza con la mía.

Pongo mala cara, pero desisto en obtener respuesta porque si la determinación tuviera cara, sería la de Alex en este momento.

- Entonces... estás aquí para hacerme buena.
- No, estoy aquí para equilibrar los sentimientos que te rodean, para que la influencia del bien sea tan intensa como la del mal y de ese modo puedas escoger con libre albedrío con quién deseas aliarte.
- ¿Y por qué solo siento cosas malas?- protesto.
- Porque hasta ahora los gansmos que te influenciaban eran mucho menos poderosos que el vampiro que envió El Olymdos y tu falta de sentimientos se debe a que te alejaron de lo que eres antes de existir y ahora tus genes no saben qué camino tomar.
- Me estás diciendo que...
- Tienes las mismas posibilidades de convertirte en loba que en gansma y si hablas con tus padres te contarán el motivo.

Resoplo.

- Ellos no me dicen nada.
- Si les hablas de mí, ellos te hablarán de ti.
- Vale. ¿Como sabré reconocer si soy buena o mala?

Me mira sorprendido, como si no esperara esa pregunta, sus chillones ojos verde hierba me miran con intensidad, sus negras y gruesas y largas pestañas proyectan sombras sobre sus mejillas.

- Lo sabrás.
- ¿Cómo?- insisto con la voz teñida de ansiedad.
- No debes intentar comprenderlo todo en un solo día, aún eres humana, hasta que no llegue tu transformación no serás capaz de ver las cosas como realmente son.

Trago saliva con fuerza.

- ¿Cuándo me transformaré en gansma o... loba?
- Quién sabe,- encoge sus anchos hombros- cuando llegue tu momento.
- ¿Cuando llegó el tuyo?
- A los nueve me desarrollé físicamente como estoy ahora y a los diez me transformé.
- ¿Qué crees tú que seré, loba o gansma?
- Lo que tú escojas.
- ¿Tú escogiste ser gansmo?- le pregunto frunciendo el ceño.
- Mi caso es diferente.
- ¿Por qué?
- Porque yo no tuve elección.- vuelve a encogerse de hombros, resignado.
- ¿Qué habrías escogido si hubieses tenido elección?
Su mirada se llena de diversión.
- Me haces preguntas a las que nunca me he enfrentado,- exclama- pero si te digo la verdad, no sé qué escogería, sea lo que sea mi cometido no va a cambiar y la otra alternativa no me gusta demasiado.
- ¿Cual es tu otra opción?
- Ser humano y los *odio*.
- ¿No se supone que los gansmos protegéis a los humanos?- alzo las cejas con aire inquisitivo.
- Eso no quiere decir que tengan que caerme bien.- su tono es burlón, al igual que la expresión de su rostro y su mirada. Y esa burla se mezcla con una ligera amargura, lo que me hace darme cuenta de que necesito asimilar todas sus palabras en silencio, escondida en la calma de mi habitación.
- Creo que... necesito irme a casa.
- Por supuesto.- accede con rapidez.
Salgo del coche sin decir una sola palabra. Abro la puerta del portal. Subo las escaleras. El corazón repiquetea contra mis costillas. Su rugido es ensordecedor. Parece un tambor. Me impide escuchar nada más. Tomo una bocanada de aire. Mis pulmones no se sacian. Escalón. Escalón. Escalón... Llave en la cerradura. Mi habitación. Toda blanca. Mullida. Parece una nube. Es paz.
- ¿Tesa?- Carlos. Ansioso.
Cerrojo a la puerta. Me tumbo en cama. Oscuridad. Rugido en los oídos. Parece el mar. Me falta aire. Frío. Me encojo. Tengo miedo. No está Alex. No voy a llamarle. Tengo que superarlo sola. También es mi secreto. No está Alex. Lloro. Mi alma es un manantial. No se agota. No está Alex.
- ¡¿TESA?!- Carlos. Aporrea la puerta. No respondo. Quiero soledad. Antes, no. Ahora, sí. No está Alex. Me quito la ropa. No está Alex. Le quiero. No está Alex. Me cubro con las mantas. No está Alex. Me duermo. No está Alex.

Abro los ojos y veo que es de día. Todo dentro de mí está en calma, mi espíritu ha asimilado la información recibida y la ha absorbido sin que me diera cuenta, mientras dormía. Por primera vez en toda mi vida, siento que el sol brilla para mí. Sé que Alex va a saciar los anhelos de mi corazón vacío. Me ducho y me visto. Victorias negras con tachuelas plateadas, short de cuero negro y camiseta de tirante ancho gris, guardo mis cosas en un bolso bandolera rojo y me marcho sin ni siquiera recoger mi habitación. Saco el móvil del bolso y tras buscar en la agenda su número aprieto el botón de llamada.

- ¿Podemos vernos?.- inquiero titubeante antes de que diga una palabra, colocándome con nerviosismo un mechón de pelo demasiado corto que se ha escapado de mi coleta.
- En un minuto estoy ahí.- responde y cuelga.
Miro en móvil atónita, ha colgado.
- Chicos.- bufo sacudiendo la cabeza.
Respiro hondo, ya he decidido si soy buena o mala, gansma o loba. Un recuerdo cruza mi mente, ayer Alex me dijo que los gansmos tienen poderes...
- Es demasiado pronto para que pienses en poderes.- susurra *esa* voz junto a mi oído.
- ¿Cómo has llegado tan rápido?- exclamo sorprendida.
Se encoge de hombros con su habitual aire misterioso.
- Magia.
Es taaaaaaaaaaaaaaaaaan guapo. Me frunce el ceño. Es taaaaaaaaaaaaaaan adorable.
- ¿No hace demasiado frío para salir así?- gruñe con algo de retintín.
Es taaaaaaaaaaaaaaaaaan... condenadamente parecido a mi madre.
- Eso lo diría mi madre.- me quejo.
- Debo protegerte.-me da una palmada en el trasero.
- Sí, ya, no te gusta pero tocas.
- En ningún momento he dicho que no me guste, me encanta, pero hace demasiado frío para una humana.
- ¿Me odias?- le pregunto de sopetón, asustada.
- ¿Por qué debería odiarte?—entrecierra los ojos, desconfiado.- ¿Qué has hecho?
- Nada, pero soy humana y tú odias a los humanos.
- Puntualiza, por favor.- me pide.- Eres una humana con genes licántropos y gansmos, por lo que no entras en la definición de humana.
Me río, sintiendo que me inunda el alivio.

- Eres taaaaaaaaan, pero tan tan taaaaaaaaaan quisquilloso.

Él despierta mis sentimientos, él hace que los colores brillen de un modo diferente, con más color.

Estira el brazo y me acaricia la mandíbula con los nudillos. Dejo la hamburguesa en la bandeja y agarro su mano con fuerza, él la lleva hasta sus labios y besa con suavidad mis dedos. Allí donde sus labios tocan, siento un cosquilleo agradable, me gusta que me toque, pero solo él, ¿eh?

- No pareces muy asustada después de todo lo que te conté anoche.- observa.

- Si me hubieses visto *anoche*.—Resoplo.- Pero... creo que siempre lo he sabido, no sé, siempre he sospechado que dentro de mí hay algo más de lo que se ve.

- Una loba.- medio sonríe con picardía.—Eres hija de Raquel y Hugo, ¿qué otra cosa podíamos esperar de ti?

- ¿Conoces a mis padres?- exclamo en un susurro.

- No, aunque he oído hablar de ellos, mucho, pero ellos salieron del negocio antes de que yo entrara.

- No vas a contármelo, ¿cierto?

- Cierto.

- Pero mis padres no me cuentan nada.- protesto.

- Ya te he dado la formula para que te expliquen lo que quieres saber, y ahora,- señala mi menú con la barbilla.- come.

Resoplo, le hago burla, pero al final hago lo que me dice y me como la hamburguesa, él, ¿cómo no?, medio sonríe de forma misteriosa.

Me rodea los hombros con el brazo mientras caminamos por el parking del centro comercial, acabamos de salir del cine. De pronto para en seco y olisquea, comienza a arrastrarme a toda velocidad hacia el coche.

- Adentro, adentro, adentro.- me ordena frenético.

Yo estoy dispuesta a obedecer, pero un sonido me lo impide: la voz de mi hermano.

- ¿Intentas protegerla... de mí?- parece incrédulo, sale de entre las sombras con un aspecto... diferente.

Su cabello castaño oscuro cae, blanco y enmarañado, hasta sus hombros, las uñas son garras largas y retorcidas, sus ojos brillan, amarillos, con un punto de locura, los dientes son picudos y parece estar algo encorvado, desgarbado.

- ¿Carlos?- susurro con un pie dentro del coche.- ¿Qué pasa?- intento acercarme a él, vale que no le quiero y todo eso, pero... no deja de ser mi hermano, Alex me mete en el coche y cierra la puerta de un fuerte portazo.

Carlos aúlla como un lobo. La voz de Alex me llega amortiguada, pero escucho lo que dice perfectamente.

- ¿Un lobo preocupado por una gansma? ¿A caso se ha firmado la paz y yo no estoy enterado?- su voz es firme, segura, sin ningún tipo de temor y rezumando burla.

- Es mi hermana.- el tono de Carlos, por el contrario, es un gruñido ronco y tembloroso, aterrado.

- Ya no,- Alex cruza los brazos con firmeza.- ahora es mía.

Intento abrir las puertas pero están bloqueadas, me estoy inclinando hacia delante para meterme entre los dos asientos delanteros y poder salir por las puertas delanteras cuando Carlos ruge, alzo la mirada a tiempo de ver como salta de forma sobrenatural y aterriza sobre el capó del coche, destrozándolo. Le da un puñetazo a la luna y esta explota en mil pedazos, con un chillido retrocedo y me aplasto contra los asientos traseros, es entonces cuando veo una mancha borrosa que se acerca a mi hermano a toda velocidad, es Alex, que agarra a Carlos por el pescuezo y lo lanza hacia atrás, contra una de las columnas, esta tiembla y se agrieta, el herido aúlla de dolor. Poco tarda en enderezarse y emitir un sonido extraño, como si un lobo se estuviera riendo y mirándole sin mucho detenimiento hay que reconocer que muy normal tampoco es que sea.

- Juegas sucio.- escupe con rabia.- Sabes lo que voy a hacer antes de que lo haga.

Alex se ríe tranquilamente.

- Dime, perro, ¿desde cuando se exige juego limpio y lealtad de un traidor? Aúlla y ataca de nuevo. Se abalanza sobre el coche y consigue meter la mitad superior de su cuerpo dentro del coche a través del agujero de la luna; sus garras me alcanzan la mejilla, chillo de dolor, le doy una patada en el hombro y me tiro en el suelo del coche. Algo le arrastra hacia afuera, me incorporo para verle dar vueltas en el aire mientras Alex le sujeta de una pierna para después soltarle y lanzarle contra una pared.

El gansmo sacude una sola vez la mano y en ella aparece una brillante bola de fuego.

- ¡NO!- me lanzo hacia delante, salgo del coche por el hueco de la luna rota, cortándome con los cristales desperdigados sobre el salpicadero y el capó.- ¡No lo hagas!- le chillo a Alex corriendo hacia él.

Mira por encima del hombro y me frunce el ceño. Mi cuerpo se paraliza, no porque yo quiera, si no porque se bloquea, sin más.

- Alex, no le...- enmudezco involuntariamente. Lo hace él, Alex, con sus poderes.

No le mates. Le suplico mentalmente y no sé porqué lo hago, en realidad no me importa que Carlos muera, pero no voy a permitir que lo haga a manos de Alex. No quiero que se enfrente a las consecuencias de lo que quiere hacer, soy egoísta, lo sé.

Es nuestro enemigo. Responde furioso.

¡Es mi hermano! Carlos gime desde el suelo, arrojado en él como un trapo viejo, de nuevo es el hermano de cabello corto y ojos marrones que yo conozco. *Y ya vuelve a ser humano.*

No seas ridícula, Tes.

Hazlo por mí, por favor, te lo ruego.

Me mira por encima del hombro y algo en mi mirada le obliga a absorber la bola de fuego cerrando la mano. Suspiro aliviada.

Camina hasta mí, me coge en brazos y desaparecemos.

Un segundo antes nos encontrábamos en el parking del centro comercial y al segundo siguiente estamos en un espacioso, luminoso y minimalista apartamento.

La chica despampanante, Manier, baja las escaleras con sensualidad infinita.

- Date prisa.- gruñe Alex acomodándome en un sofá marrón chocolate.

Manier pone lo ojos en blanco y utiliza la velocidad gansma para caminar hasta Alex.

Estoy tan conmocionada que ni tan siquiera me asombro con la perfección de las dos personas que tengo delante, realmente no puedo creer que mi hermano haya intentado matarme.

- No quería matarte a ti, si no a mí, pero la situación se le ha ido un poco de las manos y ha perdido el control al vernos juntos. - me explica Alex con los dientes fuertemente apretados.

Trago saliva con fuerza al verle tan furioso, realmente está enfadado y no comprende que a mí me da igual lo que me pueda suceder mientras que él esté bien.

- ! PUES A MÍ SÍ ME IMPORTA LO QUE TE SUCEDA !- brama mirándome con los ojos hirviendo de furia.- YO era su objetivo y casi termina matándote a ti. - bisbisea con la voz entrecortada.

Miro a Manier, se ha puesto pálida y mira de un lado a otro, asustada, como si temiera lo que Alex puede hacer en un estado de semejante furia, me da miedo pensar que pueda ir a por mi hermano y resultar herido por culpa mía.

- ¿Por culpa tuya?- exclama incrédulo y furioso, con los ojos muy abiertos y una mueca feroz en sus labios.- Casi te mata por mi descuido, por ser tan condenadamente confiado, por creer que por estar conmigo no te harían nada aunque te tuvieran delante. Soy un estúpido y estarías mejor si no te acercaras a mí.- afirma dándome la espalda.

Me pongo en pie y cojeo hasta él, le rodeo la cintura con los brazos y apoyo la mejilla en su espalda, le estrecho con mucha fuerza.

- No digas eso ni en broma.- le ordeno con suavidad.- Estar contigo me ha traído a la vida, me moriría si desaparecieras.

- Yo no voy traerte otra cosa que no sean problemas, Tes.- susurra alicaído.

- No creo que vaya a estar exenta de problemas si te alejas de mí, al contrario, no pararía de meterme en líos y no habría nadie para protegerme de mí misma.

Posa sus manos sobre las mías y suspira con fuerza.

- Alex tiene razón, después de todo lo que has hecho para tener esta nueva oportunidad... no puedes rendirte ahora que estáis tan cerca.- le dice Manier en un bajo susurro, lo suficientemente alto para que yo pueda oírlo.

- Cúrala.- le ordena a Manier y dándose la vuelta me coge en brazos de nuevo y me sienta otra vez en el sofá.

- ¿Cuál de esos malditos perros ha sido?- me pregunta con sus ojos beige observando mis heridas.

- Mi hermano.—asiento.

Hace una mueca de fastidio.

- Deja de aguijonear mi mente, idiota, no puedo darme prisa si me pones histérica. Te habla mentalmente.- me explica al ver mi confusión.- Menos mal que Shia y Polly, junto con sus chicos, no se unieron al Olymdos,- murmura distraídamente, examinando a fondo mis heridas.- me costaría mucho tener que matarles, son mis amigos.

- Mani, hoy no estoy para soportar tu parloteo sin sentido, necesito que la cures ya.- afirma con inexpresividad, pero se nota que está furioso.

- Lo siento.- susurra cabizbaja y se apresura a comenzar a curarme a toda velocidad. ni tan siquiera siento una pizca de dolor y me lleno de asombro cuanto tras acariciar mis heridas estas se curan como por arte de magia sin dejar cicatriz.

- Si Adán estuviese aquí tendríamos que matarle para evitar que se la comiera.- susurra una voz ronca y amenazadora desde las escaleras en forma de caracol.

Al mirar hacia allí me estremezco, veo a un chico que parece más un armario que un chico, es altísimo y mucho más musculoso que Alex, parece un culturista. El cabello negro y ondulado, le llega hasta los hombros, su piel es pálida y sus ojos alargados lilas, el mohín de sus labios es una mueca permanente de desagrado, la frialdad de su mirada me deja clavada en el sofá, mientras todo cuanto le rodea, incluso el aire que se arremolina a su alrededor, dice una sola cosa sobre él: cuidado.

- Yorbin...- Alex da un paso hacia él y aunque parezca imposible, el tal Yorbin se relaja visiblemente.- ... acompáñame.- le ordena. Me mira un segundo, sonríe brevemente y desaparece sin darme ninguna explicación.

- ¿A donde han ido?- le pregunto a Manier.

- A ajustar cuentas con la manada de perros que ha ordenado el ataque.- suspira con fuerza.- No te imaginas como me gustaría poder hipnotizarme a mi misma en momentos como este.

Salgo del baño con el pelo mojado, enfundada en una mini de volantes, corpiño negro y mis victorias negras.

- Si Yorbin estuviese aquí te secaría el pelo.

- ¿Yorbin?

- El chico con el que Alex se ha marchado, mi marido.

- Ya sé quién es Yor... ¡¿TU MARIDO?!- chillo.

- Por si no lo sabias, tengo dos mil ciento setenta años, él once más, creo que nos merecemos la boda que celebremos después de tantos años viviendo. Déjame presumir de marido, ¿quieres?

- No problem.- alzo las manos. Ella sonríe, llena de ternura.

- Tenía diecisiete años cuando le conocí, él veintiocho, fuimos el primero el uno para el otro.

Se la ve feliz, radiante, satisfecha con su vida.

- ¿No tenéis hijos?- murmuro un poco mas relajada tras la ducha que me he dado, aunque sigo muy nerviosa por mi gansmo.

Hace una mueca de tristeza y anhelo.

- Nos gustaría tenerlos, pero ¿cómo vamos a traer a nuestros hijos a un universo en guerra? Es demasiado peligroso.

- Lo comprendo.- yo no sé si me gustaría tener un hijo, eso me robaría tiempo para dedicarle a Alex.

Sus ojos beige se llenan de ilusión.

- Pero supongo que gracias a ti muy pronto podremos tener muchos hijos.

Desvío la mirada, incómoda ante las esperanzas que tiene puestas en mí, no me gusta.

- ¿Por qué se ha acelerado tu respiración y las pulsaciones de tu corazón?

- Por nada, oye ¿y por qué Yorbin podría secarme el pelo?- cambio de tema, llevando la atención a su marido.

- Por que sus poderes están relacionados con el fuego, desde una ligera brisa, a una llamarada como el edificio más alto de Madrid, pasando por manipular la temperatura corporal.
- ¿Y tú qué haces?
- Sano, hipnotizo y tengo visiones del presente.
- ¿Alex también hace eso?
- Él hace de todo, como también harás tú en un futuro, aunque yo no pueda verlo, claro.- alza una mano para darle énfasis a sus palabras.
- Le quieres mucho, ¿verdad? Me refiero a Alex.
- Sí,- sonríe y cruza las piernas sobre su cama.- es mi hermano pequeño, ése al que hay que proteger siempre aunque sea más que autosuficiente, pero seguro que él te ha dicho que le hago la vida imposible. ¿Sabías que soy hija única?- se inclina hacia mi con los ojos muy abiertos.
- No, no lo sabía.- respondo con la gran parte de mi cerebro rezando para que no le pase nada al hombre con el que voy a pasar toda mi vida.
- Pues antes deseaba tener un hermano con todas mis fuerzas, pero desde el mismo instante en el cual nació Alex, dejé de desearlo, aunque hubo un tiempo en el que deseé matarle.- me advierte.
- ¿Por qué?- exclamo divertida. Sonrío
- Porque pensé que iba a morir,- la sonrisa se borra de mis labios.- cometió un error que le llevaba directo a la muerte y... me asusté tanto que ni siquiera pude ayudarle, quien se mantuvo firme en todo momento, como siempre, fue Balmernia.

- No puedo hacerlo, Alex.- me muerdo los labios, aterrada.
- ¿Desde cuando tienes miedo?- inquiere tomando mi rostro entre sus manos. Sujeto con fuerza sus muñecas.
- Desde que tengo sentimientos... y es por tu culpa.
Estamos frente al portal de mi casa y Alex está intentando convencerme para que suba y enfrente a mi hermano, pero me da miedo, (¿Asombrados? Yo también).
- Escúchame,- mira mis ojos oscuros con toda la intensidad de la que es capaz, y es mucha, tiemblo bajo esa mirada apasionada.- no voy a marcharme, si me necesitas, esteré ahí en medio segundo... bueno antes.
Su intensa mirada me obliga a darme cuenta de que él me protege, de que nada ni nadie puede hacerme daño... salvo él mismo.
- Pero no te vayas, ¿eh?- le advierto.

Medio sonríe y sacude la cabeza.

- Si quieres, puedo quedarme y pasar la noche contigo.

Me estremezco solo de pensarlo.

- Eres incapaz de imaginar las diferentes torturas a las que te sometería mi padre.

- Bueno...- hace una mueca, misterioso y divertido.-... las leería en su mente mientras las imagina y tendría tiempo de salir por piernas.

- Jo.

Arruga su perfecta nariz, me da un beso en la sien y se aparta de mí.

- Ve, mi lobita,- mete las manos en los bolsillos de su cazadora.- y de prisa, no me apetece que me confundan de nuevo con comida para perros.

Sacudo la cabeza y tras morderme los labios una última vez, me giro para enfrentarme a mi hermano, aquel que se ha atrevido a intentar matar a la única persona sin la que no puedo vivir.

Estaba preparada para sentir miedo, pánico, algo por el estilo, para lo que no estaba en absoluto preparada, es para sentir esta ira homicida que nubla mi visión con un velo rojizo. En cuanto veo a Carlos, algo dentro de mí estalla.

- ¡¿CÓMO HAS PERMITIDO QUE ÉSA BAZOFIA TE TOQUE?´- brama asqueado en el momento justo en el que cierro la puerta de un portazo.

- ¡Al menos él no ha intentado matarme, perro sarnoso!

- ¿Eso te ha dicho?- exclama con incredulidad.- Intentaba matarle a él, no a ti.

- Peor todavía.- siseo entre dientes, más furiosa de lo que he estado jamás.- Escúchame bien Carlos, porque no voy a repetirlo una segunda vez, Alex es el único que me ha contado lo que soy, ninguno habéis creído que pudiera guardar un secreto que también me pertenece a mi. Os empeñáis en decir que no es el momento de saber, pero estabais dejando que me muriera, supuestamente para protegerme, y solo Alex se ha atrevido a hacerme sentir viva. te aseguro que si me obligáis a elegir entre Alex y vosotros, voy a elegirle a él sin dudarlo un solo instante.- intento normalizar mi agitada respiración.

- ¿Me matarías a mí por él?- las palabras salen en un bajo y furioso bisbiseo por entre sus dientes apretados con fuerza.

- Sin dudarlo.- afirmo completamente segura. No necesita que le responda porque acabo de decírselo, pero lo hago de todos modos.

- ¿Le amas?

- Con toda mi alma.

- ¿¡¡¡Y CÓMO.ES.POSIBLE!!!?- brama con el rostro enrojecido.- ¡SOLO HACE UNA SEMANA QUE LE CONOCES¡

Sonrío sin ganas, con malicia.

- En esa semana me ha dado más que tú en dieciséis años.

Sus ojos llamean y su cabello comienza a crecer, salvaje y despuntado, a la vez que pierde color. Me gruñe y sus dientes blancos se alargan en una horrible forma picuda. Ruge y se abalanza sobre mí, chillo asustada y... desaparece. Parpadeo llena de confusión. ¿Qué ha pasado?

Te dije que estaría contigo.

- No comprendo como es posible que lo acepte todo con tanta normalidad.- susurro en voz alta.

Tesa, has nacido para vivir en este mundo. No en el de los humanos.

- No puede ser, yo soy tan normal como... iba a decir como tú, pero no eres la normalidad personificada, la verdad.

Yo al menos no hablo solo.

- Estás tan loco como yo.

Sí, y es esencial para que podamos amarnos.

CAPITULO 6: DEMASIADO GANSMA PARA UN HUMANO, DEMASIADO HUMANA PARA UN GANSMO.

Llevo cuatro días sin recordar que Dani existe, es muy extraño, porque he pasado de querer estar siempre con él, a no recordar su presencia en el mundo.

Durante estos cuatro días no me he separado de Alex, la mayor parte del tiempo la hemos pasado en las zonas céntricas de Madrid, pero también hemos estado en su loft, vive en La Salamanca. Tiene una butaca con forma de media burbuja que cuelga del techo con un hilo, es alucinante.

Nuestras conversaciones han sido incesantes, no hemos parado de enamorarnos, como si nuestras almas se fusionaran en una sola, es absolutamente fantástico, por eso no he recordado a Dani hasta que no he visto su asiento vacío al lado del mío en clase, ni tan siquiera ha sido al pasar por delante de su portal esta mañana, pero claro, estaba hablando por teléfono con Alex.

- Hola chicos. -saluda el profesor de ciudadanía cuando entra en el aula, y como de costumbre, tan solo Cristian Lázaro le devuelve el saludo.

- ¿Dándole aire a la pelota, Lázaro?- inquiere con sarcasmo el otro Cristian, en tono de burla. Se supone que es el más guapo del insti, rubio de ojos verde oscuro, pero piensan eso porque no han visto a mi Alex.

- Cristian...- comienza el profesor en tono de advertencia.

- ¿Es que es una trola?- exclama indignado y se sienta en su silla, al final de la clase, muy cerca de la puerta.- Desde aquí veo unas bragas moradas.- canturrea con despreocupación.

Le miro por encima del hombro, solo estoy un par de mesas más alante, con una sonrisa de pura inocencia.

- Y yo veo un futuro ojo morado como no te calles.

- ¿El tuyo?- alza las cejas imitando mi aire inocente.

- Pues sí, prefiero pegarme a mí misma antes que acercarme a ti, me puedes pegar algo.

Todos se ríen, Cristian se limita a fulminarme con la mirada. No me extraña nada que se siente solo, es un idiota.

Llaman a la puerta, todos se giran para curiosear, yo no, seguro que es Dani.

- Buenos días a todos.- Es la jefa de estudios, para traer al chico nuevo, fijo. Creo que viene de Los Ángeles, como Alex.

Comienzo a hacer garabatos en una hoja del archivador, ignorando a la jefa de estudios / profesora de literatura.

Los tacones de la jefa repiquetean contra el suelo mientras avanza hacia la mesa del profesor, los pasos del chico, por el contrario, son silenciosos. Lleva deportivas negras que brillan, exactas a las de... sus pasos son demasiado silenciosos. Alzo la mirada al rostro del recién llegado y sonrío. Unos ojos verde hierba destacan en medio de piel crema, al igual que las cejas y el cabello despuntado del color del carbón.

Miro a mi alrededor, todo el mundo le mira con la boca abierta, inmóviles, incrédulos, incoherentes, con la mente en blanco. Si pudieran pensar, pensarían: WOW.

No todos. Cristian cree que por mi culpa no aceptarás su proposición de salir a cenar.

Cristian alterna su mirada de Alex a mí y de mí a Alex con el ceño fruncido.

¿Palabras textuales? Inquiero con desconfianza. *Cristian es incapaz de pensar cosas como proposición, aceptar o salir a cenar, es más del tipo: ¿Quedamos, chati, pa' ir al descampao'?*

Oculta una sonrisa y sacude la cabeza casi imperceptiblemente. Lleva vaqueros holgados, claros, camiseta negra y cazadora gris oscuro.

¿Como puede saber que estoy enamorada de ti?

Su imaginación no llega tan lejos, cree que te gusto y ha sido porque me has mirado.

- Bienvenido, Alejandro.- le dice el profesor.

- Gracias.- un escalofrío me recorre al escuchar su voz de terciopelo.

Los oscuros ojos del profe recorren el aula en busca de un pupitre libre, está el de Dani y el que hay junto a Cristian.

- Me marcho, Alejandro, he de llevar a tu hermana a clase. Hasta luego, Javier.

Pero, ¿Alex no es hijo único?

El repiqueteo de sus horribles tacones me impiden escuchar los pasos de Dani, que se sienta a mi lado.

- Gracias por llamarme.- intenta refunfuñar.

Me encojo de hombros.

- Se me olvidó.

Me mira mal, o al menos lo intenta, porque sus dulces ojos no se endurecen lo suficiente.

- Siéntate con Cristian.- le indica el profesor a Alex.

Alzo las cejas, divertida, cuando Alex camina por el pasillo y todas las cabezas se voltean para mirarle. Sí, es guapísimo, espectacular y es todo mío.

Se sienta junto a Cristian, dejando hacer la mochila negra al suelo con desgana.

Forman una pareja peculiar, ambos son guapos, altos, fuertes, de ojos verdes, solo que Alex es más guapo, alto, fuerte y tiene los ojos más verdes. Cristian está enfurruñado, Alex burlón, como siempre.

Te has olvidado mencionar que también soy más listo.

Finjo un ataque de tos para ocultar la risa, todos me miran alarmados, alzo las manos.

- Tranquilos, no tengo la gripe A.

Sé que mis compañeros tienen una reacción a mis palabras, pero la enigmática risa de Alex dentro de mi cabeza, obtiene mi absoluta atención.

La clase es un coñazo, no tengo otra forma de describirla, pero ha sido productiva, e incluso he lamentado que terminara porque estaba disfrutando muchísimo de la conversación mental que he mantenido con mi gansmo. Es el chico más fantástico del universo. En este momento, sus sensuales labios rojos se están moviendo para darle una respuesta a Cristian, que se muestra bastante hostil.

Me siento sobre mi mesa y apoyo los pies en la silla mientras esperamos que el profesor de historia llegue del otro pabellón. Todos interrumpen de vez en cuando lo que hacen para echar un vistazo a Alex, pero nadie se atreve a acercarse.

Nerea pasa como un bólido por mi lado, golpeándose la cadera con el pico de la mesa en su fallido intento de escapar de las garras de Samuel, un chico de primero de bachiller, es del aula de enfrente. Juan, Borja, Sergio y Marcos, continúan con su más que pesada pelea con bolas de papel, nacieron con un paquete de folios bajo el brazo. Eva y Fernando, se hacen arrumacos en una esquina, Lázaro lee un libro sobre astronomía y los demás charlan, completamente a su bola cuando entra la hermana de Alex en el aula.

Lleva una oscura y corta falda vaquera, un top blanco muy escotado, botas planas de ante, marrones con flecos y luce su cabellera rojo fuego encendido, flotando sobre su espalda, enmarcando su precioso y moreno rostro.

- Hola.- sonríe de forma picante y se acerca para darme dos besos.

- De modo que tú eres la hermana de mi Alex.

Se ríe entre dientes

- Es lo que nos consideramos, Tesa.

Dani resopla, indignado porque no es mi centro de atención.

- No sabía que asistieras a este instituto.- exclama Mani muy emocionada.

- Seguro que no.- replico con sarcasmo.

Alex se ríe con suavidad, y todos a una, suspiramos.

- ¿Y ésta quién es?- exclama Cristian.

- Mi hermana.
- Se han equivocado al asignaros la clase, debería ser ella quien está aquí, no tú.
- Claro,- afirmo con aire inocente.- pero ya sabemos que los errores a la hora de asignar las clases son comunes en este centro, sin ir más lejos, tú no deberías estar en una clase de nivel avanzado, necesitas una afín a tus necesidades, no sé, parvulitos estaría bien.
- Ja, ja, ja, ya tenia que hablar la graciosita.-me fulmina con la mirada, Alex y Mani ponen mala cara a la vez.
- ¿Qué te han hecho?- finjo asombro.- las vacaciones en Londres te sentaron muy mal, antes te insultaba y no creerías que era una broma. No me digas que una tory te ha pegado su sentido del humor, eso es bastante malo teniendo en cuenta que estamos en España.
- ¿Por qué no te vas a una comunidad hippie y te desinfectas de la mala idea?- sise entre dientes, enfadado.
- No podría vivir sin mi acondicionador.- replico con falsa desolación.
- En esta clase sobran personas.- exclama el profesor de historia entrando en el aula.
- Tú.- soltamos Cristian y yo a la vez.
- Tan amables como siempre.- afirma el simpático profesor, risueño.- eres el nuevo, ¿verdad?- mira a Alex con curiosidad.
- Sí.- afirma este con gravedad. Todas las chicas, junto con Lázaro, suspiran.
- Pues ten cuidadito con estos dos,-nos señala a Cristian y a mí mientras sigue a Manier con la mirada, que se marcha a su clase justo en el momento en el que suena la sirena.- se llevan a matar, pero a la hora de fastidiar se compenetran con una sola mirada.
- Con una sola mirada no basta para hacer comprender a este idiota,- me balanceo sobre las patas traseras de la silla.- han de ser dos.
- Los que se pelean se desean.- canturrea el profesor, agitando los hombros al compás de sus palabras.
- A mi novio no le gustaría oírte decir eso, profe.
Dani se gira bruscamente y me mira atónito.
- ¿A qué me lo decís?- exclama de pronto el profesor, sobresaltándonos.- Lo sé: es mudable, es altanera y vana y caprichosa; Antes que el sentimiento de su alma, brotará agua de la estéril roca. Sé que en su corazón, nido de serpientes, no hay fibra que al amor responda: Que es una estatua inanimada..., pero... me mira fijamente.- ¡Es tan hermosa!- y hace una reverencia ante mí.

¡AL FIN! Exclamo interiormente mientras salimos del instituto rodeado por altas verjas de hierro pintado de verde. Mani, que camina a mi lado, de pronto suelta un gritito y echa a correr hacia Yorbin, que la espera apoyado con indolencia contra un BMW negro, este la abraza con fuerza y la besa; varios chicos, por no decir todos, se desinflan, temerosos de rondar a una chica que tiene un novio como *ese*. Lo cierto es que parece un ogro, muy guapo, espero un ogro al fin y al cabo.

- ¿Te vienes con migo?- inquiere Alex, posando su mano sobre mi cintura.
- Si has traído tu moto...
- Sí hombre,- me interrumpe con un resoplido.- para que alguno de estos salvajes me la robe. No, cariño, no, vamos en ese coche.- señala el BMW negro en que apoyan Mani y Yorbin.

Miro a Dani, que me sigue rezagado y de mal humor. Caray, últimamente este chico no gana para disgustos.

- Claro.- le rodeo la cintura con un brazo mientras todos nos miran con disimulo muy mal disimulado.- Oye Dani, me voy con él, ¿vale?
- Haz lo que te apetezca.- intenta gruñir.
- Es lo que pretendo.

Alex mira a mi mejor amigo de una forma un poco rara, como si le estuviese ganando la guerra, me empuja hacia el coche, Yorbin le lanza las llaves y él las coge con facilidad.

- ¿Por qué conduces tú si es su coche?- susurro en voz baja, aunque no sé para qué, porque con esos súper oídos seguro que me oyen.
- Yo mando, yo conduzco.
- ¿Tú mandas?- alzo las cejas con aire inquisitivo.
- Soy el líder del ejército al que pertenece y soy el futuro rey del planeta en el que vive, que da la casualidad que es el más influyente, de modo que si le digo que yo conduzco, creo que tiene que hacerme caso.- me abre la puerta trasera del BMW. - Sube atrás, luego nos vamos y no quiero para el coche para poder marcharme.

Lo que dice me suena a chino, pero obedezco y hago lo que me dice.. Me arrimo a la puerta cuando Yorbin se sube con migo, Mani de copiloto y Alex al volante.

- Por favor, atropella a alguno de estos malditos adolescentes.- refunfuña Yorbin con voz amarga.

Le miro por el rabillo del ojo, yo pertenezco al grupo de "malditos adolescentes".

- No te preocupes,- me consuela Alex- no lo dice por ti.

Salimos despedidos hacia delante de forma rápida y suave, sorteando a los innumerables adolescentes que remolonean a la salida del instituto. Callejea hasta que salimos a una desviación de la M-40, una vez en ella, pisa el acelerador hasta el fondo. En cinco minutos hacemos el recorrido de media hora.
- ¿No piensas marcharte nunca?- gruñe Yorbin.
- Si lo sometemos a votación, a quien echaríamos del coche sería a ti.
- Seria empate, dos a dos.- replica Yorbin con aire triunfal.
- No, tres a dos a mi favor.- contradice mi gansmo.
- ¿Por qué?- los ojos lilas del chico se llenan de confusión- Somos cuatro.
- Lo sé,- esperamos expectantes su respuesta.- pero mi voto vale por dos.
Mani suelta una carcajada divertida, Yorbin parpada incrédulo.
- Vale, - suspira mi gansmo, resignado.- cambiamos.
Yorbin cambia ligeramente de postura, le miro y...
- Hola amor.- Alex me sonríe posando su mano en mi muslo.- No te preocupes, he parpadeado, es un poder natural de los gansmos, nos transportamos de un lugar a otro en un pestañeo, nunca mejor dicho.- me rodea con su brazo y me aprieto contra su pecho.
- ¿A dónde te gustaría ir?- pregunta con voz sensual y misteriosa.
- A una pequeña isla desierta con playas de arena blanca y con muy pocas palmeras. Sería divertido.- mascullo por lo bajo, pero claro, tienen un oído súper sensible.
- ¿Qué sería divertido?- fisgonea Mani metiendo la cabeza entre los dos asientos delanteros para mirarme con sus rasgados ojos beige cargados de curiosidad. Contrastan terriblemente en su rostro moreno.
- Estar en Madrid ahora y al segundo siguiente, ¡plof! en una isla desierta en medio del océano pacífico.
Alex emite un sonido de disgusto.
- ¿Tiene que ser necesariamente en el pacífico? - le miro con la boca abierta, con cara de tonta.- Es que me gusta más una que hay en el Mediterráneo.- se excusa al ver mi cara.
- ¿A qué se debe es "¡Plof!"?- me pregunta Yorbin extrañado.
- Es para darle énfasis a mis palabras.
- ¿Y tienes que decir plof? No lo entiendo.
- Yorbin, mi amor, humanos.- le recuerda Mani como si eso lo aclarase todo.
- Nosotros nos vamos.- se despide Alex, Mani alza una mano a modo de despedida, enfrascada en una conversación con su marido sobre las rarezas de los humanos.

Clavo mis ojos en Alex, espero que no piense arrojarse a la M-40 desde un coche en movimiento, porque si es así... supongo que tendré que seguirle.
- Verás qué divertido.- sonríe con aire de pillo.- Cierra los ojos.
Frunzo el ceño, llena de recelo, al menos quiero saber quien de los dos cae primero.
- Hazlo.- me ordena impacientemente.
Suspiro con pesar y obedezco. Noto como el estómago me da un vuelco, ahogo una exclamación y me sujeto con fuerza a Alex, una leve sensación de mareo se apodera de mí, quedamos suspendidos en el aire y caemos de espaldas sobre algo suave.
Abro los ojos con lentitud y miro al cielo, está demasiado azul y las nubes son demasiado blancas, el sol me deslumbra, cosa extraña si tenemos en cuenta que el cielo de Madrid estaba hoy encapotado.
Escucho un suave y relajante ronroneo, como el murmullo del mar en calma, toco el suelo, parece arena fina.
- ¡Oh!- me siento de golpe, mirando, atónita, a mi alrededor. No puede ser. - ¿Qué...?- miro a Alex, sin comprender, es imposible que el pestañeo te lleve tan lejos. Me observa lleno de amor, con las manos entrelazadas en la nuca y los ojos entrecerrados por el sol.
- El pestañeo te lleva a cualquier lugar de la galaxia, si quieres salir de la Vía Láctea y venir a mi galaxia, entonces tienes que abrir un portal, pero esta isla en el Mediterráneo está relativamente cerca.
- Dios mío.- me pongo en pie de un salto y corro hacia el agua.
Se me empapan las botas rosa chicle y parte del short morado cuando una ola me salpica. Me llega por los muslos, es cálida y turquesa, llena de pequeños pececillos y conchas y corales y... trago saliva... tiburones.
- Aquí no hay tiburones, ¿verdad?- pregunto con un hilo de voz, muerta de miedo.
- A diez metros hay uno.
Chillo y salgo del agua a toda velocidad.
Me mira, incorporado sobre los codos, con los ojos brillantes por la diversión, intentando contener la risa, pero no lo consigue y termina estallando en carcajadas. Sus ojos desprenden chispitas. Me abalanzo sobre él, golpeándole en broma mientras él se retuerce debajo de mí, riéndose, en un momento dado, mis dedos se acercan demasiado a sus ojos chispeantes y las chipas tocan las yemas de dos de mis dedos, en seguida siento que algo cálido se mete bajo mi piel.
Me llevo la mano al corazón, extrañada. Su risa cesa, sus ojos brillantes desprenden ternura.

- Abre la mano.- susurra con voz ronca.
Lo hago.
- Mírala.
Doy un respingo, tengo las chispas bajo la piel de mis dedos índice y corazón, tienen forma de lágrima, resplandecen como si fuesen sólidas piedras preciosas, pero al tocarlas, parecen agua que bailotea bajo mi piel. Una ligera sensación de mareo se apodera de mí y tengo que clavar mis ojos en Alex para que la ansiedad se me pase.
- Esto es algo que solo sé hacer yo, de modo que no me pidas que te cuente como se hace porque es un secreto que no voy a rebelarte para que no te des cuenta de lo cutre que soy. Quiero tener algo mío, algo que pueda compartir contigo sin que nadie más sepa cómo.
Ante sus palabras, me doy cuenta de que es tan misterioso que por muy profundamente que le conozca, que aunque descubra todos sus secretos, siempre va a haber algo de él que me será desconocido, algo extraño y... oscuro.
- ¿Quieres que haga desaparecer eso?- señala con la cabeza las chispas atrapadas bajo la piel de mis dedos, ignorando mis pensamientos.
Cierro la mano y la aprieto contra mi corazón.
Sus sensuales labios se estiran en una media sonrisa misteriosa, cargada de promesas de amor, de peligro, de oscuridad.
Con un suspiro de felicidad me dejo caer sobre la fina arena, cruzando las piernas al estilo indio, Alex también se sienta frente a mí, espatarrado, con sus pies paralelos a mis caderas.
- Antes,- jugueteo con la arena sin atreverme a mirarle a los ojos.- en clase, estabas tenso. - seguro que ha sido por mi culpa, por algo que he dicho.
- Sí, estaba tenso.- afirma. Espero pacientemente a que responda algo más, pero como no habla, alzo la mirada y clavo en él la mirada cargada de curiosidad.- Estaba tenso porque... por tu intercambio de palabras hostiles con Cristian. *No puedo* soportar que nadie te hable mal y mucho menos que te desee y...
- Él no me desea.- le interrumpo.
- ...me pone enfermo,- prosigue como si me hubiese escuchado- no abrirle la cabeza como si fuera un melón por atacarte verbalmente.- da un respingo y su mirada se vela durante unos segundos.- ¡WOW!
- ¿Qué? - le miro algo preocupada.
- Vas a ser capaz de encubrir cualquier cosa.- susurra sin aliento, emocionado.
¿EEEH?
- ¿Disculpa?

- Si veo algo que tú no quieres que vea, tu mente obligará a la mía a borrar lo que ha visto para que crea estar viendo lo que tú quieres.- sus ojos brillan con excitación.- Por ejemplo, - coge un puñado de arena y lo retiene en el hueco de su mano.- mira esta arena.

Clavo la mirada en su mano, como si fuera mi presa y yo el halcón, pero de pronto noto un pequeño cambio, la arena ya no está.

- Toca mi mano.- me pide. Ahogo una exclamación al notar el tacto de la fina arena en su palma, ¡aún está ahí!- También puedo hacer que tu cerebro no registre la suavidad de la arena que estás tocando; de este modo mantengo oculta a la vampira que conoce el destino del mundo y... para cuando lo necesites,- un ramalazo de pesar cruza su mirada- la dirección donde puedes encontrarla está escrita en tu mente, sé que algún día la vas a necesitar y cuando la busques, estará ahí para ti.- el puñado de arena de nuevo se hace visible para mis ojos- Lo que los ojos ven y los oídos oyen, el cerebro se lo cree.- vuelve a sonreír con picardía.- no dentro de mucho, tú serás capaz de hacer lo mismo.- tira la arena y limpia los residuos que han quedado en su palma en los vaqueros.- Podrás manipular las mentes que se te antojen, al principio será divertido,- se encoge de hombros,- pero al final te acostumbrarás y pasará de ser divertido a ser otro poder más con el que antes te divertías.

Observo la mueca de resignación de sus labios.

- Para mí todo esto es nuevo, "viajar" de Madrid a una isla desierta en el Mediterráneo es alucinante, pero tú estás acostumbrado a todo esto, incluso a la guerra.

- Es un juego que ha perdido significado pero al que me veo obligado a jugar,-sonríe sin ganas- estoy aburrido de todo, de la vida, de los poderes, incluso de la guerra. Mis únicos amigos han sido mis capitanes, y nunca me dejaron ser un niño, me obligaron a crecer para que evitara que murieran, no hay nadie que pueda darme una buena tunda porque yo soy más poderoso que todos ellos, tampoco hay nadie que me quiera por ser yo mismo; sé que va a suceder en todo momento, en raras ocasiones el futuro cambia y si cambia... no es demasiado sorprendente y entonces llegaste tú,- su mirada se vuelve ansiosa, como si temiera perderme.- como brisa fresca, y tengo que luchar contra ti en todo momento, porque tus poderes intentan noquearme una y otra vez, sin descanso,-sonríe con ternura- siempre con cara de malhumor, sin dejar que nadie entre en tu corazón, cambiando constantemente los planes para el futuro, dándole significado a la vida, color, aroma y todo cuanto perdió significado, lo ha vuelto a recuperar por que tú estás aquí y ahora mas que nunca me arrepiento de todos los errores que cometí, pero ten presente siempre, que hagamos lo que hagamos, lo único realmente importante es que nos amamos.

Soy suya, solamente suya.

- Abrázame.- jadeo.

Me arrastra hacia él y me envuelve en sus brazos, apoyo la cabeza en su musculoso pecho y escucho el rítmico latido de su poderoso corazón. Bajo la superficie de esto que sentimos, hay algo más, algo profundo, siniestro y obsesivo, pero a la vez es lo más hermoso que ha existido nunca.

- Te amo.- afirmo con un susurro que me brota del alma.

No dice nada, se limita a abrazarme con más fuerza y me da un beso en la cabeza, con ese intenso beso, me ha dicho en cien idiomas diferentes lo que yo le he dicho en uno.

Comienzan a transcurrir los segundos, los minutos, los días y con ellos las semanas, los meses y llegamos a Enero. Durante Noviembre y Diciembre nos separamos lo imprescindible, pasé la mayor parte del tiempo en su loft, a mis padres no les conté nada y ellos no preguntaron los motivos de mi ausencia en los dos días claves de Navidad, no fue lo mismo con Carlos, que comenzó a dejar de hablarme. Mi relación con Mani se hizo más profunda, ahora es mi mejor amiga, por el contrario, mi amistad con Dani se enfrió un poco y pasé a depender completamente de Alex. Para reyes, le regalé una alianza de oro blanco con una inscripción: Tesa te ama. Él me regaló un colgante, una pequeña y resplandeciente esfera granate que pende de una finísima cadena de oro blanco.

- Eres la dueña de mi corazón,- me dijo al entregármelo.- de modo que quiero que lo lleves siempre contigo.

En ese momento no comprendí sus palabras, pero poco más tarde Mani me lo explicó.

- Esa esfera granate, es un pedazo de su corazón, literalmente, son pocos los que se atreven a arrancarlo de su pecho pues a parte de que duele horrores, quedas bastante desprotegido ante la persona que lo porta. Tiene tu corazón en sus manos.

- Pero Alex lo hizo,- susurro más enamorada de él si eso es posible.- se arrancó un pedazo del corazón para entregármelo.

- Y cuando Yorbin le preguntó que porqué no te regalaba un camiseta como cualquier novio normal, él respondió: es suyo, creo que está en su derecho de mostrárselo al mundo.

En ese momento me di cuenta de que su alma y la mía era una sola.

- Vale, vale, no me muerdas.- alzo las manos y me alejo de Mani divertida.
Arruga su elegante nariz, gesto que me recuerda a Alex, supongo que al crecer
viendo a Mani fruncir la nariz cada poco, se le ha pegado.
- Eso lo hacen los chupas.- protesta con voz mimosa.
- ¿Quién?- hay palabras de su jerga que aún se me escapan.
- Chupa sangres.- me aclara Alex rodeándome los hombros con el brazo.-
Vampiros.
- ¿Y por qué le llamáis chupas?
- Porque eso es lo que hacen,- exclama Mani con aire ausente.- chupan.
Yorbin le da una palmada en el trasero apenas cubierto por una faldita de
cuero, ella lanza una risita picante que hace que las personas más cercanas
a nosotros se giren a mirarnos.
- Tenemos que entrar en esta.- nos ordena con un pucherito en sus carnosos
labios, parando ante una tienda.- Necesito zapatillas nuevas.
- Si tú siempre llevas tacones o botas planas.- le recuerdo mientras entramos
en la tienda de zapatillas.
- Cuando voy al gimnasio no.- se burla.
- Los gansmos no necesitáis ir al gimnasio, vuestra piel es como de
mármol.
- Pero a ella le gusta gastar dinero.- afirma mi gansmo tironeándole del
pelo.
- Y ligar.- le hace una mueca a Alex.
Mi gansmo suelta una carcajada que provoca que todos se giren, de nuevo,
a mirarnos, le rodeo la cintura con los brazos de forma posesiva, me da un
beso en la frente.
- ¡Que era broma!- exclama acalorada.
Qué le pasa a tu hermana.
Yorbin está manipulando su temperatura corporal para que pase mucho calor,
algo que Mani no soporta.
Hago una mueca de desagrado, no me gusta el calor.
La gansma se zambulle en la búsqueda de zapatillas súper, súper cool.
Merodea de un lado a otro con un joven y guapo dependiente tras ella y
con Yorbin haciendo sudar la gota gorda al pobre chico, quien tiene el pelo
y la camiseta empapada en pleno Enero.
- ¿Qué tiene de especial una rosa mojada por el rocío?- susurra junto a mi
oído, provocando que un hormigueo me recorra el alma.
- No sé a qué te refieres.- frunzo el ceño ligeramente.

- Es... por llamarlo de alguna forma, el salva pantallas con el que impides el acceso a tu mente, lo mantienes tanto de día como de noche.
- No lo sé, supongo que es mi flor favorita.
Posa sus labios sobre mi sien y las manos en mis caderas, me recuesto contra su pecho.
- No me has dicho nada sobre mis zapatillas nuevas.- me regaña, divertido.
- Son las mismas de siempre.- le miro por encima del hombro, condescendiente.
- Pero son nuevas, Mani me compra unas cada semana, me gustan.- suspira lleno de impaciencia.- Estoy deseando que tengan un hijo, a lo mejor deja de torturarme.
- Ni lo sueñes,- murmura Yorbin sin quitarle los ojos de encima a su esposa, acercandose a nosotros.- yo pensé lo mismo cuando naciste tú, pero ya ves, ha encontrado tiempo suficiente para torturarnos a los dos, aunque tranquilízate, si yo en más de un milenio con ella no he enloquecido, tú en cincuenta y tres años tampoco lo harás.
- ¡Arg!- exclama Alex asqueado.- No me castigues a mí solo por algo que también dice tu marido y deja de pensar cosas tan asquerosas porque no voy renovar mi vestuario.- le advierte a Mani en voz baja, Yorbin se ríe.- Sí, sí, ríete, pero el que te está viendo desnudo soy yo a través de su mente.
- Dentro de poco me dejarás por él.- me burlo, intentando esconder la risa.
- ¡JA! - bufa Yorbin.
Alex le lanza besitos.
- No disimules que cuando te doy la espalda sé que miras el trasero.
Yorbin se pone rojo de ira.
- Yorbin, no desees matar a tu hermano.- le reprende Mani acercándose con una zapatilla diferente en cada pie.- ¿Cuál?
- Ninguna.- gruñe Yorbin a la vez que Alex dice:
- La negra.
- ¡Oh, que novedad que a mi hermanito pequeño le guste la negra!- alza las manos al cielo, pidiendo clemencia y le saca la lengua a la vez que arruga la nariz y ladea la cabeza.- ¿Y tú?- me mira.
- La roja.
Hace un puchero y hunde los hombros.
- Ahora no se cual de las dos comprar, voy a tener que llevarme ambas.
- ¡La roja!- exclaman Alex y Yorbin a la vez con expresión de pánico en sus bellos, más el de mi gansmo, rostros.

Mani da una palmada feliz de la muerte y se aleja para reunirse con el dependiente.

- Voy a asegurarme de que tan solo se compra las rojas.- murmura Yorbin al tiempo que mi gansmo le suplica:

- Asegúrate de que solo compre las rojas.

Le miro, intrigada por su reacción.

- Si se lleva las dos, nos tendrá un mes entero sentados en un sofá probándose las zapatillas con todos sus modelitos y después se las pondrá una sola vez o dirá: de tanto probármelas se han desgastado las suelas.- hace una imitación perfecta de su voz- y las tirará a la basura.

- ¿No hay nada que te guste?- me pregunta Mani, acercándose con sus zapatillas en una bolsa, que hace compañía a las otras diez bolsas que carga Yorbin.

- No.

- ¿Cómo lo sabes si no has mirado?

Alex y Yorbin suspiran a la vez.

- Ve con ella y mira, de otro modo no va a dejarte en paz.- me dice Alex en tono aburrido.

- ¿Y para qué voy a mirar si no traigo dinero?- es obvio, ¿no?

Los tres me miran en silencio durante unos instantes, después hablan los tres a la vez, Mani y Alex realmente indignados, sobre todo mi novio.

- Pero yo sí.- eso lo dice él.

- Pero él sí.- eso lo dice ella.

- Muy humano.-eso lo dice, ¿cómo no?, Yorbin.

Les pongo mala cara pero Mani me ignora y sujetándome de la mano, me arrastra hacia el interior de la tienda.

Miro una, miro otra, no veo ninguna... WOW.

- ¿Te gustan esas?

- No.- niego, pero ha notado mi titubeo.¡Son geniales! Unas converse cubiertas de lentejuelas verdes, adornadas con pequeñas flores de lentejuelas en azul en los lados y cordones blancos. Cuestan ciento ochenta y cinco euros, demasiado para una chica que se ha gastado la paga semanal, tendré que esperar a la semana que viene.

- Te han gustado las verdes.- me acusa entrecerrando los ojos.

- Son horribles.

- Tienes razón, son horribles, pero te han gustado.

- Te he dicho que no.- entrecierra los ojos llena de recelo, pero la ignoro y vuelvo con los chicos.

Bisbisea algo a mi espalda, cuando la miro por encima del hombro, está seria y mira al frente.

- Nos vamos.- ordena Alex posando su mano en mi espalda y empujándome con suavidad.

No sé por qué, prometo que no lo sé, pero me miro el escaparate mientras Alex me empuja y veo que aparta su mano de mi espalda unas décimas de segundo, extiende el brazo con una tarjetita plateada entre el índice y el corazón y Mani la coge con una sonrisa de felicidad. Todo sucede tan deprisa que ni tan siquiera noto que su mano se aparta de mis riñones, pero lo veo.

- ¿Qué le has dado?- le acuso dando media vuelta para mirarle.

- ¿A quién?- frunce el ceño, confuso.

- A Mani,- afirmo y la miro entrecerrando los ojos- le has dado una tarjeta plateada.

- ¿Yo?- exclama atónito.

- No puedes engañarla, es demasiado rápida.- comenta Yorbin con diversión. Alex le fulmina con la mirada.

- No le he dado nada.- sentencia plenamente convencido y me saca de la tiende a rastras, los otros dos gansmos nos siguen.

Desde ese momento no le quito los ojos de encima a la portadora del intenso cabello rojo, salvo cuando va al baño, me ofrezco a acompañarla, pero Alex me abraza y no me deja. No sabia que los gansmos hacían pis, si no se alimentan.

- ¿De qué os alimentáis?.- le pregunto a mi Alex.

- No necesitamos alimentarnos de nada ni tampoco hacemos ninguna función humana, tales como dormir, sudar, comer, ir al baño...

- ¿Y a qué ha ido Mani?

- A cambiarse de ropa.- afirma sin titubear.

- No se ha llevado ninguna bolsa.- está mintiendo.

- Nos encontramos en un centro comercial, puede comprar ropa en cualquier tienda.- sonríe lleno de inocencia.

Le frunzo el ceño, poco convencida, pero permanece tan tranquilo que me veo obligada a creerle. Miro a Yorbin, su rostro tan solo transmite malhumor, ¡qué muermo!

¿Por qué está Yorbin de malhumor?

Se encoge de hombros, sin darle importancia a mi pregunta, Yorbin le mira, inquisitivo, Alex sacude levemente la cabeza, el malhumorado hace un gesto de malhumor.

Tú también pareces siempre enfada.

Le saco la lengua, medio sonríe.

Lo que antes era una llamita, ahora es un fuego sin control, que... ¡¿CHUPA?!

- ¿Chupa?- siseo furiosa.- Natalia y Sonia, ¿son gansmas?

- Sí, ¿por qué?

- No, por nada.

Alex sonríe lleno de picardía, ya sabe hacia donde se han dirigido mis pensamientos, bueno, en realidad los ha leído.

CAPITULO 7: AHORA NO... NUNCA.

Observo sus tiernos ojos avellana y su cabello color trigo revuelto, desde luego no parece un vampiro, pero tengo un modo de comprobar si realmente lo es o no.

Anillos protectores, ahora lo comprendo. Secretos, vampiros, gansmos... si este anillo me protege y yo voy a ser una gansma, de lo que debe protegerme es de los vampiros, de modo que si Dani lo toca, tiene que pasarle algo, ¿no? Tan solo espero que no acabe frito.

Me levanto de su cama y paseo por la habitación al tiempo que con disimulo me quito el anillo.

Dios, como odio su nariz.

- Hace mucho que no juegas al tenis, antes entrenabas todas las tardes.- murmuro con ligereza y cojo la pelota verde que hay en el suelo, en una esquina, con la mano izquierda, escondo ambas manos tras mi espalda.

- Lo dejé porque siempre me caía.- se encoge de hombros con pesar y se sube las gafas de pasta negra, que se le escurren de la nariz.

Entrecierro los ojos y me distraigo brevemente imaginando como mi puño se estrella contra ella.

- Te caías.- repito sus palabras, estudiando su ordenadísima habitación.

- Mucho.

- Ya, claro.- ¿un vampiro torpe? Sigue soñando chico, no cuela. Tal vez los vampiros no sueñen porque tal vez no duermen... eso es algo que tengo que preguntárselo a Alex.

- Dani.

- ¿Si?

- Atrápala.- saco la mano derecha de detrás de mi espalda y le lanzo su contenido.

Le es imposible evitar atraparla, sus reflejos han sido demasiado rápidos porque le he pillado por sorpresa, una vez que lo tiene en las manos, abre los ojos como platos, chilla y suelta el anillo.

Jadeo al ver las palmas de sus manos, ambas tienen dos quemaduras con la forma del anillo y le echan humo.

El anillo repiquetea contra el suelo y termina contra mis zapatillas, me agacho, me lo pongo y me incorporo de nuevo.

- ¿Te has quemado?- inquiero con sorna.

Dani me observa incrédulo, conmocionado, dolorido, con las manos extendidas echando un débil hililllo de humo.

- Alex.- escupe con odio.- Él te ha dicho que hagas esto, ¿verdad?

- No,- respondo con ligereza, jugueteando con la botellita de vidrio roja que hay sobre su cómoda, está medio vacía.- se me ha ocurrido a mí sola.

Sus dulces ojos avellana se tensan.

- Y ¿cómo?

- Alex me contó que en realidad los mitos no lo son tanto y cuando escuché como llaman los gansmos a los vampiros, recordé que Natalia te llamó así en una ocasión y eres pálido, estás frío y eres demasiado inocente y enterado para ser humano, de modo que sumé dos y dos y me dio vampiro.

- Pues copié el comportamiento de dos humanos.- replica furioso, la inocencia ya olvidada.

- Tú lo has dicho, de dos, es imposible ser torpe e increíblemente hábil a la vez, o una cosa o la otra, pero no ambas.

Sacude las manos, pero no me da pena, al contrarío, creo que soy increíble.

Me mira con irritación, su mirada ya no es tan dulce.

- Se lo ha creído todo el mundo menos tú.- me acusa con amargura.- Contigo es con quién más me he esforzado a la hora de fingir.

- ¿Aún no te has enterado? Soy la novia del líder del ejercito universal de los gansmos, ¡soy la bomba!- suelto una risita cuando se sopla las manos. - ¿Te duele mucho?

- Si te dijera que sí, te alegrarías, ¿verdad?

- Con toda probabilidad.

- En ese caso, no, no me duele en absoluto.- me río de él y me siento en el suelo, apoyo la espalda contra la puerta cerrada.

- ¿Y tu madre?

- Es una humana manipulada, realmente cree que es mi madre.

- ¿Para qué has montado toda esta perorata?- le pregunto con verdadera curiosidad.

- Por ti.- susurra arrodillándose frente a mí a una velocidad supersónica, escupiendo las palabras con demasiada intensidad.

- ¿Por mí?- siseo confusa.

- Eres lo que todos quieren, incluido yo.

- Pues nadie va a tenerme, soy de Alex.- afirmo con altanería.

- ¿Alguna vez te has parado a pensar el motivo por el cuál Alex te quiere?- se ríe de un modo extraño, con maldad.

Esa pregunta nunca me la había formulado, he de admitirlo; supongo que por el mismo motivo por el cual le quiero yo a él: inexplicable.

- Además, Tesa, tú no eres de nadie, te perteneces a ti misma.- me contradice con un bisbiseo que me recuerda a una serpiente.

- He decidido ser de él- alzo el mentón, altiva.

Vuelve a reírse.

- Has probado lo que puede ofrecerte el gansmo, ¿no quieres probar lo que puedo ofrecerte yo?- me pregunta con falsa tristeza, ladeando la cabeza.

- No. Le amo.-afirmo orgullosa.

- Te da miedo que te guste más lo que yo puedo darte que lo que te da él, llevas toda tu vida intentando ser buena, reprimiendo tus verdaderos sentimientos, pero ¿sabes una cosa, Tesa? Eres mala, tanto como yo.

Me desinflo.

- No.—niego débilmente, con la voz temblorosa.

Acerca sus labios a mi oído con sensualidad, lleno de maldad.

- Sí y lo sabes y también sabes que puedo ayudarte a descubrir quién eres.

- Ya sé quién soy.- tartamudeo, llena de dudas.

- ¿Estás absolutamente segura... *Tes*? ¿Eres lo que quieres ser o... lo que él quiere que seas?

Soy mala y lucho contra ello, podría dejarme arrastrar por mis sentimientos oscuros y todo sería mucho más fácil, pero... ¿Y Alex? No puedo ser mala y estar con él, pero le amo demasiado como para alejarme, de modo que sí, estoy segura de esto.

Antes luchaba contra mí misma en un vano intento por ser buena que me llevó a la insensibilidad, pero ahora lucho con la fuerza de Alex, ya no lucho por mí, lo hago por él, porque se lo merece. Acaricio la esfera roja y la escondo tras mi palma, brilla con más fuerza que antes, aprieto su corazón contra el mío.

- No le conoces realmente, no sabes quién es en realidad, Tesa.

- Le dijo la sartén al cazo.- resoplo con sarcasmo.

Sonríe lleno de maldad.

- Tú tampoco te muestras tal y como eres,- me lame eróticamente la mandíbula con su lengua fría como el hielo.- ocultas lo mejor de ti.

Me aparto un poco de él, aplastándome más contra la puerta, no me gusta lo que acaba de hacerme, es como si me saboreara antes de comerme.

- Al menos no finjo ser quién no soy, me limito a no ser mala.

- Pero yo no puedo evitarlo, fui creado para esto, para reencarnar el odio de un ser más poderoso que yo, para que ese ser no viviera con la culpa eternamente.

Mi respiración se agita cuando acerca su odiosa nariz a mi garganta y absorbe mi aroma, deleitándose en él.

- Dani...- trago saliva e intento apartar mi garganta de sus labios.-...tengo que irme.

- ¿Y si no dejo que te marches?- susurra desafiante, besando con suavidad mi clavícula.

Vale, eso ha sido demasiado.

- En ese caso, me veré en la obligación de meterte el anillo por donde cojones te quepa y hacer que revientes.

Su rostro se transmuta, de la satisfacción de saber que me tiene acojonada a saber que le quiero matar, sí, debería saber que los desafíos me hacen cometer todo tipo de estupideces.

Se aparta de mí con los ojos fríos y duros como piedras, la mandíbula tensa.

- La próxima vez que me chupes...

- ¿Si?

- ...te corto la lengua. - le advierto antes de salir por la puerta.

Me pongo una chaqueta de punto a medio muslo, cerrada, gris, con un cinto a la cintura y botines de tacón grises. Me recojo el pelo con una pinza, me pongo una pulsera de cuero negro y un bolso rojo con tachuelas a tono con la pulsera.

- ¿Cuando vas a presentarnos a tu enamorado?- pregunta mi madre en cuanto me dirijo a la puerta, dispuesta a marcharme.

- Ehhh......- acabo de quedarme en blanco.- ....pues en cuanto... sí, esto...

- Ya sabemos que es un gansmo, cielo.- me informa mi padre y gracias a ello se interrumpen mis balbuceos de inmediato.

- Y Carlos un licántropo y Dani un vampiro.- añade mi madre.

- Tan solo estamos esperando para ver qué sales tú, pero viendo el parecido físico que compartes con tu madre y con tu hermano, seguro que tú también me saldrás perra.

- ¡Hugo!- chilla mi madre, ligeramente ultrajada.- No te refieras a los licántropos con palabras tan despectivas y ya sabes que el parecido físico no influye en esto y mucho menos en ella, Tesa va a ser lo que ella decida.

- Escoge ser gansma, cielo, olemos mucho mejor.

- ¡Hugo!- vuelve a chillar mi madre, horrorizada, y de nuevo me mira a mí.- Debes fiarte de tu corazón en todo momento.

- Es del único del que podrás fiarte.

Miro a uno, luego al otro, vale, estos no son mis padres.

- ¿Quienes sois y qué habéis hecho con mis padres?

Se carcajean, como si lo dijera en broma, pero se callan al darse cuenta de que lo pregunto en serio. Mi madre palmea el sofá para que me siente junto a ella.

- Siéntate y te contaremos lo que hasta ahora te hemos ocultado.

- *¿Ahora?*- exclamo incrédula.- Imposible, he quedado con Alex, me está esperando abajo.

- He oído hablar mucho de él,- murmura mi padre rascándose la mandíbula.- Ese chico sería capaz de exterminar a todos los inmortales con tan solo pensarlo.

- ¿Y por qué no lo hace?- mi voz suena llena de perplejidad.

- ¿Quién sabe?- responde mi madre con otra pregunta- Nunca hace lo que se espera de él, tal vez deberías preguntarle y después podrás contárnoslo.

- Guay, me marcho a preguntárselo ahora mismo.

- ¿No quieres oír nuestra historia, cielo?- me pregunta mi padre mientras camino hacia la puerta.

Me giro y le miro pero no paro de caminar, aunque sea de espaldas.

- Tal vez luego, ahora me voy con Alex, pero... gracias de todos modos.

- ¿Estás segura de que no quieres escuchar la historia que te ocultamos desde que naciste?- me pica mi madre con diversión.

Mi mano se congela sobre el pomo de la puerta, y tiembla, deseando tocar a mi gansmo.

Tengo dos opciones para esta velada.

Opción número uno: conocer todos los secretos que me persiguen desde el principio de mis días.

Opción número dos: ver a Alex.

La decisión está tomada.

- Hasta luego.- abro la puerta.

Escucha la maldita historia de una vez. Es una orden, pero dada con tanta dulzura que me sabe a miel.

Mmmm, entrecierro los ojos, al final voy a tener que probar la miel.

Pero yo quiero verte. Protesto infantilmente.

Teresa, llevas toda la vida esperando este momento, no va a llevarte más de cinco minutos.

Suspiro y cierro la puerta, arrastrando los pies me acerco al sofá para dejarme caer junto a mi madre con aire abatido.

- Muestra un poco de entusiasmo, hija, que no vamos a decapitarte.

Fulmino con la mirada a mi padre. Mira que son oportunos, nunca han querido contarme nada de nada y hoy, precisamente hoy, que he quedado con Alex, como todas las tardes después del instituto, tienen que contarme mis orígenes.

- ¿Qué quieres, que vaya por toda la casa gritando yupi? Pues perdona pero no está el horno para bollos.

Entusiasmo.

Cuadro los hombros y sonrío, intentando mostrarme curiosa.

- Hay que ver, este chico hace de ti lo que quiere, al final incluso te vuelves encantadora.

- ¿A qué te refieres Hugo?

- Está hablando con ella ahora, ¡mírala!

Tu padre detecta la utilización de cualquier poder en su presencia.

Le miro, no parece tan fascinante.

- De acuerdo, quiero salir de aquí lo antes posible, así que... desembuchar.

Mi padre sonríe, mi madre fija la vista en el suelo, como si se sumergiera en un inmenso océano de recuerdos, soñando con tiempos pasados que tal vez fueron mejores.

- Recuerdo que fue en el verano de mil seiscientos noventa y tres.

La mandíbula se me descuelga hasta el regazo, pero mi madre no se percata de ello, mi padre me sonríe para darme ánimos, no los necesito, noto a Alex en mi mente, manteniendo contacto con migo.

- Por aquel entonces, yo tenía ciento un años, Hugo tres más, ambos éramos capitanes en nuestro respectivos planetas, tu padre era el gansmo más joven en ser capitán, yo, la primera mujer. En ese momento, los Del Olymdos, es decir, los lobos, vampiros, y brujos, comencemos nuestras primeras verdaderas batallas, no simples escaramuzas en la que la gente moría sin un fin verdaderamente concreto, si no batallas en las que se libraba el dominio del universo, contra los gansmos.

"Mi único deseo era matar y matar, destruir a los gansmos. Para los del Olymdos la visión de esta guerra es muy diferente, es simple, crearon a los gansmos y estos dominaron el universo, ahora deben ser aniquilados para poder recuperar lo que les pertenece.

- Los gansmos lo vemos de este modo, nuestros propios creadores quieren destruirnos para restaurar lo que ellos estaban aniquilando y nos defendemos para no ser exterminados.- interviene mi padre.

- Bueno, - mi madre retoma su versión de la historia.- yo era malvada, aunque no lo sabía; mi único anhelo era matar a los gansmos... hasta que vi a tu padre.- le mira con todo el amor del mundo.- Todo cuanto me rodeaba se detuvo y sentí, en medio de la batalla, que habíamos nacido para estar juntos, para amarnos para siempre. La naturaleza escogió por nosotros y nos rebelamos en contra de las normas que nos obligaban a ser enemigos, al año siguiente de escaparnos juntos, nació Carlos.

- Perdimos casi la totalidad de nuestros poderes al renunciar a lo que éramos. En mil novecientos cincuenta, apareció La Lágrima Del Vampiro, ya existía desde hacia muchísimo tiempo, desde antes de que todo esto comenzara, pero nadie supo nada de ella hasta que Eda no la lució en su garganta, ¿de dónde salió? Nadie lo sabe, pero es indudable el modo en que debilita a los gansmos, los reduce a simples humanos; de ese modo los de Olymdos comenzaron a aniquilar a las creaciones, pero en mil novecientos cincuenta y siete, nació Alex, poseía todos los poderes existentes; fuego, hielo, magia, telepatía... todos, y era capaz de anular los poderes de La Lágrima, de ese modo igualó la balanza. La guerra que iban a ganar los del Olymdos, se convirtió en una batalla eterna, Alex igualaba en poder a los dirigentes del Olymdos, los más poderosos del universo hasta el momento, Eda e Iván, debes saber que ellos no crearon a los gansmos si no que Iván fue creado por el vampiro que los creó y después ocupó su lugar tras matarle. Las esperanzas de la bruja y el vampiro murieron, eran incapaces de vencer a un crío de diez años y en mil novecientos noventa y tres, naciste tú, con la certeza de que serás tan poderosa como el propio Alejandro Maxgrim. Es una leyenda y tú lo serás con él.

- ¿Eso que significa, papá?

- Tú, - mi madre sonríe- eres la mitad de un todo, sin ti Alex no es nada ahora que te ha conocido, naciste para que él fuera completo y a la inversa, ¿no sientes que desde que le conoces estás completa?

- Desde el primer momento.

- Eso es porque sois las dos mitades exactas del todo más poderoso que jamás haya existido.—susurra mi madre con los ojos brillantes por la emoción.

- Pero Raquel, recuerda que hay por ahí otras dos mitades que necesitan encontrase con Tesa para ser completas.

- Ahora las cuentas no me cuadran en absoluto.- replico de mal carácter.—Explícate.

- Tesa, cielo,- comienza mi padre.- naciste para ser quien tú escojas. Puedes quedarte siendo humana, transformarte en licántropa o en gansma, de modo que para cada raza... tienes una pareja, puede que no les ames tanto como a Alex, pero en algún momento de tu vida tienen que aparecer.

- Eliges tu propio destino.

- Soy gansma.- respondo automáticamente.

- Creo que antes de decidir, deberías probar todos los estilos de vida que se te ofrecen.

- No necesito probar nada para saber que mi lugar está junto a Alex.

- Teresa,- mi madre se pone realmente seria.- ten cuidado, no respondas antes de plantearte la pregunta no vaya a ser que termines lastimando ese corazón que pende de tu cuello.

Cierro la mano entorno al colgante en actitud protectora.

- No voy a permitir que nadie le haga daño, ni tan siquiera yo. Creo que debéis saber que he tomado mi elección y no hay nada, absolutamente nada, que pueda hacerme cambiar de opinión, quiero que Alex sea feliz y lo voy a conseguir.

Camino hacia él, que está parado frente a mi portal con las manos dentro de los bolsillos de un abrigo negro por encima de la rodilla que lleva desabrochado, también lleva una ajustadísima camiseta negra, pantalón negro y deportivas del mismo color; está tan bello que parece irreal. El viento alborota ligeramente su cabello negro como piedras de azabache, la luz de las farolas le hace parecer aún más pálido y sus ojos brillan como esmeraldas al sol.

Le abrazo con desesperación, le amo más que a mi propio ser, él me estrecha con la misma necesidad.

- Te quiero.- susurro con ansiedad.- No quiero que nada ni nadie nos separe nunca.

Me abraza con más fuerza y me alza los veintidós centímetros que me faltan para ser como él, mido uno sesenta y ocho.

- Nadie, absolutamente nadie, lo logrará. Te amo más que a mi propia existencia,- pega su frente a la mía, le rodeo el cuello con los brazos.- eres todo cuanto me importa en el mundo, eres lo único que me ha importado nunca.

Permanecemos largo rato sin movernos, pero al fin despierta en mí la curiosidad.

- Mis padres me dijeron y estoy segura de que lo oíste, que con solo desearlo podrías manipular la mente de todos los inmortales, supongo que también de los mortales, ¿si?- frota su frente contra la mía en un gesto de asentimiento.- ¿Y por qué no lo haces?

- Para utilizar bien ese poder, debes tener la conciencia limpia, y yo no la tengo.

- ¿Y eso qué significa?- frunzo el ceño, confusa.

Cierra los ojos y suspira.

- No estropeemos el momento hablando de cosas que no hacen feliz a nadie.

Me inclino y beso su garganta con suavidad, aceptando su negativa de responder.

- Quiero llevarte a mi sitio favorito en el mundo.- susurra con un deje de amargura.

- Pues hazlo, no creo que tardemos mucho en llegar.

Sonríe.

- Cierra los ojos.

En medio de la oscuridad noto que el estómago me da un vuelco y una leve sensación de mareo, acto seguido una suave brisa me azota el cuerpo.

- Vaya.- susurro asombrada, me deja en el suelo y doy varios pasos, el extiende la mano, ansioso por si me caigo.- Es... precioso.- desde donde estoy, observo la ciudad de noche, iluminada, llena de vida, más hermosa incluso que de día. Estamos sobre una de las Torres Kio.

Lo observo *todo* con mudo asombro, mi corazón repiquetea al escuchar el sonido del tráfico, al ver Madrid desde aquí. Me encanta mi ciudad, maravillada, me acerco al borde de la azotea.

- Ten cuidado.- me exige ansioso.

Adoro el sonido que produce una ciudad que nunca duerme, Madrid, su nombre me sabe a la magia que nos envuelve, que nos rodea, que me ha permitido conocer un amor como este que sentimos.

- Eres cien por cien urbana.-observa con una sonrisa complacida.

- Sí.- suspiro y también sonrío. Me acerco de nuevo a él y le abrazo, apoya la barbilla en mi coronilla.- Gracias por compartir esto conmigo.

- Siempre es un placer.- me aprieta más contra él y se ríe con suavidad.- Mani no deja de hostigarme para que te lleve a casa y recojas las zapatillas verdes.

- Aunque las has pagado tú, dile que gracias.

- Vas a tener que decirse lo tú misma,- frunce el ceño.- si en tres horas no te llevo a casa destruirá mi colección de diamantes.

- ¿Coleccionas diamantes?- exclamo perpleja.

- Sí.- toma ya, así, sin más, colecciona diamantes y lo dice tan tranquilo.

- Vaya.

- Tengo uno que cambia de color.

Me besa la mandíbula y me susurra un "te amo" con la intensidad brotando de su propia alma. Cierro los ojos y me dejo llevar por la hermosa sensación de estar rodeada por sus brazos, por su amor, por el viento azotando mi piel, por el rugido del tráfico. Me estremezco.

- Creo que siento frío.- sonrío extrañada, nunca antes había sentido frío.
De su musculoso su cuerpo comienza a brotar calor, que me rodea y hace desaparecer el frío.
- ¿Cómo lo has hecho?
- Con magia.- su voz suena misteriosa, mística.
- Te gusta mucho decir eso, ¿no?- observo con una sonrisa.
- Bueno... es más romántico que decir que he ajustado mi temperatura corporal para que desprenda calor.
- Cierto.
Su risa repiquetea contra el viento.
- Me encanta Madrid, sobre todo en Enero.- susurro al cabo de un rato.
- ¿Te gusta este mes?- inquiere algo incrédulo.- Por regla general a los humanos os gusta el verano.
- A mí me gusta cualquier mes en el que haga frío; me gusta la nieve cundo estás en una cabaña en mitad de las montañas y ver caer la nieve, tú estás dentro, frente al fuego de la chimenea, sabes que fuera hace muchísimo frío, pero estás calentita y tranquila, en paz. Aunque con mi familia eso no existe.- añado con disgusto.
- No pienses ahora en tu familia, piensa en mí.
- Ya lo hago,- acaricio su cintura cálida y fuerte.- todo el tiempo. Háblame de ti - le pido apoyando la cabeza sobre su corazón. Su latido es decidido, fuerte, seguro.
- ¿Qué quieres saber?- me da un beso en la sien.
- ¿Dónde está tu reino?
- A demasiados años luz como para que cualquier humano pueda llegar y oculto a los ojos de casi todos los inmortales.
- Mmmmm... Interesante, me gustaría verlo.- el calor de su cuerpo me arropa con una ternura que jamás imaginé que pudiera existir.
- Ya lo harás, a su debido tiempo.
- Siempre tan parco en palabras.- suspiro con resignación.- ¿Has tenido muchas novias? Quiero decir que... ¡naciste en mil novecientos cincuenta y siete! Ha tenido que haber alguien.- si dice que sí, creo que me muero.
- Tú eres mi mitad.- susurra besándome el pelo.
- Eso no es una repuesta.- le regaño divertida, misterio ante todo, amigo.
- Para mí sí.- afirma cortante.
- ¿Y si muriera?- pregunto de sopetón.
- Te seguiría.
- No,- niego lánguidamente pero con autoridad.- yo volvería con tigo, dejaría atrás a la propia muerte, costara lo que costase.

- Pero tú no vas a morir nunca,- un timbre extraño tiñe su voz, como si tratara de convencerse a sí mismo.- vas a ser eterna.
- Lo sé. Te amo.
- Mírame,- me ordena y me coge por los hombros para alejarme de él un par de centímetros, demasiados para mi gusto.- te amo con la misma intensidad con la que el sol llamea, pero no es suficiente,- susurra con agonía,- quiero mucho más.- y tras fruncir brevemente los labios, me da mi primer beso, nuestro primer beso.
Realmente no esperaba que fuese así. Siento como una magia única nos envuelve y nos transporta a un universo que tan solo nosotros podemos alcanzar. Sus labios destilan ternura y pasión, fuego líquido que transporta al paraíso, que me hace estallar en miles de pequeños fragmentos diamantinos y me derramo como lluvia cristalina.
- Esto no debería ir tan rápido, Tes, te amo con un amor que salta de eternidad a eternidad.- susurra jadeante en lo más profundo de mi alma, grabando sus palabras a fuego en ella, asegurándose de que no voy a olvidarlas jamás y sella sus palabras con un beso eterno.

Soy incapaz de separarme de Alex, incluso he convencido a mis padres, por teléfono, para que me dejen dormir en su casa esta noche, me ha sorprendido gratamente que no me montaran ningún berrinche.
Permanecemos semi tumbados sobre su enorme y mullida cama color crema, abrazados, en silencio, tan solo estamos juntos, sin intentar llenar vacíos que ni siquiera existen. No son necesarias las palabras, nuestras almas se ocupan de comunicarnos a través de los lazos que han tejido la una con la otra.
- Si estáis así por un par de arrumacos, no quiero imaginaros después de vuestra luna de miel, no necesariamente después de una boda.- murmura Mani con desdén entrando en la desordenada habitación- ¿Para esto estuve una semana decorando la habitación?- chilla alzando una perfecta ceja roja.- ¿Para que permitieras que una capa de polvo de mas de un centímetro de grosor cubra la cómoda de tres mil quinientos euros o para *no* ver las sillas de algodón egipcio e hilos de oro porque están escondidas bajo toneladas de ropa que tan solo has utilizado una vez y que *no lavas*?
- Si solo has venido a decirme que tengo que limpiar, ya puedes largarte y no toques nada.- le gruñe Alex.
Mani comienza a rebuscar en uno de los montones de ropa que hay sobre la alfombra roja. Es la única nota de color en medio de tanto crema y dorado,

y... los montones de ropa negra salpicada de alguna prenda del color de la alfombra.

- Yorbin sí que se ha marchado...

- Tú deberías hacer lo mismo.- la interrumpe.

- ...no soporta ver a su príncipe tan ñoño.- prosigue con descaro, formado una pila perfectamente doblada con una penda de cada montón, toda negra, no ha cogido nada rojo.- En esta pila hay quince prendas sin estrenar.- le fulmina con la mirada.

- Es mi ropa, hago con ella lo que se me antoje y ahora, te agradecería enormemente que la coloques donde estaba, no sabes lo que me costó encontrar el equilibrio perfecto.

Desecha el comentario con un gesto de la mano y se sienta en un diván que hay a los pies de la cama, tras apartar los discos, revistas de coches y una zapatilla nueva.

- ¿Dónde está la otra?- inquiere y la tira por encima de su hombro.

- Detrás de la cisterna del baño. Lárgate.

Mani suspira llena de exagerada paciencia.

- Ni tan siquiera te has probado las zapatillas.- me reprocha con sus alargados ojos beige llenos de censura.

- Luego.- afirmo. Me gusta su cabello. Ondulado, sedoso y de un encendido rojo que contrasta con su piel increíblemente morena. Arruga su naricilla respingona.

- Cada día es más poderosa, ¿verdad?

- Intercepto una media de cincuenta visiones por día.- responde Alex abrazándome con más fuerza.

- ¿Tienes algo bajo la cama aparte de pelusas y ropa?- frunce su delicado ceño.

- Una manguera... creo. Vete de una vez.

- ¿Bloqueas mis poderes?- le pregunto sin ningún tipo de interés.

- Es demasiado doloroso utilizarlos si eres humano.

- Pero tú lo usas.- le recuerdo acariciando su duro y pálido antebrazo.

- Sí, pero yo soy medio humano por los genes de mi madre que era humana, tú, en cambio, eres humana porque tus genes no saben que raza escoger, es diferente, en cuanto te transformes, ni tan siquiera recordarás lo que es sentirse humano.

Mani se tira al suelo y comienza a rebuscar debajo de la cama.

- ¿Y por qué no perdiste la humanidad al transformarte? Todos lo hacen, ¿no?

- Nosotros no somos como él,- me explica Mani,- Ana le concibió cuando era humana y no permite que la humanidad que Alex heredó de ella sea eliminada porque afirma que es el mayor regalo que pudo hacerle a su hijo.- sale de debajo de la cama y se encoge de hombros, como si no la comprendiera y tal vez no lo haga, se quita varias pelusas del pelo y vuelve a su cueva secreta.- ¿Por qué tienes sartenes aquí abajo?- pregunta perpleja.

- El otro día jugué con Yorbin al tenis, eran las raquetas.

- ¡Ah!

- ¿Tu madre aún es humana?- pregunto ignorando su extraña conversación sobre sartenes que son raquetas. Ya estoy imaginándome a una mujer canosa, rodeada de gansmos que son mucho mayores que ella pero con apariencia de personas mucho más jóvenes que la madre de Alex. Fantaseo con una anciana rodeada de Manis y Yorbins, que tienen dos mil y pico años y pasan perfectamente por unos adolescentes.

- ¡Qué va!- exclama Mani sacando un palo de golf de detrás del cabecero de la cama.- Nada más alumbrar se transformó en gansma. ¡Estoy gris de tanto polvo!

- ¿Y una se transforma así, sin más?

- Tranquila Manier,- suspira Alex.- no voy a explicárselo yo, te concedo a ti ese "honor".

- ¡Oh, gracias! Eres el mejor hermano...- saca la cabeza polvorienta de su sótano particular para sonreír- ...del mundo.

- No es necesaria que lo digas.- refunfuña y apoya su barbilla en mi coronilla.

- Escúchame atentamente,- me ordena la gansma sentándose a mi lado.- porque esto es realmente interesante. Existen tres formas de ser gansmo: por nacimiento, padres gansmos hijos gansmos, como Yorbin y yo. La segunda es por transformación, humana con antepasados gansmos que renunciaron a sus raíces o con sangre mezclada que se transforman antes de los veinte con la apariencia de un adolescente humano, tal es el caso de Alex y el tuyo propio. Y la tercera opción es la conversión, humanos, que como Ana, beben las cinco gotas de sangre de la copa sagrada. Es una especie de ritual, mezclas una gota de sangre de vampiro, licántropo, brujo, humano y gansmo en una copa de cristal forjada con lágrimas de gansmos, el humano se bebe el contenido de la copa y... ¡TACHÁN! Gansmo al canto.

Alex se entristece, no se mueve, ni tan siquiera le estoy viendo la cara, pero noto como el aire que le rodea cambia y hay tristeza en él.

¿Qué pasa?

Tan solo que me gustaría deshacerme de mi humanidad

- ¡¡Se está produciendo la conexión!!- chilla Mani muy emocionada.

- ¿La qué?- frunzo el ceño

- Cuando dos gansmos se enamoran, sus almas crean un vinculo que les mantiene en contacto el uno con el otro aunque estén en la otra punta del universo, esa es la prueba de que dos gansmos se aman más allá de cualquier limite.- sonríe antes de lanzarse hacia el revoltijo que se supone que es el armario.

- ¿Cómo os casáis lo gansmos?

- Pues un sacerdote celebra una ceremonia y los casa.- Mani saca una silla plegable del interior del armario.- Es evidente, ¿no?- pone los ojos en blanco y susurra "humanos" como si fuera el mayor insulto de todos los tiempos.

- ¿Y qué se hace en la ceremonia?

Alex emite un sonido misterioso de satisfacción.

- Ya lo verás.

- Jo.- me enfurruño un poco, pero en seguida se me pasa porque una pregunta acude a mi mente.- ¿Tenéis sacerdotes?- exclamo divertida.

- Tesa, una comunidad gansma, lo que equivale a un planeta, absolutamente todos tenemos una función asignada. Yo soy el que dirige el ejercito, Yorbin lidera uno de los seis departamentos en los que se divide el ejercito, Mani es la jefa de algo parecido a vuestro servicio secreto, parecido a la CIA pero a mayor escala, Yubar, el padre de Mani junto con diecinueve ancianos se encargan de dirigir nuestra comunidad para que en ella reine la paz.

- ¿Y qué hacen tus padres?

- Se encargan de que todos los demás hagamos nuestro trabajo.

- No olvides mencionar que los planetas se agrupan formando algo parecido a un continente,- le recuerda Mani desde el armario.- En el reino gansmo, en lugar de clasificarnos por países, lo hacemos por planetas, Ñourem, en el que nacimos Alex, Balmernia y yo, es el más influyente. La base del ejercito más poderoso que ha existido, se encuentra en Ñiro, la capital del planeta; se han escogido a los mejores de cada planeta para formar el ejercito universal que él lidera, de los seis capitanes a su cargo, cinco son de diferentes planetas, Gémigro, Móxterm, Gruneil, Yorbin y Froseisa, cada uno viene de un punto diferente del universo.- saca una bolsa del fondo del armario que contiene una camisa azul con la etiqueta puesta, fulmina a Alex con la mirada.

- ¿Hay muchas comunidades gansmas?- pregunto con verdadero interés.

- Claro,- responde Alex- cerca de un millón y medio, pero no de todas ellas tengo guerreros entre mis tropas, hay varios en particular que son excesivamente cobardes, otros no aceptan ningún tipo de orden; también contamos con vampiros, brujos y licántropos que no han querido unirse al Olymdos, todos, salvo Afri e Iván, viven en comunidades gansmas. Mani.- la llama con tranquilidad.

- ¿Sí?- responde semi oculta por la ropa enredada del armario.
- Lárgate ahora si no quieres que le prenda fuego a tu colección de poesías.
- ¡No serás capaz!- exclama moviéndose velozmente hacia él.
- Sabes que sí, soy lo suficientemente canalla.
Mani gruñe, literalmente, pero desaparece.
- ¡Qué muermo!
Suelto una risita mientras me acurruco contra él.
- He estado pensando,- murmura al cabo de un rato, entrelazando sus dedos con los míos, en su índice brilla la alianza que le regalé.- que podíamos hacer un viaje. Solos.
Suspiro con aprensión.
- Mis padres...
- No serán un problema.
- El pasaporte...
- No será un problema.
- Mi presupuesto.
- Eso *sí* que no será un problema.
- Las clases...
- Tampoco...
- ¿Hay algo que para ti suponga un problema?- le interrumpo.
Lo piensa varios segundos, después sacude la cabeza y emite una respuesta negativa.
Le miro con las cejas alzadas, sorprendida, para mí todo es un problema.
- Qué positivo.- resoplo.
Se ríe.
- ¿A dónde quieres ir?
- ¿Contigo?- alzo la cabeza para mirarle a los ojos.- Al fin del mundo, Alejandro Maxgrim.

CAPITULO 8: PAPÁ Y MAMÁ, QUÉ... ¿*BIEN*?

La reina Ana coloca su vestido estilo griego color cereza de forma que no se le arrugue al sentarse y mira a su hijo con una sonrisa displicente en sus carnosos labios.

- Te veo algo cambiado, Alex.

- Sí, - el muchacho se repantiga en el sofá color chocolate de su salón.- la contaminación terrestre le aporta un tono grisáceo a mi piel, exacto al tuyo, madre.

La madre frunce el ceño al tiempo que acaricia con delicadeza su suave y cremosa tez.

- ¿Dónde está ella?- cambia de tema apresuradamente.

- Con Mani y Yorbin.

- Vaya,- arquea sus perfectas cejas negras.- ¿ya son amigos?

Alex la mira muy serio, leyendo la expectación en sus enormes ojos azules.

- ¿Realmente estás esperando que responda a tu pregunta?- inquiere perplejo.- Es evidente que han entablado amistad, de otro modo no habrían ido juntas a la peluquería y Yorbin ni tan siquiera se habría acercado a los lindes de la misma.

Ana suspira.

- No llego a comprender el motivo por el cual Balmernia está medio desquiciada por tu ausencia,- afirma con una mueca de irritación.- yo me desquicio cuando te veo y soy tu madre.

- Madre...- repite torciendo los labios en una mueca pensativa, sopesando las palabras de la reina.-...¿no se supone que una madre tan solo desea la felicidad de su hijo?

- Sí, y eso es lo que yo deseo para ti, cariño, si fuese de otro modo no hubiera intercedido por ti para que volvieran a aceptarte en la comunidad.- sonríe y observa con ternura a su hijo despatarrado en el sofá en una postura muy poco principesca.

- Sabes perfectamente que si no me necesitaran para no ser exterminados, bajo ningún concepto me hubieran aceptado de nuevo en la comunidad. Son unos hipócritas, pero no te confundas y creas que les desprecié por ser unos perros egoístas, al contrario, si fueran de otro modo viviría en le exilio.- el tono mordaz de su voz contradice sus palabras.

- ¿Por qué odias a tu propia gente?- pregunta su madre llena de angustia.

El muchacho se pone en pie y se acerca a la ventana, dándole la espalda a la reina ana.

- Porque me desprecian pero fingen adorarme.

- Eso no lo dices por Balmernia, Manier, Yorbin, Gruneil, Gémigro, Móxterm y Froseisa, sabes que darían su vida por ti.- Ana suspira y se acerca a su hijo, pero no le toca, él no quiere el amor de nadie.- Deberías dejar de compadecerte por un error que cometiste hace tantos años.

Alex estrecha con fuerza la mano de mi padre, sin titubear y eso a Hugo le gusta, tanto, que incluso sonríe.
- No puedo creer que el GRAN Alejandro Maxgrim esté en mi casa.- tartamudea.- Señor.
- Y lo dice el único gansmo que se enfrentó a su propia especie para luchar por lo que amaba.
Mi padre le mira embelesado, como un niño miraría una fuente de caramelo, ¿qué le pasa?
Tesa, él es un gansmo, yo soy el príncipe de los gansmos... deja la frase en el aire y me mira por le rabillo del ojo, a continuación sucede algo muy raro, Hugo mira con adoración a mi novio, Alex mira algo incómodo a mi padre y entonces mi madre carraspea.
- Tan bella como cuentan las historias.- susurra Alex llevándose a los labios la mano de Raquel.
No consigo acostumbrarme a esos movimientos tan veloces, en un segundo Alex estrechaba la mano de mi padre y al parpadeo siguiente besaba la de mi madre.
- He escuchado como le llamabas señor,- murmura con desprecio una insolente voz desde la puerta.- ya no lo es.
- Ese comentario llega con diez segundos de retraso, Carlos, incluso habíamos cambiado de tema.
- Ahora mismo,- me ignora.- no está en su reino.
- Pero continuo siendo el mismo incluso en el fondo del océano y mucho más poderoso que toda tu jauría de perros rabiosos.- desde luego nadie puede decir que los comentarios que echan sal sobre la herida no sean lo suyo.
Miro a Carlos, su tez morena está pálida, miro a Alex, su rostro lo domina una expresión pícara, divertida, presuntuosa y fría al mismo tiempo. Desde luego, si ahora se estudiara el rostro que tendría el peligro, escogerían el de Alex, seguro.
- Vienes en busca de altercados y cuando te los ofrezco con amabilidad, ¿metes el rabo entre las patas?- alza una ceja con jactanciosa crueldad.- Muy típico de los perros.

Mi madre carraspea con elegancia.

- Sin ánimo de ofender.- se apresura a añadir Alex en deferencia a Raquel, que es una licántropa.

Los ojos de mi hermano llamean.

- No me digas que el dulce cachorrito se está enfadando.- se burla Alex con descaro, obligándome a dar un paso atrás y colocándose con disimulo delante mío. Mi hermano ruge, salta hacia nosotros y... desaparece.

Mis padres ahogan una exclamación, Hugo de sorpresa mezclada con júbilo, Raquel de puro terror.

- No te preocupes por él,- la tranquiliza.- le he enviado al Polo Norte.- anuncia, y se ríe de forma picante, salada, es puro fuego.

Mi madre abre la boca para decir algo, pero el sonio del timbre de la puerta la interrumpe.

- ¿Qué hacéis vosotras aquí?- exclamo al ver a Sonia y a Natalia; pero entran en *mi* casa sin hacerme caso a *mi,* para corretear hacia *Alex.*

- Lo sentimos.- murmuran a la vez con la cabeza gacha.

- Pero es que es tan poderoso.- se queja Natalia con voz lastimera.- Hemos sufrido mucho para intentar deshacer los lazos que la ataban al vampiro, pero ni aún fusionando nuestros poderes pudimos igualar la mitad de los suyos, pero usted, mi señor...

- Vernire.- la interrumpe.- Lo sé, no es necesario que me expliquéis nada, ¿de acuerdo?

- Sí, mi señor.

- ¿Por qué la llamas Vernire?- pregunto mientras Sonia fulmina con la mirada a la rubia.

Arruga su perfecta nariz y se rasca la nuca.

- Porque es su nombre real, y ella, - señala a Sonia- es Rimasly- encoge sus anchos hombros.- son gansmas.

- Son mis amigas.- replico.

- Y gansmas, pertenecen a mi ejercito, a la tropa de telepatía, en ningún momento fueron niñas pequeñas pero manipulaban vuestras mentes para que todos creyerais que sí. Ahora están trabajando para el servicio secreto de Mani como...una especie de guardaespaldas, se encargan de los futuros gansmos que los licántropos rastrean para entregarlos al Ejercito Del Olymdos. Tenían que protegerte a tí, pero como no son lo suficiente poderosas, he tenido que venir yo.

Nada en lo creía es, ¿y me importa? en absoluto, todo esto ha servido para conocer a Alex.

- Te queremos.- me dice Sonia / Rimasly.
- Siento no poder responderos con el mismo sentimiento.- me lamento.
Sonríen, ambas a la vez.
- No importa, lo comprendemos.- afirma Rimasly antes de abrazarme con fuerza.
Después se acerca Vernire y me besa la mejilla.
- De todos los futuros gansmos que hemos protegido, tú siempre has sido la más sincera, por eso te queremos tanto.
Me sorprende que sea capaz de callarse sin que la obliguen.
- ¿Os abro la puerta?- pregunta Alex.
Alzo las cejas, ¿de cuando aquí es tan caballeroso?
- Sería un honor para nosotras.- acceden.
Entonces Alex hace algo que me sorprende. Mucho. Con el brazo extendido dibuja el contorno de un círculo en el aire que resplandece con destellos blanquecinos, mueve la mano, como si salpicara con agua y el círculo se llena de plata líquida.
Natalia / Vernire, da un salto de alegría y se zambulle en la plata, que se la traga como si fuese un océano.
- Al fin vuelvo a casa.- suspira Sonia / Rimasly y sigue a Vernire.
Alex cierra la mano y el resplandor desaparece; mi padre suspira lleno de anhelo.
- ¡¿QUÉ HA SIDO ESO?! -chillo asombrada.
- La puerta a mi mundo.- susurra mi padre, alicaído.
Le miro, su rostro brilla con anhelo y mi madre le observa con compasión, acariciando su antebrazo.
- ¿Y por qué no vuelves, aunque solo sea de visita?
- Renuncié a lo que era, muté a humano, de modo que como humano debo aceptar que se nos tiene prohibido el acceso a tierra de gansmos, y... porque fui desterrado.

- ¿Vosotros no venís?- exclamo perpleja mirando a Mani.
- No.- sonríe divertida, emocionada.
- Pues yo creía que sí.
- Disfruta, aunque sea una semana, de vuestra soledad.
Le miro, está sentado junto a Yorbin en el sofá, ambos acarician sus muñequeras del Real Madrid, frenéticos.

- ¿Tienes idea de cuando iremos a por los billetes del avión?- le pregunto a la gansma.- Se supone que mañana nos vamos al Caribe.- no puedo preguntarle a Alex porque no me hace caso... FUTBOL.

- Vais en el jet privado de la todopoderosa familia Maxgrim,- afirma comiéndose una palomita.- mmm, me encanta la comida humana aunque se evapore antes de llegar a mi estómago.

- ¿Tiene un jet privado?- eso es demasiado.

- Cariño, no hay familia más poderosa que los Maxgrim, ni en tu mundo, ni en el mío.

SEGUNDA PARTE:
SU MUNDO

CAPITULO 9: ¡SORPRESA! ...DEL OLYMDOS.

En el Lugar, Eda continuaba con su paseo furioso mientras la bruma le lamía las piernas enfundadas en una larga falda de satén rojo, el ceñido corpiño de la misma tela e idéntico color, mostraba parte de la plenitud de sus sensuales y pálidos senos.
- ¿Cómo es posible que en unos pocos meses Alex desmorone el trabajo que a nosotros nos costó realizar años?- le bramó a Iván mientras éste la seguía con su oscura y fría mirada.
- Es demasiado poderoso.- susurró el vampiro.
- ¡Tú también!- chilló Eda, sus ojos esmeraldinos llameaban con una ira homicida.
- Pero él lo es más- Iván se puso en pie y el asiento formado por bruma se deshizo y se fundió con la blanca espesura que cubría el suelo del Lugar.- Es Alejandro Maxgrim, ha sido entrenado, desde que nació, por lo mejores, y lo sabes mejor que yo.
- Ahora no trabaja en su función de gansmo, ni como líder del Ejercito Universal, está tirando de su humanidad.
- ¿Si una hoja se cae deja de ser una hoja? Porque no desempeñe sus funciones no quiere decir que ya no sea quién es. Es el semihumano más poderosos que existe, más que cualquier gansmo completo.- siseó Iván mesandose el cabello castaño oscuro.- El mismísimo Yorbin le teme y ha sido el asesino más letal creado por una comunidad gansma... hasta que apareció Alex, claro.
Eda suspiró con irritación, Iván prosiguió con calma.
- Alex es poderoso, frío y calculador a la hora de enfrentarse a situaciones de riesgo, es absolutamente letal.
Eda posó las manos en su estrecha cintura y sacudió la cabeza para apartarse el sedoso cabello carbón de la cara.
- Tenemos que evitar que la conquiste.
- Ya lo ha hecho, Eda, ya están enamorados.
Un músculo se movió en la sien de la bruja, como si sufriera un pequeño espasmo de dolor.
- Pues haz que se desenamore, en caso contrario, sabes lo que tendremos que hacer.- le miró suspicazmente.
- No supondrá ningún problema.

¿Alguna vez has imaginado pasar un fin de semana de Enero tostándote en una playa? Tal vez lo has hecho si vives en Canarias, pero yo soy de Madrid.

Sonrío cuando el agua cálida del mar caribeño lame mis piernas desnudas; el sol calienta mi piel con una deliciosa sensación abrasadora y aunque la arena me pica en la espalda, estoy agustito, nada ni nadie puede conseguir que me levante o abra los ojos.

Siento una caricia suave, como de una pluma, en la mejilla y mis párpados se abren por sí solos, sin recibir ordenes de mi cerebro, obligados por mi propio deseo de ver ese rostro tan perfecto, es un deleite para la vista.

Mis ojos enfocan ese rostro de líneas bellas y perfectas, un rostro de piel marfileña en el que brillan unos inmensos ojos verdes y unos rojos y carnosos labios perfectos. Sonríe y es como si el sol que hay tras su cabeza explotara en su rostro de forma bella y mística... un momento... ¡esto ya lo he vivido!

- Esto...- me quedo muda a causa del asombro.
- Es el sueño que tuviste.- afirma divertido y tierno a la vez.

Toco sus labios y me doy cuenta de que nada más importa salvo él, mi Alex.

- Eres el pilar que sostiene mi vida, -acaricio su suave cabello negro- no sé cómo he podido vivir sin ti tanto tiempo.

Esboza un sonrisa capaz de derretir el propio sol.

- En algún lado leí que existen noventa y siete formas de decir te quiero, a mí me basta con una.- se inclina y me da el beso más tierno que alguien se pueda inventar. Le rodeo el cuello con los brazos, apretándome contra él.

- Gracias por darme la vida y por... -sonrío con aire pícaro.- ...especialmente por traerme al caribe.

- Siempre es un placer.- murmura distraído con mi mandíbula.

Vaya, eso me gusta y... ¡oh! Clavo los dedos en su amplia espalda y me estremezco con uno de esos horribles escalofríos que recorren mi espina dorsal antes de una de esas visiones.

Se aparta bruscamente de mí, conmocionado, como si ya supiera lo que voy a ver. Sacude la cabeza en una suplica silenciosa e intenta arrancar de mi mente la visión, pero es tarde porque los tentáculos de la misma ya se han enganchado a mi subconsciente.

Apoyo el cuchillo contra mi muñeca y perforo la piel, la carne, los músculos... hasta llegar al hueso, entonces mi asesino ataca... la imagen se oscurece hasta desaparecer y vago en la negrura breves instantes antes de que otra escena se interponga en mi visión. *Alex deja de correr y cae al suelo de rodillas, sollozando con una pena atroz. Apoya las manos en el suelo y las lágrimas que brotan duras de sus ojos caen entre sus dedos, estallando en mil fragmentos diamantinos. Ruge*

lleno de rabia y dentro de la propia visión él ve a través de lo ojos del asesino.
Me ve a mí en el suelo, con la muñeca abierta y un cuchillo junto a ella, en mi
garganta hay un mordisco. Mis labios están azulados, mi piel amarillenta y mis
ojos muy abiertos, sin vida, pero lo que más pavor me produce es ver el corazón
de Alex hecho añicos sobre el mío.

Tomo aire bruscamente y enfoco la mirada, saliendo de mi sopor. Miro a
Alex, está pálido y sus expresivos ojos son como dos piedras refulgentes al
sol, parece aterrado.

Toco el colgante de mi cuello, intentando mantenerlo unido.

- Mani.- susurra con desesperación, tan bajo que me cuesta oírle.

¿Para qué querrá a Mani ahora? Me estrecha contra él bruscamente.

- No voy a permitir que te pase nada.- me promete medio enloquecido.-
Vamos.- tira de mi y me obliga a levantarme, arrastrándome por la playa
plagada de turistas.

- ¿Alex?- susurro temerosa mientras me arrastra por el vestíbulo del hotel y
me empuja escaleras arriba.- No pasa nada.

- Exacto. No va a pasarte nada porque yo no voy a permitirlo.- me coge en
brazos y comienza a subir las escaleras a velocidad gansma, en diez segundos
estamos entrando en nuestra suite, situada el la última planta del hotel,
incluso tenemos una piscina para nosotros solos.

- No deberías permitir que el pánico te domine de un modo tan irracional.-
le reprende Mani.

¿Desde cuando está en el caribe? No vino con nosotros.

Alex me deja en el suelo y se mueve velozmente hasta ella para gritarle a
pleno pulmón:

- ¡¡LO HAS VISTO!!

- Cálmate, Alex.- le ordena Yorbin con tal autoridad que me sorprende que
mi gansmo no se arrodille ante él jurando obediencia eterna.

- ¡¡NO ME DIGAS QUE ME CALME, JODER, YA HAN PLANEADO
CÓMO MATARLA!!

- Tú eres más poderoso que Los Del Olymdos y conoces cada uno de sus
puntos débiles porque viviste con ellos,- le dice Mani con calma.- de modo
que procura tranquilizarte.

¿Ha vivido con los malos? ¿Por qué ha vivido con los malos?

- Al igual que ellos conocen los míos.- comienza a estremecerse y sus ojos
adquieren un brillo salvaje, su respiración se agita y lanza un rugido animal
que me asusta.

- Alejandro,- chilla Mani y Alex se vuelve a estremecer bruscamente.-
ahora tu mente me pertenece.- pronuncia las palabras que utiliza para

hipnotizar, y aunque parezca imposible, Alex se queda clavado en el lugar aproximadamente... medio segundo, tras ese medio segundo "vuelve a la vida".

- ¡¡¡¡NO ME HIPNOTICES CUANDO *ELLA* ESTÁ EN PELIGRO!!!!- ruge.

- Quién la está poniendo en peligro ahora eres tú, la estás asustando.- le reprocha la gansma frunciendo el ceño ferozmente.

- No están en el mundo humano,- afirma Yorbin- si fuese de otro modo Mani podría verles.

- No puedo...

- Alex,- le interrumpe Mani- por una vez en tu vida confía en nosotros.

En una décima de segundo me encuentro apretada contra su pecho.

- No vas a morir.- me tranquiliza-ordena, sin percatarse de que no me da miedo morir, tan solo temo que su corazón termina hecho añicos.

Otro escalofrío me sacude.

- *Este colgante,- susurra Mani abriendo una cajita plateada para mostrarle su contenido a una delgadísima chica rubia de unos doce años.- es el corazón de Alex.- la piedra granate está despedazada pero agrupada.- Antes de que tú aparecieras y después de que muriese ella, se repelía cada pedazo a sí mismo, pero ahora se ha agrupado; Natalia, la más mínima decepción provocará que vuelva a repelerse,*

- *Mani cierra la cajita y se la entrega a la chica rubia.- no lo permitas.*

Me echo a llorar, no al tener la certeza de que voy a morir, sino por ver el estado en el que va a quedar su corazón. Lo tomo en mi mano y procuro protegerlo incluso del roce de mi piel.

- Nadie va a hacerte daño.- le susurro con intensidad.

- ¡Yo no importo!- grita enfurecido.- ¡¿Es que no te importa morir?!

- Alex, - acaricio su mejilla con ternura.- he conocido tu amor y lo he disfrutado todo este tiempo, siento que ya te he tenido más de lo que merezco, de modo que lo único que temo es herirte.

Me toma el rostro entre sus suaves manos, sus ojos desprenden destellos verdes.

- ¿Y cómo se supone que voy a poder vivir en un mundo en el que no estés tú?- sisea

- Alex, no va a pasarme nada.

- No, porque daré mi vida antes que poner la tuya en peligro.- y aplasta su boca contra la mía. Me besa con ternura, con amor, con dolor pero a medida que los segundos avanzan, el beso cambia, se vuelve más ansioso, mil millones de veces más placentero, mucho más siniestro y oscuro.

- Llevo meses esperando para poder darte este beso, nena, y ha sido mejor de lo que esperaba.- ronronea.- ahora estás en peligro y debo desatar la bestia que hay en mí. Perdona por tener que mostrarte al Alex que todos desprecian.

Me aparta de él con aire resuelto y centra su atención en Mani y Yorbin, lo cual me molesta un poco.

- Bien,- les exige atención con una sola palabra y ambos le miran con avidez y respeto, esperando recibir ordenes; nunca antes le habían mirado de ése modo, con tanta disciplina.- Voy a dejarte aquí un campo magnético rodeando la habitación,- le dice a Mani.- quiero que centres tu atención en cualquier posible ataque. Tú,- mira a Yorbin, quién le mira a su vez con el interés brillando en sus violáceos y duros ojos.- vienes con migo, pero quiero que rodees esta habitación con un escudo de calor tan abrasador que un simple mosquito repela el aire de alrededor.- aprieta las mandíbula y les mira ferozmente.- No voy a consentir el más mínimo error, ¿está claro?

- Sí, mi señor.- afirma el matrimonio al unísono.

- Yorbin, vamos a por lo capitanes, total discreción; yo voy a por Balmernia y Móxterm, tú a por Gémigro, Gruneil y Froseisa, estos últimos estarán juntos. Y en cuanto a ti,- fija sus ojos llenos de autoridad y resolución en mí. - vas a quedarte con Mani, estás bajo amenaza de muerte y tu enemigo no es cualquiera, es el mismísimo Olymdos, no son simples guerrilleros de tres al cuarto como tu hermano, son los brujos y vampiros más poderosos que puedan existir, de modo que siéntate en ese sofá y no te alejes ni un centímetro de Mani, ¿entendido? - me habla con tanta autoridad que lo único que puedo hacer es asentir con la cabeza, más que dispuesta a obedecer. Me da un brusco y rápido beso en la frente.

- No tengas miedo, volveré pronto.- me promete. Entonces se aleja de mí, abre un portal y tanto él como Yorbin, se marchan.

Miro a Mani un tanto confusa, ésta me sonríe para darme ánimos.

- Sabe lo que hace, no hay nada que se le de mejor que dirigir en momentos cómo este, la tensión saca lo mejor de su estrategia. Si quieres puedes ver lo que hace.- añade al comprobar que no me tranquilizo.

- ¿Cómo?- pregunto ansiosa.

- A través de la conexión, cierra los ojos y desea ver lo que ve él, es fácil. Mientras tanto, yo vigilaré que no haya ningún imprevisto hasta que vuelvan.

Nos sentamos, Mani en el sofá, yo apoyada contra él en el suelo. Me rodeo las piernas desnudas con los brazos, no sin antes apretar de nuevo las lazadas de la cadera de las braguitas negras de mi bikini bicolor negro y rojo, con un último suspiro cierro los ojos y comienzo a pensar en Alex, no tengo que esforzarme en absoluto, su imagen acude a mi mente como si formara parte de ella, sus ojos verdes me observan.

- No funciona.- le susurro a Mani sin abrir los ojos.

- Sumérgete en ésa mirada.- me indica con un hilo de voz.

- ¿Cómo lo hago?- inquiero entrecortadamente.

- Son los ojos del amor de tu existencia, son los tuyos y si son tus propios ojos puedes utilizarlos sin problemas.

Abro los ojos para mirarla, su rostro permanece inexpresivo; suspiro llena de impaciencia y me sumerjo en la mirada verde que me observa con atención. De pronto veo unos extraños túneles blancos, dos hombres altos y fornidos, no tanto como Alex, caminan hacia mi y justo cuando voy a pasar entre ambos, clavan la rodilla en el suelo, apenas lo veo con la visión periférica, que está más agudizada que de costumbre, inclinan la cabeza y murmuran un respetuoso "mi señor".

Doy un respingo... ¡veo a través de los ojos de Alex!

Continua caminando con tranquilidad, sin tan siquiera molestarse en decirles algo a los tipos fortachones que deja atrás. El túnel blanco se divide entres, Alex toma el del centro sin mirar siquiera a izquierda o derecha. A medida que avanza, comienza a escuchar, con su agudo oído de gansmo, golpes, entrechocar de aceros, explosiones, gritos... este túnel es diferente al que hemos dejado atrás, en este hay cuevas en las paredes de las que brota un permanente resplandor blanco; los sonidos incrementan el volumen; al pasar por delante de la primera cueva, ve a dos chica delgadas, vestidas con corpiños de cuero y faldas por debajo de la rodilla de tela vaporosa, ambas llevan tonos pastel, la de rosa le lanza un rayo a la que va de malva, quién lo esquiva con facilidad, el rayo choca contra el agujero de la caverna, o sea la salida o entrada, pero el resplandor blanco lo absorbe, impidiendo que salga al túnel; en la cueva de enfrente, dos hombretones pelean con unas espadas negras.

Lo que realmente me sorprende de todas las peleas que vemos, es que en ninguna hay una pelea estilo callejero, ya que en la única que se peleaban sin armas era todo tan elegante que parecía que estaban bailando de una forma un poco más agresiva de lo habitual.

Llega a una cueva mucho más espaciosa en la que... no sucede nada. Tan solo hay un chico que mide más de dos metros y medio, literalmente, muy fornido, con las extremidades gruesas como columnas, de facciones muy redondeadas y aún así, no deja de ser bello, ni sin pelo, le brilla la cabeza como a una bola de bolos, ni con esas descuidadas cejas súper pobladas, y como algo realmente bonito debía tener, me recreo en sus ojos, son alargados, con gruesas y espesas pestañas, del mismo color que Yorbin, lila claro.

Alex apoya el hombro contra el contorno redondeado de la entrada de la cueva y cruzando los brazos observa la escena.

- Pero Balmernia.- protesta con tono quejicoso que no casa de ningún modo con su voz atronadora, como si fuese un trueno moldeado.

- Pero Móxterm.- se burla una dulcísima voz, como de miel, del gigante.

Alex mira a la portadora de esa voz y la veo a través de sus ojos. Es una chica delgadísima, que no le llega al gigante ni por la cintura, su rostro es pequeño y ovalado, nariz pequeña, labios carnosos y gigantescos ojos lilas. Su piel es pálida, (supongo que es muy lógico que la mayoría sean tan pálidos ya que son mitad vampiros), y su cabello negro como los cuervos flota en torno a ella hasta su cintura, como un manto protector. Tiene *algo* que la hace absolutamente adorable, con tan solo verla a través de unos ojos que no son míos, me entran deseos irrefrenables de abrazarla con fuerza, como a un peluche. Ha nacido para ser adorada. Se ríe y sus enormes ojos chisporrotean con chispas malvas que la hacen todavía más adorable. Da varios pasos al frente, ligeros, ágiles, rápidos, suaves y sobre todo llenos de autoridad. Cruza las pequeñas manos a su espalda, la autoridad desaparece, se ha convertido en una pequeña niña desamparada.

- Te prometo, - ¿cómo puede habitar tanta dulzura en un sola persona y tan pequeña, además?- que no voy a darte una sola descarga, no he absorbido poder suficiente de ese brujo como para malgastarlo en hacerte daño a ti.- el gigante titubea. - ¡Venga Móxterm! Debes coger agilidad y no voy a absorber tus poderes, no quiero magia, sabes que lo exploto todo sin darme cuenta.

- ¿En esto pierde el tiempo mi segunda al mando cuando yo no estoy?- inquiere mi gansmo dejándose ver.- ¿En torturar a los capitanes a su cargo?

La diminuta gansma lanza un agudo chillido y mucho antes de que el propio Alejandro se dé cuenta, ya le tiene abrazado por la cintura.

Mi novio, posa *sus* manos sobre las caderas de *ella* y de un ligerísimo tirón, la alza y la pone a su altura, *estrechándola contra él*. Balmernia le rodea la cintura con sus delgadas piernas y el cuello con sus bracitos. Siento una punzada de celos al notar el amor con el que la abraza, ¿por qué la coge? Para darme a entender que estoy gorda, seguro, yo peso cincuenta y ocho y ella debe pesar... ¿treinta?

Tal vez le gustan bajitas y delgadas, si es así llevo las de perder, eso está claro. Yo no puedo estar a la altura de una gansma, por mis venas corre sangre de perro, soy...

Mucho mejor de lo que ella pueda soñar.

Cada palabra que susurra dentro de mi mente desprende tal cantidad de amor que me aterra, jamás había sentido que me envolvieran con un amor

tan profundo, que me mimara y al mismo tiempo actuara como un escudo entorno a mí, pero ahora lo estoy sintiendo. Abro los ojos y miro a Mani, quién da un respingo y se tensa. Me mira algo asustada.
- Nos atacan.- lo susurra tan bajo que casi no la oigo, está aterrada.

Ni tan siquiera han transcurrido dos segundos y Alex ya está saliendo del portal seguido por Móxterm, es todavía más grande en persona, Balmernia, Yorbin, un chico alto y moreno de ojos lilas, otro de mi estatura, delgado, su cabello está revuelto y es del color de las mandarinas, que contrasta con su piel terriblemente pálida, sus ojos también son de color lila como los de los otros, pero... diferentes, carecen de cualquier matiz de sentimiento, su mirada es tan dura que parecen dos brillantes amatistas, esa falta de sentimiento se extiende por todo él, incluso en su forma de moverse, parece una estatua de hielo con la cabeza en llamas. Y el hecho de que un cuerpo vivo no trasmita vida es realmente perturbador; por otro lado, también han traído a otra chica, demasiado sexy, demasiado femenina, demasiado guapa, demasiado todo y... viste fatal, muy masculina, extraño, ¿verdad? Es alta, tanto como el de cabello negro, al menos uno ochenta, sus ojos, también lilas para no perder la costumbre, refulgen con promesas de amor prohibido, su cabello es corto, por la mandíbula, completamente liso y de corte muy recto, con un flequillo desigual que choca contra la rectitud del corte a navaja del resto del cabello, es brillante, sedoso y fucsia.
- ¿Y la pelea?- exclama Balmernia muy excitada, en cuanto cruza el portal. Mani sacude la cabeza y suspira con exasperación, Balmernia frunce el ceño con delicadeza.
- Tomad asiento.- les pide Mani mirando ansiosa a Yorbin, éste le sonríe y la tranquiliza, visiblemente aliviada de que su marido esté bien.
Alex se repantiga a mi lado, todos me miran. Mierda. Debería haberme quitado el bikini. Me aplasto contra el costado de Alex, me rodea con su brazo mientras yo miro con desconfianza a todos los presentes.
- El calvo alto es Móxterm, la que tiene mucho pelo bajita, Balmernia, el de la cabeza en llamas en Gruneil,- el mencionado hace ademán de fruncir el ceño, pero solo es eso, un ademán.- el moreno que se va a quedar sin cabeza como siga mirándote las piernas, es Gémigro y la que queda de pelo rosa es Froseisa.
- Fucsia.- le corrige Froseisa con delicadeza.
- Pues eso he dicho.

Me fijo en las muñecas de todos para ver si llevan las pulseras-alianzas; son finísimas pulseras de oro con una pequeña perla, es como una alianza, pero ésta para la muñeca, Mani y Yorbin la llevan en azul, Gémigro y Balmernia no llevan, la de Móxterm es naranja y Froseisa y Gruneil la llevan verde agua, eso significa que están casados, me pregunto como sería el color del cabello de sus hijos.

- ¿Os habéis metido en el mar?- pregunta Móxterm con interés.

Alex baja la vista a sus bermudas negras y a su musculoso torso desnudo.

- No,- le miro sorprendida.- me he puesto bermudas y he venido al caribe con mi novia para quedarnos en la habitación y bañarnos en la bañera, somos así de chulos.

Móxterm frunce sus espesas cejas, sus amigos ríen, todos salvo el chico de cabello naranja, Gruneil.

- ¿Dónde está la pelea?- insiste Balmernia, ansiosa.

- Mani ha dicho que os sentéis,- le recuerda Alex.- y eso deberíais hacer. De momento la pelea es privada.

Balmernia cruza sus bracitos y refunfuña "toda la diversión te la llevas tú". Froseisa suspira y se aparta el cabello fucsia de la cara, no lo pretende, pero su gesto resulta demasiado femenino, se sienta sobre el cristal de la mesa, Móxterm en el suelo, pero aun así su cabeza está a más altura que las de los demás, Yorbin y Gémigro se sientan juntos en el sofá de enfrente, y Gruneil, el de hielo con la cabeza en llamas, se mueve para situarse más cerca de su esposa, pero no se sienta y cruza los brazos.

- Balmernia no tantees sus poderes.- murmura Gémigro en tono de advertencia.

Alex suelta una carcajada, supongo que por algún pensamiento que ha cruzado la mente de Balmernia.

- Deja de atosigar a Gémigro, enana y no le digas que explore los poderes de Tesa.

Me tenso, no me gusta que me encanen como si fuera una maleta.

Tranquila, no te están haciendo nada, no les dejo.

- Pero, ¿no nos atacaban?- exclama la pequeña gansma con irritación.

- Y lo están haciendo. No paran de aguijonearme la mente con sus ataques.- afirma Alex con tranquilidad.

- ¿Quién?- pregunta una voz más fría que el propio hielo, pertenece al de la cabeza en llamas, a Gruneil.

Alex se toma su tiempo en responder, como si supiera que la respuesta que va a dar no va a ser bien recibida. Gémigro da un respingo y se remueve, inquieto.

- Iván.- admite al fin, todos ahogan una exclamación, todos... salvo Gruneil.

- Ten cuidado, -le advierte.- es peligroso.

- No más que yo.- responde mi novio con voz dura.

- Aún así, conoce tu mente y ahora, -clava sus ojos lilas como escarchas de hielo sobre mí- tienes un punto débil que él conoce.

Me estremezco, la falta de emoción en él me asusta.

- Gruneil, -bisbisea Alex con rabia.- en ella radica mi fuerza, nací para ella, mi punto débil no es Tesa lo soy yo mismo al querer protegerla y... -da un brinco.- ¡WOW!- exclama asombrado.

- ¿Qué? - le presiona Balmernia, deseosa de meterse en la reyerta.

- Iván reclama mi atención. - da otro respingo y sacude la cabeza. - Necesito silencio.- nos ordena a todos antes de cerrar los ojos.

Trago saliva, preocupada, no irá a pasarle nada, ¿verdad?

Una fuerza silenciosa y oscura me ordena cerrar los ojos, pero algo me dice que es peligroso, que no lo haga y como es lógico, obedezco a mi instinto. Cuando decido no seguir las instrucciones de la fuerza silenciosa y oscura, siento que mil agujas se clavan en mi cerebro. Aprieto los dientes para no gritar de dolor delante de Alex, por eso me pongo en pie y corro a encerrarme en el baño, una vez allí y con la puerta cerrada, libero el chillido de dolor y caigo al suelo de rodillas, apretándome las sienes con los puños mientras las lágrimas ruedan por mis mejillas.

El dolor es tan insoportable que parece que mis ojos van a estallar. De nuevo esa fuerza oscura me ordena que cierre los ojos, y yo, estremeciéndome de dolor, no tengo otra alternativa que no sea obedecer.

CAPITULO 10: ESTO ES UN INTENTO DE ASESINATO EN TODA REGLA.

Mis pies descalzos pisan el hielo cubierto por una fina capa de escarcha mientras una ventisca golpea mi cuerpo semi desnudo.

Me rodeo con los brazos en un vano intento de darme calor.

El paisaje que se extiende ante mí es realmente desolador, no hay nada, tan solo una interminable llanura de hielo y nieve.

¿Dónde carajos estoy?

- ¿Hola?- inquiero titubeante, sintiéndome bastante ridícula cuando la fuerza del viento absorbe mis palabras.

Dudo, pero finalmente me decido y comienzo a caminar, lo malo es que no conozco el grosor de la capa de hielo.

Procuro no respirar mucho, pues el aire es demasiado helado y me hace daño al entrar en mis pulmones. Entrecierro los ojos, un poco resecos por el viento.

Soy consciente de todo cuanto me rodea; de la soledad absoluta en que me encuentro, del insoportable frío, del sonido que produce el rugido del viento provocado por la ventisca, pero sobre todo, soy consciente del hielo que cruje bajo la planta de mis pies. Se está rompiendo.

Tan solo tarda un segundo en apoderarse de mí el pánico e impulsar mis piernas hacia delante en una carrera desenfrenada, corriendo a contra reloj.

Justo donde media milésima de segundo antes estaba mi pie derecho, ahora hay un pedazo de hielo roto sobre la superficie líquida y helada de un lago. Con un chillido aumento la velocidad, desesperada mientras el agua me salpica.

¡¿Cómo he llegado aquí si hace unos minutos estaba en el caribe?!

A medida que los minutos avanzan, pierdo velocidad, fuerza y aliento, hasta que al fin mis piernas flaquean, tropiezo con migo misma y caigo al suelo de rodillas, con las manos firmemente plantadas cerca de mis piernas. Escucho como el hielo cruje y soy incapaz de mover un solo músculo.

Una fina grieta avanza por entre mis rodillas hasta mi mano izquierda y lo único que puedo hacer antes de que el hielo se abra y el agua me trague, es soltar un pequeño pero aterrado chillido.

Todo el oxigeno escapa de mis pulmones cuando el agua me recibe con un voraz y helado beso, es como si mil astillas de hielo se me clavaran, perforando músculos, aunque no me asusto porque veo la enorme grieta y sé que en unos segundos estaré fuera...

Vale ahora sí estoy aterrada, no contaba con que el hielo se reconstruyera para dejarme atrapada bajo el agua.

Golpeo con desesperación, mi visión comienza a volverse borrosa, me estoy mareando. Pienso en Alex. Te quiero. Es mi último pensamiento antes de dejar volar mi imaginación.

Imagino dos pies sobre el hielo, dos rodillas cubiertas por algo negro, una mano y un puño que impacta una sola vez contra el hielo y lo rompe, imagino que con ambas manos Alex abre más el agujero hecho por su puño y también creo ver como con desesperación sus manos sujetan mis antebrazos y me sacan del agua bruscamente.

- ¡Díos mío!- exclamo; hasta que no siento el oxigeno entrar en mis pulmones, no me doy cuenta de que esto es real, y hasta que no miro los ojos desesperados de mi salvador, no me doy cuenta de que la amenaza va en serio.

- Creí que te perdía.- y me abraza con mucha fuerza.

Abro los ojos cuando la puerta del baño explota. Estoy en el suelo, temblando violentamente a causa del frío que siento dentro de los huesos, me duelen los pulmones al respirar, tengo los dedos engarrotados.

Alex me incorpora con cierta desesperación y me aprieta contra sí, me refugio en él al sentir el calor que desprende su cuerpo.

- ¿Qué sientes? - pregunta con voz ahogada, llena de terror.

Intento hablar, pero los temblores que sacuden mi mandíbula me lo impiden.

Me coge en brazos y me lleva a la cama, Mani le sigue a toda prisa.

¿Qué ha pasado, Alex?

Su rostro se endurece y sus ojos llamean con el ansia de matar.

Iván ha utilizado mi mente para entrar en la tuya e intentar matarte.

Me cubre con un edredón nórdico.

- Mani quédate con ella, hipnotízala, yo ajustaré su temperatura corporal ¡y no te alejes de ella!,- su alma se estremece a causa del odio, lo siento a través de la conexión.- debo resolver un asunto pendiente,- me susurra acariciándome la mejilla.- no tardaré nada, te lo prometo.

- Ttttt.....teee...aa

- ¡Ey! - chilla Mani, la miro en medio de estremecimientos.- Ahora tu mente me pertenece.

Se materializan frente al grupo de los siete del Olymdos, uno de ellos es Iván, un vampiro alto y moreno, de elegancia exquisita, nadie como él es capaz de llevar un traje negro de ésa forma, es... ni tan siquiera existe una palabra para describir su elegancia, los otros, son tres vampiros y tres brujas.

Cada uno de ellos tiene una cuenta pendiente con alguno de los gansmos, una rencilla que zanjar, un odio que extinguir, una pelea a muerte que debe ser concluida.

El primero en hablar es Alex, con la arrogancia del príncipe que es, con el poder de un gansmo, pero sobre todo, con el odio de un hombre enamorado al que casi le arrebatan lo único que le da sentido a su vida.

- Has cometido el mayor error que jamás podías haber cometido.

Iván le mira con un desdén lleno de serenidad y le lanza un rayo de energía abrasador. Alex se aparta con su habitual velocidad y entonces... se desata el infierno.

Sus seis capitanes braman indignados y atacan a los del Olymdos, enzarzándose en una batalla que enfrenta a los más poderosos del universo.

Se lanzan fuego, rayos, puñetazos, sus luchas son salvajes y poderosas. A su alrededor todo es caos, pero Alex e Iván permanecen inmóviles, se observan el uno al otro, desafiantes, llenos de un odio engendrado hace décadas; evalúan a su rival.

Iván percibe que los poderes de Alex son más poderosos, que su fuerza ha crecido, que él ha madurado, ahora sí es un digno rival ya que la ventaja que tiene el gansmo con su poder ilimitado, el vampiro la iguala con la sabiduría de los años.

Alex observa al vampiro, que se lleva las manos al cuello y desabrocha la capa negra, que tras ondear a su espalda, cae sobre la arena como un pequeño y denso charco negro. Sin una sola palabra más, corren el uno hacia el otro.

Cuando sus cuerpos chocan, se escucha un poderoso estruendo y la fuerza del contrincante les impulsa hacia atrás. Iván cae de espaldas sobre la fina arena, Alex se agazapa sobre él velozmente y con un rápido movimiento le sujeta por la pierna y le lanza contra una palmera, esta tiembla y suelta sus frutos con un crujido. El vampiro arremete contra el, Alex le enviste, expulsando la ira en ese golpe que hace rodar por la arena al vampiro. El gansmo siente como un lazo se enreda entorno a su tobillo, alza la cabeza y ve, a lo lejos, a una bruja del Olymdos sonreír maquiavélicamente; tira de su pierna bruscamente, Alex cae al suelo de espaldas y la bruja le arrastra a toda velocidad hacia ella.

Escucha un grito furioso de Balmernia y arremete contra la bruja, que sorprendida, retira el lazo del tobillo de su hermano pequeño.

Iván ataca Móxterm, que de espaldas al vampiro despedaza mágicamente a un brujo. Alex sonríe con orgullo por su guerrero y salta hacia el traidor de

Iván, enganchando el brazo en su cintura le derriba. Se pone a horcajadas sobre él, preguntándose por qué no ha traído a los capitanes de sus tropas, si no a los segundos capitanes, y cierra las manos entorno al cuello del vampiro. No morirá pues no necesita oxigeno, pero le deja inmovilizado.

Examina mentalmente a sus guerreros, ya no luchan, los del Olymdos han desaparecido, tan solo queda Iván, el único herido es Móxterm, un pequeño rasguño en el muslo.

- Los guerreros que no han muerto te han abandonado,-escupe las palabras con odio.- ¿qué clase de entrenamiento les has dado?

El vampiro sonríe con perversidad.

- El mejor.- susurra inmóvil, lleno de confianza y satisfacción.

Tesa está sola con Mani, se le ocurre pensar y parece que Yorbin ha llegado a la misma conclusión pues ambos a la vez se miran aterrados y los siete a una, desaparecen.

- ¡¿MANIER?! -brama Yorbin en cuanto se materializan en la suite.

Corre hacia el baño, desesperado, los demás le siguen y se lo encuentran arrodillado junto a su esposa. La gansma yace en el suelo, pálida pero viva, su marido está tan aliviado que es incapaz de moverse.

- ¿Gémigro?- susurra con un hilo de voz, rogándole al chico que posee poderes mentales, como Alex.

- No han tocado su mente, tranquilo, está inconsciente a causa del esfuerzo que hizo para evitar que se la llevaran.

Alex suspira con alivio, reprimiendo al máximo el pánico que siente por Tesa. Cierra los ojos y busca la mente de su amada pero al hipnotizarla, Mani ha dormido su mente de modo que la conexión no sirve de nada e Iván mantiene oculto su cuerpo con un hechizo, es imposible rastrearles.

La mano temblorosa de Yorbin toca la frente de Mani, sus pestañas rojo fuego aletean y abre los ojos beiges con dificultad, lentamente. Busca a Alex con la mirada y le dice algo mentalmente, nadie más la escucha, por eso se sobresaltan cuando Alex sale velozmente del baño, el único que no se sobresalta es Gémigro, pues él sí ha escuchado lo que ha dicho Mani y se lo trasmite a los demás, quienes se apresura en ir tras su príncipe, amigo, líder y hermano, que les necesita.

Envía sus lazos mentales arrastrándolos por el suelo para que no los detecten y los enreda entorno a los tobillos del brujo que lleva a Tesa en brazos, da un fuerte tirón y este cae al suelo, mientras el brujo cae y los demás le miran con desprecio por su torpeza, salvo Iván que mira con desconfianza a su alrededor, Alex se mueve veloz como la propia luz y coge en brazos a su amada antes de la joven caiga sobre la arena. Iván aprieta las mandíbulas, furioso y le lanza una bola de fuego, el gansmo gira sobre sí mismo para cubrir a Tesa con su propio cuerpo al tiempo que crea una burbuja magnética contra la que explota la bola de fuego.

En la centésima de la milésima de un segundo, los cuatro que quedan del Olymdos e Iván, les rodean, de modo que aumenta el grosor de la burbuja protectora azul que les rodea a él y a su novia.

Recubre la burbuja de electricidad.

- No toquéis la burbuja,- les ordena Iván,- o moriréis.- mira a Alex con suficiencia, alzando ligeramente una ceja.- ¿Cómo piensas moverte de aquí? El campo magnético te impide transportarte y nosotros vamos a esperar a que agotes tus fuerzas y ése campo magnético,- sonríe lleno de serena maldad.-se esfume.

Alex sabe qué sucederá tarde o temprano, y más con los ataques de los del Olymdos, que no le dejarán descansar ni un solo segundo y se obliga a considerar a posibilidades que tienen de sobrevivir: ninguna. Si estuviese solo, ya habría aniquilado a todos e Iván habría huido, pero si lucha, tendrá que soltar a Tesa y se la llevarán, si lucha sin soltarla, corre el riesgo de que la maten por intentar matarle a él.

Se encuentran en la misma isla desierta del enfrentamiento anterior y se encuentra completamente aislado dentro de su burbuja, ni entra ni sale nada, no tiene forma de comunicarse con sus capitanes

- ¿De verdad crees que vas a poder con él? - inquiere una voz muy dulce cargada de malas intenciones. Balmernia.

- Muy típico de un Olymdos imaginar que se abandona a un hermano.- resopla una voz atronadora con desdén. Móxterm.

Alex siente tal alivio al ver a Balmernia, Móxterm, Gruneil, Gémigro y Froseisa, que incluso le tiemblan un poco las rodillas, cierra los ojos y besa con suavidad la sien de su frágil y valiosa carga. Tesa, el amor de su existencia.

Cada un lleva un arma acorde a su capacidad. Balmernia lleva dos puñales, no hay nadie mejor que ella con dicha arma; Móxterm acaricia con cierta ternura su mazo de púas; Gruneil sostiene una ligera espada de hoja curva en cada mano; Gémigro carga una pesada espada de plata muy afilada y Froseisa es letal con su ballesta negra. Cada arma fue forjada con un poder diferente, el de sus propietarios; fueron forjadas con magia, poder y sed de sangre. Armas creadas con el fin de exterminar inmortales, que se adueñan de sus almas y las arrojan al más profundo abismo.

Una ligera brisa levanta pequeños granos de arena que se estrellan contra los cuerpos de los poderosos inmortales. Permanecen inmóviles, a la espera de que suceda algo, sin saber muy bien qué están esperando.

El infierno está apunto de despertar, eso sí lo saben. Con el primer cruce de aceros comenzará una batalla a muerte entre eres inmortales, y eso, en lugar de disuadirles, aumenta sus ansias de matar.

- Esta guerra será muy larga, Alex.- murmura Iván misteriosamente.- Las batallas continúan aunque tú ya no estés en parte de ellas y envíes a Los Imbatibles en tu lugar, pero en alguna te verás obligado a implicarte y en ésa estaré yo para matarte, si es que no mueres ahora.- hace una burlona reverencia.- Disfrutad del espectáculo, majestad.- añade con desprecio antes de marcharse con sus guerreros mutilados, dejando en la brisa el sonido de sus macabras carcajadas.

El suelo que tienen bajo sus pies se estremece, pero ninguno se altera lo más mínimo, tan solo se preparan para luchar, aunque su contrincante no esté presente.

- No mováis un solo músculo. - les ordena Alex cuando nota que la arena comienza a calentarse, guarda el campo magnético que les rodea a él y a Tesa. - Balmernia absorbe el poder que hay en el suelo.

La pequeña gansma se acuclilla y plantando las manos sobre la arena cierra los ojos y comienza a hacer lo que Alex le ha ordenado.

- Está demasiado caliente.- protesta con angustia.

- Aguanta. Gruneil, congela la arena.- le pide intentando controlar la ira que late en su interior.

Gruneil sacude la cabeza, ni uno solo de sus mechones naranjas se agita.

- Necesito agua fría, la salada que nos rodea está hirviendo, no me sirve.

- ¿Están abrasándonos desde abajo?- inquiere Móxterm con su atronadora voz teñida de preocupación.

Balmernia chilla de dolor pero no interrumpe su cometido. Si alguno de ellos se mueve, el calor le derretirá y lo saben.

- ¿Qué es, Balmernia?

- Llll-lava. - la palabra sale de sus labios con dificultad, como si se le enganchara en la lengua.

Lava. Alex tan solo tarda un segundo en recordar lo que va a suceder.

- ¡A MÍ! - brama y sus guerreros, comprendiendo, saltan hacia él, tardan menos que la luz en rodearle y Gruneil se encarga de arrastrar a Froseisa más cerca de Alex para que no se quede fuera cuando Alex hace explotar desde su interior el campo magnético y rodea a sus guerreros con una gruesa burbuja de un azul muy oscuro.

Estrecha con más fuerza el cuerpo de Tesa, que permanece hipnotizada.
La lava se los traga y lucha contra el campo magnético, intentando destruirlo
para matar a los inmortales. Balmernia chilla a causa del calor sofocante y
se desploma, Móxterm se apresura a cogerla.
- Hace demasiado calor.- rechina Gruneil, su rostro se contrae cuando ve
resoplar y cerrar los ojos a su esposa.
- Todo está bien, Gruni.- le tranquiliza ella.
- ¿Con una sola gota de agua serás capaz de congelar toda esta lava?- inquiere
Alex con dificultad, luchando contra la lava.
- Solo si está muy fría.
Alex cierra los ojos y lo intenta una y otra vez, pero le cuesta demasiado
concentrarse mientras lucha por mantener la burbuja, acaricia la frente de
Tesa con los labios y encuentra en ella la fuerza que necesita. Transporta su
mente a un lugar en el que solo hay nieve, una de las comunidades gansmas
más frías del infinito, una vez allí absorbe todo el aire que le cabe en los
pulmones, helándolos, y vuelve conectar con su cuerpo. Utiliza sus poderes
de agua para expulsar el aire helado a través de su frente y transforma la
burbuja de aire frío en una perla de agua que brilla entre sus cejas, el campo
magnético, por un momento, se hace más estrecho.
Gruneil se apresura a restañar la gota de agua y en cuanto lo hace, una
nubecita plateada sale de su boca.
- Tienes que quitar el campo magnético.- le dice con el cabello naranja algo
escarchado.
Alex mira la preciosa carga que lleva en brazos, no hay nada en el mundo
más valioso que Tesa. Gruneil mira con preocupación a Froseisa, pero ella
le sonríe llena de confianza, él frunce las cejas naranjas.
- Prepárate.- le advierte el príncipe.- Tranquilo, cuando estés preparado,
Gruneil, no te precipites, no voy a poder ayudarte.
Toma aire y asiente con la cabeza.
- ¡Ahora!
Alex retira el escudo.
Gruneil lanza escarcha a través de todo su cuerpo.
Gémigro grita de dolor.
La lava que les rodea... se congela.
- Gémigro, ¿estás bien?- jadea Alex.
- Solo es una quemadura en la cadera.
- Bien. Volvamos al hotel, Mani te curará.- y apretando las mandíbulas una
última vez, se los lleva a todos de allí.

Lo he visto todo, ha sido increíble, a mí me ha encantado, pero los demás están muy furiosos, sobre todo mi gansmo.

- Pon a cincuenta de tus mejores telépatas a rastrear a Iván, quiero encontrarle y es para ayer.- le ordena a Gémigro con mayor autoridad que la del hombre más poderoso del mundo.- Froseisa, bloquea todos los portales con una telaraña tan espesa que incluso una maldita mota de polvo se quede enredada, Móxterm, analiza la magia que ha absorbido Balmernia y tú, Yorbin, ve con ellos, tal vez conozcas la esencia de la lava y me puedas decir a quién pertenecía, estoy seguro de no era de Iván, y averigua cómo destruirla, tengo un volcán a punto de entrar en erupción donde antes había una isla desierta; y en cuanto a ti,-detiene su paseo y mira a Gruneil fijamente.- buen trabajo. Inclina su cabeza de pelo naranja, pero no altera la inexpresiva expresión de su rostro, en cambio, Balmernia no para de llorar lágrimas amatistas, le doy un compasivo apretón en el brazo, intentando darle algo de consuelo.

- Te fallé cuando más me necesitabas.- lloriquea mirando a Alex.

- Absorbiste demasiado calor, tu temperatura corporal era demasiado alta, no podías soportar más fuego dentro de ti.- la reprende Alex con suavidad.

- Si me quitaste la mitad del calor.- su dulce protesta es quejicosa.

Alex la mira con cariño y le acaricia la mejilla para después revolverle el largo cabello, ella gruñe suavemente y se coloca el pelo, mi gansmo se arrodilla frente a ella con un suspiro y posa una mano sobre las rodillas de la gansma, con la otra sujeta mi antebrazo.

- Balmernia, - su voz es tierna- no te exijas más de lo que puedes dar, es cierto que te has desmayado en un momento critico, pero ¿en cuantas ocasiones nos has salvado la vida?

- Ése es m trabajo como capitana de la tropa de lucha.- susurra con intensidad.

Alex sonríe y acaricia la dulce carita de enormes ojos lilas.

- Y por eso eres mi mejor guerrera, porque estás ahí cuando nadie más lo está, Bal, sin ti mi ejercito caería.

Balmernia solloza y se abraza a su cuello, entonces me percato de algo, del amor que les une.

Su ejercito no solo vence porque sean poderosos, vencen porque están ligados los unos a los otros a través del amor, ponen sus propias vidas en peligro para proteger a los que les rodean y gracias a eso conquistan una victoria tras otra. Ese amor les hace casi invencibles, y digo casi, porque es su mayor fuerza, pero también su gran debilidad.

Sus enormes ojos verdes se clavan en los míos y no puedo evitar que una extraña ternura se apodere de mi alma, realmente no estoy preparada para sentir esta clase de amor, creía que sí, pero me equivocaba.

Me levanto bruscamente y salgo al balcón, cerrando la mampara tras mi salida... Apoyo las manos en la balaustrada blanca y cierro los ojos, aspiro con fuerza el aire salado, intentando organizar el tumulto de sentimientos que me comen por dentro.

¿Quién iba a decirme que nuestra escapada de amor iba a convertirse en esto, en una a lucha muerte... por mí? y lo peor de todo es que me siento atraída por el Olymdos, me gusta que sean malos y egoístas, que solo piensen en lo que ellos desean, pero también me ha gustado Iván, me dan arcadas solo de pensarlo, se supone que mi único deseo debe ser amar a Alex por encima de todo y entonces vienen a mi memoria las palabras de mis padres...

"Para cada raza tienes una pareja, puede que no les ames tanto como a Alex, pero en algún momento tienen que aparecer".

¿Y si Iván es la mitad que despierta mi lado malvado? Si hubiera conocido primero a Iván, ¿aún existiría algún gansmo?

Intento bloquear la riada de sentimientos contradictorios nadando de nuevo hacia el hielo, todo era más fácil antes, pero es demasiado tarde, el hielo ya no sirve, no comprendo como es posible que eche de menos lo que sentía antes de conocer a Alex, tal vez es porque no bloqueaba sentimientos hacia una persona, sino hacia todo en general, por eso ahora que quiero me cuesta más bloquear lo que no quiero sentir... todo estaba bien... ¿qué me ha pasado? Y la respuesta viene a mí de inmediato, me pasa lo mismo que me pasó con Alex, al ver a Iván algo dentro de mí se ha trastornado, ¿pero realmente echo de menos la insensibilidad?

- No, no lo haces.-me sobresalto al escuchar la voz inexpresiva de Gruneil, está a mi lado.

¿Cómo ha hecho para que no le oiga entrar?

- ¿Y tú qué sabes?- gruño molesta.

Cruza los brazos y me mira seriamente, sin que sus ojos o su rostro transmitan nada.

- Yo sé muchas cosas.- su cabello naranja emite ligeros destellos bajo la luz plateada de la luna.- Sé que Gémigro y Alex son los telépatas, que soy el capitán de la tropa de hielo, pero también soy el más observador de todos.

- ¿Qué quieres decir con eso?- le pregunto a la defensiva, me pone nerviosa.

Mira al frente, a la luna que hoy está llena, un gigantesco circulo de plata que contrasta con el cielo casi negro.

- No estás preparada para recibir todo lo que Alex puede ofrecerte y estoy seguro de que cuando sepas lo que hizo en el pasado vas a juzgarle, incluso puede que le des la espalda, como todos lo hicieron en su momento sin comprender que como todos, él también comete errores, pero si realmente le amas como confiesas amarle, aunque no comprendas el motivo por el cuál hizo lo que hizo, le perdonarás sin volver a desenterrar sus equivocaciones.- guarda silencio varios minutos, meditando o simplemente observando la luna sin importarle nada más.- Dime una cosa.- susurra al fin. Le miro inquisitiva, su rostro permanece impasible. - ¿Serías capaz de renunciar a Alex?
Solo de imaginarlo se me retuercen las tripas.
-No.- sentencio.
- En ese caso ya tienes la respuesta a tu pregunta, los gansmo seguiríamos existiendo y recuerda que le amas.
- ¿Cuando se supone que debo recordar eso?- le frunzo el ceño, o acentúo el fruncimiento de mis cejas, para ser más exactos.
- Cuando te cuente su pasado.- da media vuelta y se marcha.
¿Tan oscuro es su pasado? ¿Tan malas fueron sus acciones? ¿O acaso creen que no le amo lo suficiente como para soportarlo todo y un poco más?
Voy a demostrarles que se equivocan.

Alex observa a través de los cristales a Tesa, inmóvil, observando la luna, lleva tres largas horas bajo la suave luz plateada.
Suspira y cruza los brazos sobre el pecho, es hermosa, demasiado para su propio bien, el cabello castaño oscuro cae como una sedosa cascada hasta media espalda, salpicada de plumas blancas y marrones, su cuerpo, apenas cubierto por el bikini, fue creado para ser deseado, largas y torneadas piernas, caderas estrechas, cintura diminuta, pechos generosos y piel cremosa de satén color canela. Mira por encima de su hombro, como si una fuerza extraña le dijera que su gansmo la observa; le mira varios segundos intensamente y vuelve a mirar al frente, ocultándole su rostro de líneas elegantes, bellas y sensuales que permanecen continuamente en una mueca de enojo. Su oscura mirada almendrada es misteriosa, lejana, como si viviera a millones de años luz de donde vive realmente, siempre pensativa, siempre inalcanzable.
Alex sondea su mente; no piensa en nada, ha dejado la mente en blanco, olvidándose de las dudas, de lo que siente, de ella misma, pero no de él, le mantiene en un rinconcito de su mente, incapaz de sacarle del todo para

estar plenamente sola, tan solo observa, sin verlo, el extenso paisaje caribeño que se extiende ante ellos.

- ¿En qué piensas?- le pregunta Balmernia acercándose a su lado, entrelaza las diminutas manos y mira lo mismo que él, a Tesa. Lo cierto es que la única persona que realmente le conoce es Balmernia, la única que jamás le ha dado la espalda, incluso asistió a su boda aún sabiendo que era un error colosal.

- Siempre está seria.- murmura sin apartar los ojos de la silueta recortada por la luz de la luna. No sería capaz de vivir sin ella.- Es... serena.

- Eso es bueno.

- Para mí sí, pero se supone que las adolescentes están locas, ella no lo está, ni siquiera aparenta los dieciséis años que tiene.

Balmernia se ríe de él.

- Tesa no es una adolescente cualquiera, ella es tu mitad y para ser tu compañera eterna, debe ser una chica muy especial, de otro modo no resistiría todo lo que está por venir.

- ¿Eda?- adivina su fiel hermano, entre ambos existe una conexión que no existe con los demás, se comprenden, son los mejores amigos, confían ciegamente el uno en el otro, sin reservas, conocen los pensamientos del otro sin necesidad de leerse la mente.

-Sí.

- Bal... no tengo absolutamente nada que ofrecerle a Tesa que no haya entregado antes a Eda.

- Tu amor.- afirma la gansma.- Ya sé que no es algo de lo que yo pueda hablar, pues tengo tres mil ciento setenta y seis años y no he encontrado a mi mitad, pero te conozco lo suficiente como para saber que a Tesa le has entregado algo que Eda ni siquiera tocó y es ése corazoncito que pende de su cuello.- tras sus palabras, le da un apretón en el hombro y se marcha.

Alex permanece inmóvil, observando la silueta de la mujer a la que ama, aborreciendo su pasado, adorando su presente, temiendo el futuro.

Entro en el salón y veo a Alex parado en medio de él, no se ha movido de ahí desde que he salido al balcón. Tiene los brazos cruzados sobre su musculoso pecho desnudo y está ligeramente bronceado por lo que sus ojos brillan aún más, parecen más verdes y también está más guapo, si eso es posible. Parece que mi corazón va a explotar y que por mis venas corre lava, pero ignoro esas poderosas sensaciones y mantengo la serenidad. Sus ojos verdes están fijos en los míos, ni tan siquiera parpadea.

Sé que siente lo mismo que yo y también se que no piensa en nada, tan solo me mira, como yo a él.

- ¿De qué...?- frunzo el ceño y me callo, no sé plantear la pregunta; he visto todo lo que ha sucedido, cuando estaba hipnotizada, a través de los ojos de Alex y su actitud para con Iván no era la de unos enemigos que luchan por el control del universo, en sus palabras, en los gestos, en las miradas, reinaba el rencor y no era solamente porque mí, por ver quién se lleva la pieza que romperá los esquemas, hay algo más, un odio profundo que habla de traición y de convivencia fatídica, pero lo cierto es que me da miedo preguntar, conocer la respuesta, pues sé que no me va a gustar.

Se ríe con amargura.

- Tienes razón, no te va a gustar.- trago saliva ante la amargura que desprende su voz.- Te mentí.

- ¿Cuando?- inquiero inexpresivamente.

Se masajea la nuca y cierra los ojos.

- Haber, no te mentí, si no que omití una parte desagradable de mi pasado.

- Una mentira es una mentira, no existen mentiras a medias, de modo que responde a mi pregunta: ¿En qué me mentiste?- estoy comenzando a cabrearme.

- ¿Me amas?- pregunta a su vez sin darme una respuesta.

- SÍ.

Aprieta las mandíbulas con fuerza, incapaz de contarme la verdad sobre su mentira, pero su mente no es tan obediente como sus labios y vuelve al pasado.

Sus dedos se enredaron en un sedoso y largo cabello negro. Sus labios besaron un cuello pálido. Su cuerpo se fundió con el de una mujer.

La realidad me golpea de un modo tan brutal que me veo obligada a sujetarme a un sofá para no caerme al suelo, doy un paso atrás, como si el golpe hubiera sido físico.

Alzo los ojos hacia él, conmocionada, él cierra los propios para no ver el dolor de la traición brillando en los míos.

- ¡¿Por qué no me miras?!- chillo.

- Hice algo más que acostarme con Eda.- afirma sin mirarme, ladeando la cabeza.- Me casé...

- No.

- ...pero un tribunal formado por sacerdotes universales lo anuló al comprobar que mi corazón no estaba corrompido como el de ella, éramos yugos desiguales.

- Mírame.- le ordeno en un siseo furioso. Lo hace, pero el dolor que reflejan mis ojos es tan inmenso que desvía la mirada y aprieta las mandíbulas con más fuerza, un músculo tiembla en ellas.

Las lágrimas corren por mis mejillas.

- ¿¡Por qué no me lo has contado antes!?

Frunce el ceño, obcecado en mantener la boca cerrada y la mente en blanco, no quiere darme explicaciones.

Un sollozo me desgarra el alma al ser consciente de que no es solo mío, sino también de ella, de su mujer.

. No.soy.de.ella.- su voz suena dura y fría, como el cristal, pero a mí no me consuela el odio que siente hacia Eda.

Sacudo la cabeza, necesito marcharme, cierro los ojos, deseando irme lejos, pero pese a todo, soy incapaz de poner una distancia verdadera entre Alex y yo, me sujeta por el brazo cuando paso por su lado para encerrarme en la habitación, ¿por qué no puedo odiarle?

- Lo siento.- susurra con voz suplicante.

Me invade tal furia que me zafo de un tirón de su mano y le cruzo la cara de un furioso bofetón en el que descargo todo el dolor que siento.

- ¿Que lo sientes?- bisbiseo incrédula, con la sangre hirviendo de rabia- Pues yo no, maldigo el día en que te conocí, te odio por enseñarme a amar, eres un rastrero.- pero conforme digo las palabras, pierden fuerza, suenan sin convicción, y lo siguiente suena lleno de dolor.- Sabias que iba nacer para ti y me traicionaste, ¿qué mas puedo esperar de ti?

- Tes, yo...

- No me hables.-le ordeno con desprecio y le doy un empujón para apartarle de mi camino y poder encerrarme en la habitación.

Me tumbo en la cama y me encojo sobre mi misma, sintiendo que el dolor de la traición perfora mi corazón a cada latido.

¿Cómo es posible que me sienta tan traicionada? Trago saliva mientras la lágrimas empapan la almohada, me muerdo los labios para no emitir ningún sollozo, pero sé que escucha el sonido de mis lágrimas, el mensaje que estas le transmiten.

Chillo llena de frustración y me envuelvo la cabeza con los brazos. Noto una cálida mano posarse sobre mi cadera desnuda y reconozco ese contacto por el cosquilleo que recorre mi piel.

Alex.

- Aún no se han inventado palabras suficientes para poder disculparme por todo lo que te estoy haciendo pasar.

Se tumba detrás de mí, acopla su cuerpo a mi postura y me abraza. Cierro los ojos con fuerza y dos últimas y gruesas lágrimas escapan de ellos.

- Ya sé que esto es demasiado, Tes, y solo para ti, sino para cualquier otra persona, por eso he pensado que... - aplasta sus labios contra mi coronilla y pone su mano sobre mi frente cuando intento alejarme de él, intenta encontrar valor para proponerme algo que de ante mano sé que voy a rechazar.-...si quieres puedo borrarlo todo y crear una nueva vida para ti, no recordarás nada y nadie te recordará a ti, me encargaré de ello.

Cómo me gustaría aceptarla.

- ¿Y tú?
- Ningún sacrificio es poco si tú eres feliz.
- ¿Y cómo dejo atrás lo único bueno que he tenido en toda mi vida? Eres lo único que amo.- cojo su mano y beso su palma con fuerza.

Su alma se agita ante mis palabras, pero no dice nada, tan solo me estrecha con más fuerza contra su cuerpo.

Varias horas más tarde, cuando el sol rompe la oscuridad nocturna, vuelvo a hablar.

- ¿La amas?
- Solo a ti.
- ¿La amaste?

Me acaricia la mandíbula con la nariz y ríe suavemente.

- Fui lo bastante estúpido para creer que sí; ahora duerme.
- Quiero estar contigo.- susurro con la entonación de una niña quejicosa.
- Ya estoy contigo.- sabe que no me refiero a eso.
- Me has entendido perfectamente.- le reprendo.
- No es el momento ni el lugar, y lo sabes.

Se me llenan los ojos de lágrimas ante su rechazo.

- Tan solo quiero que me des lo mismo que a ella.- protesto con un hilillo de voz.
- No hagas eso.- me suplica.
- ¿El qué?
- No te compares con Eda, tú eres mucho mejor.
- Y aún así...- sus labios absorben mis palabras; para no querer, se muestra muy efusivo.
- ¿En el caribe?- inquiere alzando una perfecta ceja negra.- ¿Rodeados por gansmos que van a escuchar hasta el último suspiro?
- Sí.- afirmo, firmemente convencida.
- Nieve,- susurra- chimenea, - frunzo el ceño y niego con la cabeza.
- Ahora.

- Cabaña en mitad de una montaña desierta en la que solo estemos tú y yo. Cierro los ojos, malditasea, ya no estoy tan convencida, sabe lo que quiero, pero...

- ¿Acaso piensas que yo no quiero?- susurra contra mi oído - Si dependiera de mi te arrancaría el bikini a mordiscos, pero en el fondo no quieres y menos ahora, con la sombra de Eda tras nosotros.

Hijo de puta. Hago ademán de levantarme, pero me obliga a acostarme de nuevo y claro, contra un gansmo soy igual que un mosquito contra el insecticida.

- Hace demasiado calor en el caribe, o ¿es que no te acuerdas?

- No.- gimo.

Suspira algo impaciente y apoya su frente sobre la mía.

- Si no lo haces por ti, hazlo por mí, Tesa, no quiero tratarte tí como traté a Eda, no quiero que nuestra relación se parezca en nada con la que mantuve con ella, tú eres especial y por lo tanto, mereces un trato especial.

Sus palabras son suplicantes, necesita algo distinto, algo que realmente le haga sentirse realizado, necesita una persona que cumpla sus caprichos, necesita a alguien que le demuestre que realmente le ama por encima de todo.

- Alex.

- ¿Si?

Es la hora de demostrarle que yo soy ésa persona.

- Te pesa mucho la cabeza.

Durante breves segundos se queda un poco perplejo, pero después comienza a reír y aparta su frente de la mía, los ojos le brillan de felicidad.

Abro los ojos y el maldito sol me molesta, doy varias vueltas en la cama, pero hace demasiado calor estoy muy incómoda de modo que me levanto y voy directa a la ducha. El agua fría me despeja y los recuerdos del día anterior me bombardean, pero los ignoro y aún bajo el chorro frío me cepillo los dientes. Me seco a toda velocidad y me pongo un short vaquero con rotos y una camiseta blanca de tirante ancho con pinceladas de colores, como si fueran brochazos. El pelo lo dejo suelto y mojado, voy descalza cuando salgo de la habitación.

En el salón tan solo están Alex, Mani y Gruneil.

Gruneil juega una partida de ajedrez en solitario; Mani ojea cerca de diez revistas de moda a la vez; y Alex... el muy vago no hace nada, está despatarrado en el sofá con los brazos cruzados sobre el pecho y mira al techo.

- Deberías haber dormido más.- me regaña Alex antes de que abra la boca.

- Sí, buenos días a todos ¿Que tal habéis dormido?- exclamo con sarcasmo y me dejo caer al lado de Alex.
- Tú mal, tan solo dos horas.- me informa Mani.
- Vuelve a la cama, solo son las ocho de la mañana.- Alex trata de empujarme. Le muerdo.
- No tengo sueño.
- Eso es porque tu transformación,- arranca una hoja de una CUORE y me mira.- se acerca.
Le frunzo el ceño antes de levantarme.
- ¿A dónde vas?- inquiere Mani.
- A la cocina a por un zumo.
- Ya que vas tráeme otro a mí.
Me detengo al pasar junto a Gruneil, quién mantiene las cejas fruncidas como signo de concentración.
- ¿Quién eres?
- Ambos.- responde fríamente.
- Entonces no te molestará que le de jaque a la reina blanca, ¿no?
Gruneil resopla, vaya, de ser una estatua ha pasado a ser un caballo.
- Inténtalo.- me mira inexpresivo, pero desprende suficiencia por los poros.
Muevo el caballo negro, mueve la torre blanca, muevo el alfil negro.
- Jaque.
Da un respingo y mira el tablero con sobresalto, tanto Alex como Mani dejan de hacer lo que están haciendo, nada y ojear revistas respectivamente, para mirarme asombrados.
- Comencemos una nueva partida.- me exige Gruneil.
- Vale, aunque hace años que no juego.
Coloca las figuras con tanta rapidez que me cuesta pensar que hace tres segundos estaban revueltas.
- Siéntate.
- ¿Para qué? En menos de cinco minutos vas a estar hundido.
Me mira con suficiencia, Mani se muerde una uña, Alex sonríe con entusiasmo, ya sabe como va a terminar la partida.
- Nunca le han ganado, ni siquiera en los torneos en lo que participan los mejores de cada comunidad, ni siquiera en su primera partida.
Dos minutos y treinta y siete segundos más tarde, tumbo a su reina.
- No puede ser.- susurra Gruneil sin aliento.
- ¿Y tú eres el mejor del universo?- me mofo - Sois unos catetos.-añado en tono de burla antes de ir a por el vaso de zumo de naranja que desde hace cuatro minutos debería estar bebiéndome. Sirvo otro para Mani.

Cuando vuelvo al salón con los vasos en la mano, todo continua igual, ¿qué puede pasar en treinta segundos? Mucho, pero lo que me asombra es que no han movido ni un solo músculo. Gruneil observa el tablero de ajedrez con aire estúpido, Mani observa a Gruneil con el mismo aire estúpido y Alex les observa a los dos muy sonriente.

- ¿Se puede saber qué os pasa?
- Tengo cinco mil doscientos noventa y tres años, jamás había sido derrotado, ¿cómo es posible que tú en dos minutos y treinta y siete segundos me hundas? Me encojo de hombros.
- A mí no me mires, vosotros sois los sabelotodo, yo me limito a jugar, aunque como he dicho antes, hacía años que no jugaba, nadie quiere enfrentarse a mí porque siempre gano.
- Hola a todos, ya está aquí la súper estrella.- chilla una voz dulcísima a mi espalda, sobresaltándome. Pego un brinco y uno de los vasos se me escurre. Lo observo caer... ¿por qué cae con tanta lentitud? Me inclino y lo cojo antes de caiga al suelo.
Me giro para mirar a los recién llegados: Balmernia, Móxterm, Gémigro, Yorbin y Froseisa, los dos últimos ya están con sus parejas, Yorbin en el suelo abrazando a Mani y Froseisa se ha plantado al lado de su marido.
- Vaya,- exclama Balmernia con un extensa sonrisa.- la gansma por fin aparece.
- ¿Qué me traéis?- pregunta Alex ignorando todo lo demás
Me siento a su lado después de darle a Mani su zumo.
- No he conseguido localizar a Iván,- refunfuña Gémigro- pero mantengo a mis chicos vigilando.
Alex hace una mueca de fastidio.
- ¿Froseisa? - alza una ceja en dirección a la explosiva gansma pelifucsia.
- Tengo todos los portales bloqueados, cualquiera que intente cruzar debe identificarse.
- Perfecto.- mira a Yorbin, Móxterm y Balmernia.
- Me extrajo toda la magia que absorbí.- protesta Balmernia haciendo un pucherito.
- La analicé y comprobé que es magia no del todo maligna.- afirma Móxterm con esa voz que hace vibrar los cristales.
- Y...- Yorbin rodea los hombros de Mani con un brazo.-...ya sabemos qué tipo de lava es y a quién pertenece. Cuando su creadora sea más poderosa será tan indestructible como la tuya.
Mi gansmo suelta una maldición por lo bajo.
- Pertenece a...- Móxterm me mira y guarda silencio.
- ¡¿...A...?!- le presiona exasperado.

- Es de tu novia.- anuncia Balmernia quitándome el vaso de zumo para bebérselo ella.

Todos a una... me miran.

Su rostro refleja el más puro desconcierto.

- Yo... yo no he hecho nada.- tartamudea y se aprieta contra el costado de Alex, intentando fusionar su cuerpo con el de él y desaparecer.

- Ya lo sabemos.- afirma Alex rodeándola con un brazo protector.

- Iván entró en tu mente cuando estabas hipnotizada y manipuló tus poderes.- le explica Gémigro- eres demasiado novata para saber protegerte.

- Fue culpa mía.- susurra Alex cabizbajo.

- Ya está el agonías.- resopla Balmernia.

- No puedes estar en todo.- replica Mani.

- ¡Debería!- brama - ¡¡Se supone que soy el más poderoso y no soy capaz de proteger la mente de Tesa!!

- No puedes hacerlo todo.- grita Balmernia a su vez, exasperada.- ¿No lo entiendes? Estás saturado de responsabilidades y guerras, es normal que tengas un descuido.

- Por un descuido, como tú lo llamas, casi nos matan a todos.- su voz desprende veneno contra sí mismo.- ¿Sería normal que por "saturarme" se pierda el maldito reino?

- Se perdió por un clavo.- replica la pequeña gansma de mal talante.- Incluso tú tienes derecho a equivocarte.

- Sí, tengo ese derecho,- admite Alex con una ligereza que queda en duda debido a su tono de voz.- pero no puedo permitirme el lujo de utilizarlo.- se pone en pie enfurecido y sale de la suite dando un portazo con el que casi arranca el marco de la puerta.

- Uno, dos, -comienza a contar Balmernia.- tre...- la puerta se abre de golpe; Balmernia se ríe, entra Alex y se sienta junto a Tesa, enfurruñado. La chica le mira un poco confusa.

- No sabes controlar tu mal genio.- murmura Mani con aire alicaído.

Balmernia se tapa la boca para evitar reírse, no lo consigue y se ríe.

- ¿Por qué has vuelto tan pronto? - pregunta Froseisa sin demasiado interés, observando fijamente la partida desganada de ajedrez que juega su marido, que de vez en cuando mira a Tesa con cierto frío rencor.- Se supone que cuando te marchas dando esos portazos no vuelves en más de una semana, ahora has tardado...- alza la mirada hacia Alex, sus ojos brillan de diversión contenida.- ...dos segundos y medio.- se carcajea.

Gémigro suspira con aire dramático y sacude la cabeza.

- Eres demasiado terco, quieres hacerlo todo tú solo.- le reprende.

Alex les ignora, rodea a Tesa con un brazo y se la lleva.

CAPITULO 11: ÑOÑERÍAS... QUE ME ENCANTAN.

Nos miramos el uno al otro, frente a frente, mientras el viento azota nuestros cuerpos.
- ¿La azotea de las Torres Kio? - alzo una ceja con aire inquisitivo.
Alex se encoge elegantemente de hombros.
- ¿Qué sientes cuando te transformas? - le pregunto en un intento de arrancarle de su mutismo. El rugido del tráfico de Madrid en hora punta absorbe mis palabras, pero Alex es un gansmo y me escucha perfectamente.
- Te duele, pero lo peor no es eso, si no que sientes que algo te roba tu intimidad, en el primer mes sientes que has perdido tu esencia.
Es soportable. Pienso haciendo un gesto de conformismo.
- ¿Y en qué consiste la transformación?
- Tu alma reclama los poderes a la raza y esta los toma del universo y los introduce dentro de tu ser, por eso al principio sientes que eres un intruso dentro de ti mismo.
Llevo sintiéndome de ése modo desde el mismo día en que nací, no será un problema sentirme así unos días más, ni si quiera Alex consigue llenar el hueco que mis ansias de matar han dejado al marcharse, pero le amo tanto que nada importa.
Me acaricio los brazos al sentir frío. Enseguida noto que el calor de Alex me envuelve.
- Gracias.- sonrío.- Te amo.- afirmo con soltura. Alex no dice nada, me mira intensamente, pero ni tan siquiera se mueve.
- Mañana es la boda que te comenté.- susurra al fin.- No puedo faltar, es amigo mío, soy el padrino y me gustaría que me acompañaras, además no tienes otra opción, no pienso dejarte aquí sola.- añade.
- No tengo ropa de boda.
- Mani y Balmernia se encargarán de ello.- sonríe y me mira con todo el amor del universo escrito en su mirada, pero le noto un poco retraído, aunque no me atrevo a decirle nada, hay cosas que es mejor fingir que no ves.- Ahora voy a llevarte a tu casa, tus padres quieren verte y allí estarás tan a salvo como conmigo.
- No voy a separarme de ti.-doy un paso hacia él, no voy a permitir que luche contra lo que quiera que le pase, él solo.- quiero estar con tigo.
- Tengo que investigar y luchar para protegerte.
- ¿Y quién te protege a ti? No voy a permitir que te pongas en peligro.
- Debo aniquilar a los que intentan aniquilarte.- murmura persuasivo.
- No.

- Tes, cariño, sé razonable, no puedes hacer nada para evitarlo.
El muy cabrón me está subestimando.
- Ya lo veremos.- replico con satisfacción, ya sé lo que voy a hacer.

Abre la puerta con desgana, pero en cuanto me ve, sonríe emocionadísimo, yo, directamente me quedo sin habla. Es totalmente diferente a como era hace unos días, viste muy moderno, no lleva gafas y su mirada dulce ahora es una descarada, no tanto como la de mi gansmo, pero sí bastante.
Estiro el brazo y le aparto el cabello color trigo de los ojos.
- Hola.- ronronea con una sonrisa gatuna. - qué extraño que me visites.
- No seas idiota, vengo mucho.- le aparto y entro en la casa.
- Eso era antes de que tuvieras novio.- me reprocha.
- ¡Oh, cállate! - le tiro mi chaqueta a la cabeza.- No seas burro y vamos ver algo en la tele.
- Tengo El retrato de Dorian Gray en DVD.
- Perfecto.- me siento en el sofá y a los pocos minutos se deja caer a mi lado. Es cierto que no me siento especialmente a gusto con él, después de estar con Alex es imposible sentirse cómoda en presencia de otra persona, pero a falta de pan buenas son tortas.
Permanecemos cerca de diez minutos en silencio viendo la película, el protagonista, Ben Barnes, es guapísimo... si no has visto a mi novio.
- Qué raro que el gansmo te deje visitarme.- murmura con aire molesto.
- Tenía cosas que hacer, -cosas que va a dejar para venir a matarme en cuanto desbloquee la conexión y vea que no estoy donde me dejó, en casa.- de modo que me he preguntado, ¿cuanto hace que no veo a Dani? y aquí estoy.
- ¿Así de fácil?- alza las cejas, desconfiado.
- Alex no es una prisión de máxima seguridad, ¿sabes? Puedo hacer lo que me venga en gana.
Y Alex escoge ese preciso momento para aparecer.
- Hola.- exclamo fingiendo estar sorprendida.
Cierra los ojos y aprieta los dientes con fuerza, furioso. Abre los ojos y mira a Dani y éste le devuelve la mirada y... todo se detiene. Las agujas del reloj, el ulular del viento, que hoy no es que oiga mucho pues no sopla, los latidos de mi corazón, incluso el ritmo del propio universo, todo parece suspendido entre la mirada que estos inmortales se dirigen cargada de odio y de rencor, pero se contienen y se tragan las ansias de violencia, Alex porque no quiere que me lastime, prefiere matarme él y Dani porque sabe que no tiene ninguna

posibilidad de sobrevivir en un combate cuerpo a cuerpo con mi gansmo en plenitud de su buen estado físico.

- Nos vamos.- me ordena Alex.

Ni tan siquiera me planteo hacer lo contrario, mi cuerpo se mueve sin recibir ninguna orden de mi cerebro.

- Quédate.- me suplica Dani, levantándose tras de mí y sujetándome por el brazo.

- ¡No la toques!- brama Alex y posando sus manos sobre el pecho del vampiro le da una descarga eléctrica que le deja medio frito como un pollo, sale disparado hacia atrás, choca contra la mampara y el cristal explota en mil pedazos.

Miro al gansmo, un poco asustada, su rostro parece el de un asesino, por ese motivo me abrazo a él y le suplico que me saque de aquí, me lleva a su casa. Reconozco que me ha echado la bronca del siglo, pero debo admitir que me ha dado absolutamente igual porque ha hecho lo que yo quería que hiciera, mantenerse a salvo.

- ¿Sabes algo?- inquiero al cabo de un rato, lo que merece una enfurruñada mirada verde.- En este preciso momento, eres el chico más irritante del planeta.- vuelve a fulminarme con la mirada, negándose a hablar.- Y cabezota, superficial, arrogante, antipático, antisocial, cascarrabias, extremista...

- ¿Estás segura de que me quieres?- me interrumpe hoscamente.

- ... y - recalco con énfasis, ignorándole.- muchas otras cosas buenas que no voy a decirte para que no se te suba el ego...

- Si resulta que tengo de todo menos ego, soy un fracasado.

- ... pero con todo eso y mucho más, te amo.

Es cierto que hace muy poco que estoy con él, pero siento que siempre ha estado aquí, una parte más de mi ser, la imprescindible. Le conozco mejor que a mí misma, le amo por encima de todo, sería capaz de hacer cualquier cosa por él, incluso dar mi vida si fuera necesario.

Frunce el ceño un poco más.

- Nunca pediré tu vida a cambio de la mía.

- ¿Crees que será necesario que la pidas?- le pregunto ligeramente divertida.

Nos miramos fijamente unos segundos, fusionando nuestras almas sin necesidad de palabras. Deseo algo que de antemano sé que no va a darme y no comprendo su rechazo, de verdad que no. Observo su rostro pálido y perfecto, una extraña ternura se apodera de mí y recorre mi cuerpo como un torrente de fuego líquido.

- Bésame.- le pido, desesperada por sentir sus labios sobre los míos.

- Tesa, sabes que...- tomo su rostro entre mis manos y le beso, absorbiendo sus palabras con mi boca y de nuevo explota la magia entre nosotros. Vuelvo a derramarme como lluvia cristalina, pero en esta ocasión es diferente, porque las gotas de cristal que quedan de mí, son arrastradas por un torbellino de sensaciones que me hacen girar en espiral. Antes de darnos cuenta, estamos tumbados sobre el sofá chocolate, sin camisetas, intentando absorber el alma del otro en cada beso.

No tengo dudas sobre lo que voy a hacer porque siento su deseo y su amor tan intensos como el propio, de modo que no son las dudas las que me obligan a salir del torbellino de sensaciones para detenerle; en toda mi vida me había costado tanto hacer algo.

- No.- susurro sin aliento y en cuanto esa palabra sale de mis labios, el cuerpo de Alex se petrifica.

Lo que me obliga a detenerle es la oculta aversión que siente hacia sí mismo.

- No quieres.- afirmo en un jadeo.

- No seas ridícula.- frunce el ceño, molesto.

- Realmente no sé de donde saco fuerzas para parar, - trago saliva en seco.- pero quiero que pares porque...- sonrío.- montaña, nieve, cabaña.

Hunde el rostro en mi cuello, luchando contra la fuerza oscura y desconocida que domina su corazón. El interior del colgante que pende de mi cuello palpita con angustia.

- No voy a permitir que las tinieblas te absorban,- le prometo en un susurro, conozco sus temores más profundos.- Te prometo que si te hundes, iré tras de ti y te sacaré de donde te encuentres aunque para ello tenga que volver de entre los muertos. ¿Me has entendido?

Me besa la mandíbula con una débil sonrisa.

- Sí, mi señora.

CAPITULO 12: UN VESTIDO, UNA BODA Y UNA LÁGRIMA.

Entro en su piso de espaldas, intentando fingir enfado, pero con esa preciosa sonrisa delante de mis ojos no hago más que fracasar. Suelto el bolso, cae con un golpe seco, me quito la chaqueta y la tiro sin dejar de caminar hacia atrás.

- ¿Qué voy a ponerme?- exclamo - Esta tarde se supone que vamos a una boda y no me has dejado ir de compras por miedo a que Balmernia y Mani "me maten".- me burlo.

- No se "supone" que vamos a ir a una boda, vamos a ir, no puedo faltar.- me sujeta por los hombros y me obliga a girar para empujarme hacia su desordenada habitación.

- Pues voy a ir en bragas, porque no tengo nada.- replico con acidez.

Resuena un agudo chillido excitado. Balmernia.

- ¿Qué hace Balmernia en tu habitación?

La diminuta gansma se coloca de un salto a mi lado y enlaza su bracito con el mío, es tan frágil.

Alex resopla incrédulo, dudando de que esté en plenas facultades mentales.

- Vete.- le ordena autoritariamente Balmernia.

- Quien da las órdenes soy yo, recuérdalo.

- Ahora las jefas somos Mani y yo, tú estorbas "señor solo visto de negro y rojo."

- No pienso marcharme, si queréis hacer algo con mi novia será en mi presencia.

- Alex, cariño,- Mani rodea los hombros de mi gansmo con un brazo muy moreno y pega su frente a la cuadrada mandíbula de mi chico.- ¿olvidas que sé dónde guardas tu colección de cromos del Real Madrid?

Da un respingo.

- No importan.

- ¿Seguro?- Balmernia hace un pucherito- En ese caso me temo que tendremos que quemar el cromo de Emilio Butragueño autografiado por él.

- Sois...

- ¿Guapas, bellas, hermosas, divinas, autenticas preciosidades?- inquiere Balmernia con una dulce sonrisa.

- Sois más feas que Froseisa.- sonríe maquiavélicamente y desaparece de la habitación cerrando la puerta con rapidez antes de que una lata de tomate frito se estrelle contra ella.

- Mmmm... Yo creo que el color le va a quedar estupendo.- murmura Mani mirándome con aire crítico, ignorando el enfado de Balmernia que se le pasa en cuanto la pelirroja menciona mi vestido.

- Sí, tiene una piel preciosa, no es tan morena como la tuya ni tan pálida como la de Alex, Gruneil o Froseisa y hablando de Froseisa, -exclama como si recordara algo.- sus mas sinceras disculpas por no estar aquí, pero es que la novia es su hermana.
- No...
- ¡A vestirte!- chilla la pequeña gansma interrumpiéndome, sus enormes ojos lilas brillan llenos de excitación. - Vas a eclipsar a la propia novia, te lo aseguro.- afirma Mani.
- Si se parece a su hermana lo dudo.- resoplo.
- ¡Oh, no! Es más guapa Lairem que Froseisa, pero no tanto como tú, al menos podemos presumir de tener a la cuñada más guapa del mundo.- se consuela Balmernia con un suspiro.- ¡Quítate la ropa, venga!- me urge dando palmaditas.
- ¿Puedo pasar ahora?- grita Alex desde el otro lado, nuestra respuesta es rotunda y al unísono.
- ¡NO!

Ambas me miran con la boca abierta.
Tampoco es para tanto, pienso mientras observo mi imagen reflejada en el espejo de cuerpo entero.
Me han recogido el pelo en un laborioso moño en lo alto de la cabeza con las plumas de mis extensiones sobresaliendo de forma estudiadamente alocada. Una tira del, si se le puede llamar así, top turquesa de tela arrugada se ajusta a mi espalda, se cruza en mis pechos y se ata al cuello, la falda es de tiro bajo, hasta los pies y amplia del mismo tono turquesa que el top. Unos brazaletes de oro blanco con turquesas engarzadas adornas mis muñecas y una pequeña lágrima mi entrecejo, las altísimas sandalias son una autentica preciosidad y del mismo material que los brazaletes.
- Alex... se muere.- susurra Balmernia con una amplia sonrisa de satisfacción. Me agarra del brazo y tira de mí hacia el salón, donde espera Alex.- Mani ponte el verde.- le indica por encima del hombro.
No se qué esperaba que vistiera Alex, lo que no imagina ni en sueños era que llevara algo tan... normal como es un traje y una corbata negra.
Dios, lloriqueo muerta de envidia pero llena de satisfacción, ¿por qué es tan condenadamente perfecto?
- Estás... absolutamente preciosa.- susurra intensamente, su mirada se clava por unos segundos en la lágrima que adorna mi entrecejo, mira brevemente

a Balmernia y le sonríe, después su ojos vuelven a mi, me recorre de arriba a abajo. Me sonrojo ante su adoradora mirada.

- *Es* preciosa.- le corrige la pequeña gansma. Le atizo un codazo, pero lógicamente me duele a mí.

- Completamente de acuerdo.- asiente Alex.

Balmernia revolotea a mi alrededor, sonriente, parece que va a explotar de satisfacción y entonces, me da un ligero empujón por culpa del cuál me veo obligada a dar una larga zancada y la abertura de la falda se abre, mostrando mis piernas casi al completo, esto es lo único que no me gusta, la falda tiene demasiada raja. Los ojos de Alex se abren como platos y su nuez sube y baja con rapidez, la diminuta gansma suelta una aguda risita.

- Va siendo hora de que vosotros os marchéis, como padrino de la boda debes llegar con el novio,- exclama Balmernia, tan nerviosa que es incapaz de hablar despacio y en un tono de voz menos agudo.- y recuérdale al inútil de tu amigo que debe colocarse *debajo* de la lámpara de flores, ¡¿Me estás haciendo caso?! - se pone a su lado y le zarandea.- Debajo.- chilla desesperada, pero en este momento es solo mío, tan solo tiene ojos para mí. Tiende su elegante y poderosa mano, ¿cuantas vidas habrán segado estas manos?

- Ven,- me pide- quiero mostrarte algo.

Poso la mano sobre la suya e inmediatamente cierra los dedos entorno a los míos, abre un portal y tira de mí suavemente para hacerme cruzar la suave plata líquida. Lo que hay al otro lado... es tan hermoso. Veo un precioso e infinito cielo de terciopelo negro estrellado con luces doradas, una suave brisa me trae el aroma de las flores más deliciosas que puedan existir

- ¿Te gusta?- inquiere Alex a mi lado, estrechando mi mano con fuerza.

- Es...-algo dentro de mí se remueve, como si quisiera explotar- ...asombroso.

- Es mi sistema solar.- afirma con orgullo mal disimulado.

Le miro, pidiendo explicaciones con la mirada.

- Cada estrella es una comunidad gansma y todas pertenecen a Ñourem, mi planeta, hemos creado un sistema solar independiente, con nuestras propias comunidades, incluso creamos un idioma propio y no te preocupes por los idiomas gansmos, los he introducido en tu mente de forma subliminal.

- Pero... hay miles de comunidades gansmas, ¿cómo pueden perteneceros todas?

- En realidad son mías y yo las comparto con mi gente, unas las compré, otras se las arrebaté al Olymdos, les gusta conquistar planetas gansmos y a mí me gusta quitárselos.

- ¿Cuantos planetas forman este sistema solar?

- Un millón y medio, el único que no me pertenece es Ñourem.
- Y de aquí ha salido el ejercito universal.- afirmo asombrada.
- Sí, y de otros sistemas solares, no solo de éste.
- ¿Y tú eres el jefe de todos ellos?- chillo.
- Sí.- repite con una sonrisa.
- ¿Y de entre tantísimos gansmos no hay ni uno solo más poderoso que tú?
Sonríe ampliamente, satisfecho con mi curiosidad.
- Ni que tú cuando te transformes.
Se me cae la mandíbula al suelo, incrédula.
- ¿Y si tú eres tan poderoso para qué me necesitas a mí?
- Mi poder iguala al de Eda e Iván juntos, fusionaron sus poderes, estamos
empatados en todas las luchas.
- ¿Y cuando entro yo en escena?
- Ahora, eres la que va a desequilibrar la balanza, si te unes a ellos reinará el
mal, si te unes a nosotros, todo será paz y felicidad y bla, bla, bla.
- ¿Y si no me uno a ninguno y tú y yo creamos un ejercito independiente?
- sugiero con aire perverso.
- Bueno, en ese caso dominaremos el universo y no habrá nadie con poder
suficiente como para detenernos, pero antes deberíamos librarnos de Eda e
Iván, solo para nuestra tranquilidad futura.
- Eso molaría.
- No me había dado cuenta de lo perversa que eres realmente,- me reprende
con una sonrisa.- y ahora es hora de visitar a mamá y papá, ¡Ah! Lo olvidaba,
procura ignorar a Adán, le gusta fastidiar.
- ¿Quién es Adán?
Gruñe con un disgusto lleno de simpatía.
- Una vampiro y mi mejor amigo.

Todo es tan absolutamente precioso... como si en medio de un prado
inmenso de flores hubieran edificado una ciudad con todos sus edificios
completamente blancos, salvo uno, que es mágico, de diamantes que emiten
mil destellos de colores, oro y marfil, está en la zona más alta de la ciudad,
parece un palacio.
Todo el suelo está cubierto por delicadas flores de llamativos colores que se
mezclan con otras en tonos pastel, el cielo es turquesa con destellos violáceos
que provienen de un sol malva que parece diamante, es tan grande como el
de La Tierra, las nubes son blancas y esponjosas, desprenden luz dorada y

entre la gente revolotean preciosas mariposas y pájaros de todos los colores posibles.

Los árboles forman hileras, acunando calles, los edificios se funden con la naturaleza de forma extraña y hermosa, sin que su presencia altere en modo alguno el idílico paisaje y lejos, muy, muy lejos, veo diminutas montañas grises, que realmente deben ser descomunales para ser vistas desde tan lejos, son la única nota discordante en medio de tal paraíso.

La risa de Alex repiquetea como campanillas mecidas por la brisa veraniega.

- Me gusta que estés realmente maravillada.

Le sonrío, con toda la alegría que reside en mi corazón y le abrazo, sin importarme las miradas curiosas que nos dirigen todos los peatones, supongo que les extraña ver a su príncipe abrazado a una humana con físico de licántropa y olor a futura gansma.

- Tenemos que ir a casa de mis padres, la ceremonia va a celebrarse allí.

- ¿En tu casa?- exclamo alzando las cejas.- O tu casa es muy grande o va a asistir muy poca gente.

Hace una mueca de disgusto, no le gustan las multitudes.

- Me temo que lo primero y no es mi casa,- puntualiza quisquilloso.- es la casa de mis padres, yo me limito a dormir de vez en cuando en ella, me paso la vida en las montañas.- las señala, son la nota discordante.

- ¿Y qué haces allí?

- Entreno a mi ejercito y planeo ataques y defensas, esas montañas por dentro son túneles y cavernas, la base de mi ejercito, las viste cuando vine a buscar a mis capitanes.- mira las montañas con nostalgia,- en ellas les enseño a matar y les preparo para morir, en sus rincones crecieron mis sueños, y de paso yo.- añade con aire resuelto y tira de mi para obligarme a caminar.

Me lleva hacia el palacio de diamantes oro y marfil y a medida que avanzamos me pongo más y más nerviosa. Aprieto la mano de Alex y me muerdo los labios con fuerza.

- Deja de morderte los labios.- me reprende sin mirarme.- Vas a hacerte daño.

Cruzamos las altas puertas, mi corazón retumba contra mis costillas, mi respiración se agita, las rodillas me tiemblan.

Avanzamos por el vestíbulo blanco, en el centro hay unas escaleras de caracol de... *diamante*. Esto es el colmo de la extravagancia. Estoy tan nerviosa que creo que voy a desmayarme, eso sí que sería el colmo.

- Relájate,- me susurra.- no van a morderte, bueno, -hace una mueca- puede que Adán lo intente, pero no voy a permitir que te toque.- me guiña un ojo y sonríe.

Siento que toda la ansiedad se esfuma, se escurre de mi cuerpo y forma charco a mis pies sobre el que bailo.

Paro en seco en cuanto la veo, está de pie en lo alto de la escalera de caracol de diamante, es alta, esbelta, joven y hermosísima, lleva el cabello negro recogido, su cuerpo color crema está cubierto por un vestido greco-romano cereza, brazaletes de oro blanco en forma de espiral se enroscan desde sus muñecas hasta sus hombros y dos estrellas plateadas adornan las comisuras de sus inmensos ojos azules. Es tan bella que incluso parada en lo alto de la escalera, intimida. Su porte es altivo, de reina, la expresión de su rostro regia, parece que no ha ido al baño en tres días.

Alex se atraganta con su propia risa y llama la atención de la mujer, que frunce el ceño con delicadeza.

- Acabas de llegar y ya te estás riendo de mí.- le riñe.

- Eso parece, madre.

Doy un respingo, ¡¿MADRE?! Pero si tendrá unos veinticinco años como muchísimo.

"Setenta y ocho" Me corrige mentalmente mi gansmo.

Antes de que incluso pueda reaccionar, sus inmensos ojos azules se posan sobre mí.

- ¿Es ella?- pregunta con frialdad.

- Sí.- afirma Alex sonriéndome, y el rostro de la mujer cambia por completo, pierde la frialdad absoluta y se llena de dulzura, utiliza la velocidad gansma para colocarse frente a mí en un segundo.

- Hola, -me susurra con ternura, como si fuera el bebé que acaba de dar a luz y me abraza.- Llevamos mucho tiempo esperándote.

Miro a mi gansmo un poco confusa, este se encoge de hombros y pone los ojos en blanco.

- Es una anciana senil.

- No me trates con condescendencia, por muy poderoso que seas y muy independizado que estés, continuo siendo tu madre, tengo poder sobre ti.

- Si tú lo dices.- bufa con indiferencia, la mujer suspira con resignación.

- Bueno, cielo, - enlaza su brazo con el mío y me arrastra con suavidad escaleras arriba, alejándome de Alex, le miro mientras me obliga a entrar en un corredor.- Vamos a ver a la novia, por cierto, me llamo Ana, pero puedes llamarme Reina Ana.

- Ah, vale.- se ríe, su risa es parecida a la de mi gansmo.

- Es broma. Te has metido en un buen lío al enamorarte de mi hijo, intenta ser intocable, pero tú le haces ver cómo son las cosas en realidad, ¿alguna vez te ha dicho que te quiere?

Me atraganto con mi propia saliva, ¿todas las madres preguntan los mismo? pues yo no estoy capacitada para tratar con madres de novios, lo digo en serio.

- No te avergüences al responder a mi pregunta, cielo, sé que soy muy indiscreta, mi marido me lo repite muy a menudo, pero necesito saber si mi hijo ya ha desnudado su corazón ante ti.

- Eeeeh, - trago saliva.- pues,- balbuceo un poco, ella sonríe para darme ánimos.- sí. - no ha sido para tanto... ¡oh, Dios, que alguien me mate, por favor!

- Entonces es que te quiere de verdad, mi hijo no dice algo que no sienta, y es muy reservado.- se encoge de hombros, dando por zanjada una conversación que si siquiera debería haber tenido lugar.

Paramos ante una puerta de marfil, con el pomo y los detalles en oro.

- Alex me robó una y no quiere devolvérmela.- murmura Ana con nostalgia.

Abre la puerta y entramos en una habitación inmensa atestada de mujeres que revolotean de un lado para otro, todas exquisitamente bellas y están elegantemente vestidas, ninguna lleva brazaletes ni adornos en la cara como Ana o yo.

La preciosa habitación, completamente blanca, ha sido invadida por todo tipo de ropa informal de todos los colores posibles, ropa que según se han ido quitando para ponerse los lujosos vestidos, han ido dejando esparcida sobre sillas, cama, diván...

En cuanto entramos, todo movimiento se detiene y doce pares de ojos se clavan en mí, incluidos los rosas de la novia.

- Tengo el honor y el placer de presentaros a Tesa, mi nuera, la novia de Alejandro.- anuncia con una orgullosa sonrisa mi... suegra.

Comienzan a hablarme a la vez de un modo tan precipitado que me asustan un poco, en realidad me inquieta una gansma en particular, sus ojos negros como el carbón me fulminan con un odio irracional, a no ser que esté enamorada de mi gansmo, en ese caso es muy racional. Tras fulminarme con la mirada se marcha dando un portazo que silencia las demás chicas, tan solo Froseisa reacciona con la suficiente rapidez para evitar un silencio incómodo.

- Hola, Tesa, - me sonríe, es hermosa.- esta preciosidad es la novia y mi hermana.- anuncia con orgullo, posando sus elegantes manos sobre los hombros de la gansma que está sentada en un taburete frente a un gigantesco tocador.

Realmente es una preciosidad, largo cabello color vainilla, ojos rosa claro, menuda y exótica. Vite un precioso vestido de novia blanco, de cuello sirena y cubierto de pedrería que desprende destellos rosas.

- Veo que Alex tiene muy buen gusto.- afirma la bella gansma mientras Froseisa le recoloca el moño y la tiara rosa palo.
- Ehhh... ¿gracias? - inquiero sin saber muy bien qué decir, me encuentro fuera de lugar.
La chica sonríe y su rostro resplandece como un diamante al sol.
- Lairem no te muevas.- le pide Froseisa añadiéndole al moño diminutas perlas.
- Bueno, chicas, os la dejo aquí, cuidádmela por favor.- les pide Ana con dulzura antes de marcharse a toda velocidad. Realmente Ana es mucho más joven que todas las presentes salvo yo ¡y tiene setenta y ocho años!
- Acércate, no te quedes ahí parada como si fueras una extraña,- me indica Lairem.- no voy a morderte... aún.
(¿Acaso no soy una extraña?)
Las chicas sueltan unas risitas divertidas.
- Su futuro esposo es un vampiro que desertó del Olymdos y se vino con Alex a la comunidad.- me explica otra gansma de cabello morado.
Me acerco un poco, incómoda y al rato me siento como en casa, son simpáticas, alegres y parlanchinas, en seguida me hacen un hueco en su club, en el que faltan Mani y Balmernia, al parecer esta última es la oveja negra de la realeza, inconformista, desobediente, liberal...
Según me han explicado, va a asistir muchísima gente, ya que es una boda Real y los reyes amigos de otras galaxias están invitados, junto con los dirigentes de las comunidades gansmas del sistema solar de Alex y la familia de los novios, del novo más bien poca y el único lugar lo suficientemente grande para albergar tantísima gente es el palacio de los padres de mi gansmo y tíos de la novia. La ceremonia va a celebrarse en los jardines del palacio. INMENSOS.
- Entre tanta gente no voy a poder encontrar a Rimasly ni a Vernire.
- ¿Quienes son esas?- pregunta Lairem confundida.
- Sus protectoras antes de que llegara Alex.- explica Froseisa a las demás.- Ellas no están invitadas, Tesa, son simples guerreras, no realeza.
¿Continuas viva?
Sonrío al escuchar ésa voz que provoca que un cosquilleo recorra mi espina dorsal.
¿Por qué no vienes a comprobarlo? Le pregunto.
No hay nada en el mundo lo suficientemente valioso para obligarme a entrar en una habitación llena de mujeres en víspera de una boda, ni siquiera tú, cariño.
Una nota de horror tiñe su voz.

¿Y tú eres el gran Alejandro Maxgrim? Te aseguro que no es para tanto, son muy divertidas.

Y muy cotorras. Refunfuña.

¿Qué estás haciendo tú?

Me lo nuestra, me río, todas me miran, pero al comprender que estoy hablando con mi gansmo a través de la conexión vuelven a lo suyo.

¿Jugáis a la brisca en la víspera de la boda con el novio? Exclamo deseando matarles, están locos.

Es póker. Me corrige con retintín. *¿Y qué queríais que hiciéramos? Tardáis mucho.* Protesta.

Solo llevamos una hora y media. Replico sorprendida.

Comprueba la diferencia, Max, el novio, tan solo ha tardado diez segundos, vosotras estabais todas listas, no necesitáis maquillaros y ellas son gansmas, lleváis una hora y media ahí encerradas, es científicamente imposible que tardéis tanto.

Bueno... no es imposible. Oye, hay algo que me ha intrigado, ¿por qué tu madre y yo somos las únicas que llevamos brazaletes y adornos en la cara?

Sois las únicas reina y princesa, respectivamente. Afirma, como si eso lo dejara todo.

¿Y?

Pues que las lágrimas en el entrecejo y brazaletes en las muñecas son las señas distintivas de las princesas, y las estrellas en las comisuras de los ojos y los brazaletes en forma de espiral son los estandartes de las reinas, por decirlo de algún modo.

Es práctico, no tienes que andar preguntándote quién es qué.

¿Algo más que deba saber?

Creo que sí... parece titubear...*todas las mujeres que vayan vestidas de turquesa o fucsia...*

Yo voy de turquesa. Le interrumpo. *Eso también quiere decir algo, ¿verdad?*

Básicamente... que estás prometida.

Pero tú y yo no estamos prometidos. Le recuerdo.

Quería asegurarme de que nadie se fijaba en ti de una forma que no me gustará en absoluto, además, fue idea de Balmernia, para evitar que revoloteara a tu alrededor durante toda la boda para ahuyentar a los moscardones.

No seas bobo, nadie va a fijarse en mí.

Cariño, hoy todo el mundo va a estar observando cada paso que des, recuerda que eres la prometida de Alejandro Maxgrim. Tengo que dejarte, viene Adán, Dios, va a caerte fatal. Se lamenta antes de cortar la comunicación.

La voz de la novia tiembla, los ojos del novio relucen como estrellas. Todo es tan hermoso, las flores flotan movidas por una ligera brisa que trae con sigo polvos de oro y olores deliciosos a flores dulces; de las manos entrelazadas de los novios brota un destello rojizo, prueba de que su amor es verdadero.

- Te entrego mi alma, mi corazón, mi mente y mi cuerpo, - recita la novia en una sinfonía que brota desde las profundidades de su ser.- te entrego mis día y mis noches, te entrego mis deseos y todas mis pasiones, te entrego mi vida, te juro amor eterno.

Balmernia, sentada junto a mí, comienza a llorar, Froseisa la consuela. Alex me mira y el amor que brilla en su mirada me corta el aliento, utiliza la conexión para rodearme de él, de su ternura, de su pasión, me invade tal dicha que siento que voy a explotar.

Mira a Balmernia.

La miro por el rabillo del ojo, las lágrimas brotan de sus ojos y según resbalan por sus mejillas... se cristalizan. Caen una tras otras, formando una montañita de amatistas sobre la falsa de su vestido lila.

¿A ti también te pasa eso cuando lloras?

Supongo que sí, aunque no puedo confirmarlo, nunca he llorado.

Me quedo sorprendida y le miro, su rostro se ha vuelto impasible y el novio comienza a recitar sus votos.

- Acepto tu ofrenda y a cambio te ofrezco que cojas de mí todo aquello que quieras para ti, cuida mi alma o destrúyela, salva mi vida o deja que se extinga, como propiedades tuyas, puedes hacer con ellas lo que te plazca, solo espero con toda la intensidad que habita en mi ser, que decidas amarlas tanto como yo te amo a ti.- susurra con intensidad, entonces una gruesa lágrima resbala por la comisura del ojo de Lairem, se cristaliza y cae.

Miro a Alex, está sonriendo de forma pícara, pero no a mí, sino a alguien que hay entre la multitud, de pronto todo el mundo se sobresalta, varios gansmos se ponen en pie gritando:

- ¡Se ha perdido la lágrima!

En mitad del pequeño revuelo suena una voz arrogante, hipnótica, con un deje divertido y confiado.

- La tengo yo.- todos miran al portador de esa preciosa voz.

- ¡No te has movido, traidor!- le acusa alguien.

Doy un respingo, Balmernia frunce ferozmente el ceño y Mani hace ademán de levantarse, pero Gruneil la obliga a sentarse sujetándola con fuerza por el antebrazo, Alex no se inmuta. Es extraño que le hable de esa forma, y más siendo quién es, pero él se lo deja pasar porque realmente es un traidor, se casó con la enemiga, les traicionó por el Olymdos, la gente no olvida y mucho menos los gansmos.

Alex extiende la mano, en su palma centellea algo.

- ¿Y como se supone que la he cogido si no me he movido? - arquea una ceja que se pierde entre los mechones negros que le cubren la frente, el novio se ríe.

- Por eso eres mi padrino, aunque todos se opusieran.- añade mordazmente, mirando a los invitados. Durante varios segundos se extiende la tensión por el jardín.

- ¿Siempre pasa lo de la lágrima?- le pregunto a Balmernia en voz baja, intentando aliviar parte de la tensión que hay en ella, no para de mirar hacia atrás para fulminar con la mirada a quien ha llamado traidor a su hermano.

- No, solo hoy - responde en tono bajo, aunque aquí todo el mundo está escuchando la conversación, tienen un súper oído, yo, en comparanza, estoy sorda como una tapia.- nadie quería que Alex fuera el padrino, no le consideran digno de ello, pero no les importa que les salve la vida, panda de hipócritas.

- Además, hay demasiados invitados, y no todos confían en Alex por completo, -añade Froseisa a su vez.- lo mejor es que asista poca gente, cuando Gruneil y yo nos casemos ni tan siquiera asistió Alex.

- Puede que no asistiera porque aún no existía.- replica Balmernia con la paciencia acabada.

- Prosigamos.- ordena el sacerdote.- Entrégame la lágrima, Alejandro.

- Este fue el que le casó con Eda.- cuchichea Balmernia.

Aprieto los dientes con fuerza.

- Bien, esta lágrima rosácea representa vuestro amor, por ese motivo debéis cuidarla con esmero, si se rompe, lo que sentís el uno por el otro desaparecerá, de modo que os aconsejo que la cuidéis como lo que es: la más delicada de las reliquias.- guarda la lágrima en una bolsita de terciopelo rosa y se la entrega al novio. - Amaos para siempre.- todos se ponen en pie y estallan en aplausos.

Yo permanezco sentada, sujetando la piedrecilla roja que pende de mi cuello, brilla con más fuerza que nunca, me transmite tal ternura que la beso y sonrío. Es el corazón de mi gansmo, he de cuidarlo con mi propia vida y estoy en la obligación de evitar que la visión que tuve en la playa se cumpla.

A pesar de que ha habido tanta gente ha sido una boda preciosa; la ceremonia, el banquete y el festejo han estado plagados de amor, risas y alegría. Los novios se han ido de luna de miel a una comunidad gansma parecida a Canarias, o eso me ha dicho Alex en los pocos minutos que me han permitido estar con él. Ha sido un no parar, todo el mundo quería bailar con migo, ser presentado formalmente, compartir una broma... mientras los ojos de los demás estaban clavados en mí constantemente, he bailado con todo el mundo menos con el padre de Alex y su amigo, Adán, ni siquiera los he visto.

Me dejo caer en la cama, son las cinco de la madrugada, pero estoy tan cansada que dudo que pueda dormir.

Tan solo he compartido un baile con Alex y cuando Gémigro nos ha separado me he querido morir, incluso le he pisado a propósito varias veces mientras bailábamos, él se ha divertido de lo lindo.

Me quito las sandalias gimiendo de placer y dolor a la vez, necesito darme un baño de agua caliente para descansar, pero no me apetece prepararlo.

- Yo puedo prepararlo en tu lugar.- me sugiere una voz sensual y ligeramente ronca desde la puerta.

- No. Quiero que te tumbes a mi lado y duermas con migo.- palmeo la cama con impaciencia.

Se ríe de forma misteriosa y un segundo más tarde escucho el sonido del agua del grifo de la bañera y él ya no está apoyado contra la puerta.

Me quito las orquillas del pelo, la ropa, las joyas, todo salvo las braguitas turquesas.

- Ya está listo.- me llama.

Entro en el baño, palidece un poco, traga saliva en seco, se atraganta y sus ojos chisporrotean. De espaldas a él me quito las bragas y me sumerjo en el agua humeante de la enorme bañera, donde mezclados con la espuma flotan pétalos azules moteados de fucsia, vuelvo a la superficie y me quito el agua de la cara, Alex continua con la mandíbula en el suelo.

Me río y alzo una ceja, cojo un poco de espuma en mi mano y soplo en dirección hacia él.

- Me encantas.- susurra con intensidad.

- Me alegro.- disfruto durante unos minutos del efecto calmante del agua, cierro los ojos.- Me gusta eso de que las alianzas sean pulseras con una perla, cada matrimonio la lleva de un color, ¿verdad?

- Sí, aunque siempre hay varias del mismo color, -se queda pensativo un momento- salvo negra, nadie quiere la perla negra.

Abro los ojos y los fijo en su rostro perfecto, se lame los labios mientras mira los míos.

- ¿Qué te ha parecido mi madre?

- Es cariñosa, me gusta.

Hace una mueca de incredulidad.

- Creo que no he oído bien, debo estar sordo, ¿has dicho que mi madre te gusta?
- Sí, -me río y le saco la lengua - y me gusta más que tú. ¿Sabes? No he conocido a Adán.

Sus carnosos labios se estiran en una sexy sonrisa.

- Él también me lo ha dicho, - hace una mueca - él ha añadido que olías deliciosamente bien para llevar sangre de perro corriendo por tus venas.
- Vaya, dale las gracias de mi parte. - se ríe - Te he extrañado durante todo el día.- susurro deseando que me bese.

Antes de que me pueda dar cuenta, está arrodillado junto a mí y me está besando.

El beso es voraz, recrea la explosión de una estrella.

- Llevo todo el día deseando hacer esto.- afirma con voz ronca, con su frente pegada a la mía. Mis brazos rodean su cuello y mis pechos desnudos se aplastan contra su propio pecho cubierto por una empapada camisa negra.
- ¿Cómo puedo amarte tanto? - le pregunto, sin comprender del todo la intensidad de nuestro amor.
- No te voy a perder.- me promete.- No importa lo que vimos, el futuro es nuestro.
- Lo sé.
- No podría vivir sin ti, pequeña. - susurra con agonía al tiempo que sus ojos se llenan de sufrimiento.
- No te voy a dejar tan fácilmente, te prometo que volveré de entre los muertos si es necesario, pero nunca, jamás, te abandonaré.- le estrecho con más fuerza.- Quiero pasar la noche con tigo.- se tensa.- ¿Qué pasa, Alex?
- No puedo tratarte a ti como si fueras Eda, no quiero que nada sea igual. Tú eres diferente, debo y quiero tratarte como la princesa que eres.
- Vale.- acepto con un hilo de voz, al borde las lágrimas por su rechazo.
- Compréndelo, - me suplica - solo quiero esperar a que nos casemos.
- ¿Y a qué estamos esperando?

Separa su frente de la mía para poder mirarme a los ojos.

- Buena pregunta. - arquea las cejas - ¿Quieres casarte con migo?

Sinceramente, no esperaba que me pidiera matrimonio, tengo dieciséis años.

- Muy buena pregunta.- afirmo. Se ríe.

Alex: altísimo, fornido, pelo negro, ojos verdes, piel pálida, labios rojos, bellísimo.

Padre de Alex (Tarmaním): alto, esbelto, rubio, ojos verdes, piel morena, labios rosados, guapo.

Carácter Alex: antipático, indiferente, mirada dura y descarada, sonrisa burlona y amarga.

Carácter de Tarmaním: Simpático, bondadoso, dulce.

PDT: Alex me quiere.

PPDT: Tarmaním, no.

Como puedes comprobar, Alex y su padre no se parecen en nada salvo en el color de los ojos.

- Bueno, al fin conocemos a la única mujer capaz de arrastrar a mi hijo a La Tierra.

Alex me rodea los hombros con el brazo en el mismo momento en el que su madre entra en el salón, seguida de Balmernia y Mani.

- Quiero anunciaros algo, - le sonrío - Tesa y yo...

El agudo chillido de Balmernia le interrumpe, se abalanza sobre nosotros y me tira al suelo, Alex se ve arrastrado en su intento por no dejarme caer.

- ¡AL FIN! - chilla besuqueándonos, Alex se retuerce intentando librarse de su abrazo, pero la renacuaja parece un pulpo. Noto el peso de Mani sobre nosotros.

- ¿Qué hacen? - pregunta Tarmaním atónito.

- ¡¡¡FE.LI.CI.DA.DES!!! - chilla Froseisa entrando en el salón saltando como una loca.

- ¡Ay, Tarmaním! - lloriquea Ana - ¡Van a casarse!

- Balmernia, me estrangulas.- siseo con sus tentáculos entorno a mi cuello.

En seguida Alex arranca las manos de la pequeñaja de mi garganta.

Adán entra en la habitación de Alex, quién está parado frente al ventanal con las manos en la espalda.

Adán es alto y esbelto, de piel lechosa, su cabello rubio platino siempre está peinado hacia atrás, sus cejas son igual de pálidas que su cabello, casi no se le distinguen y bajo ellas brillan unos gigantescos e inquietos ojos del color que cubre el cielo tras una tormenta y comienzan a salir los primeros rayos de sol, gris perla.

- En estos casos, ¿se da la enhorabuena o el pésame?- inquiere burlonamente el sexy vampiro.

Alex se encoge de hombros, indiferente, silencioso.

Adán se apoya contra la puerta, cruza los brazos y los tobillos, procurando que no se le arrugue la ropa. Viste un pantalón de pinzas negro, zapato abotinado a tono, inmaculada camisa blanca con las mangas arremangadas y los faldones por fuera, chaleco de seda gris perla abierto, un diamante brilla en su oreja izquierda.

- ¿Recordando amores pasados?

El joven gansmo suspira y el vampiro detecta sus pensamientos sombríos, si fuera un gansmo telépata no habría podido leer esos pensamientos porque Alex mantiene su mente bloqueada a las intrusiones externas, pero Adán lee la mente utilizando una frecuencia diferente, contra la que no hay bloqueo posible.

Ve la visión que vio que ella, ve la muerte, ve las dudas del joven, sus miedos, su desesperación y la terrible agonía que le produce pensar que existe una pequeña posibilidad de que el futuro que vio Tesa se cumpla.

Camina hasta su joven amigo y le mira, su rostro de líneas elegantes, sensuales y pícaras, ahora permanece inexpresivo, como si no estuviera retorciéndose de angustia.

- Sabes que está protegida.- le recuerda el vampiro.

Alex mete las manos en los bolsillos de sus vaqueros negros, es el único movimiento que efectúa, finge no escuchar.

- Deja de regodearte en la miseria, sabes que también me arrastras a mí por ella. Cabrón. - Alex sonríe brevemente.- ¿Donde está ella? - inquiere al fin.

- De compras con Mani y Balmernia.- responde en un tono de voz monocorde.

- No es mi destino conocerla, eso está claro, ¿qué piensa de la visión?

- Nada, es como si la hubiera olvidado, parece no interesarle.

- ¿Realmente crees lo que dices? - resopla el vampiro - Alex, es su vida.

Al fin el gansmo le mira, un punto de insolencia brilla en su luminosa mirada.

- ¿Qué quieres decir con eso?

- Que ignoras los sentimientos que te trasmite la conexión. Alex, dentro de poco va a estallar una guerra por ella, una guerra en la que el vencedor se la llevará para hacer el bien o el mal, si es esto segundo, la perderás por Iván, sabes que si se lo propone es capaz de conquistarla y si lo hace, destruirá el alma de Tesa y lo único que a ella le preocupa en este momento es no disfrutar de ti.

- Lo intento - su voz suena extrañamente vacía.- Intento disfrutar de ella todo lo que puedo.

- No lo intentes y hazlo.- le exige Adán.

Permanecen en silencio largo rato, observando la belleza de la comunidad que se extiende ante ellos, la habitación del gansmo tiene las mejores vistas de toda la ciudad.

- Reúnete con migo en la sala del consejo después del atardecer. - le pide a Adán.

- ¿Para qué?

Alex le vuelve a mirar, su mirada es inhumana, brilla con la fuerza de la nada, brilla de un modo extraño, como si al fin tomara conciencia de quién es realmente.

- Ya sabes para qué.

Adán se estremece, lejos de Tes, Alex está muerto por dentro.

Me río, estoy un poco asombrada pero muy divertida, Balmernia está loca y es una experta en moda, sabe lo que va a quedarte bien o mal con tan solo mirarlo, y hemos fundido las tarjetas de crédito de Alex.

Me gusta este mundo, se parece a La Tierra aunque mucho más puro, realmente necesito contaminación para vivir. Aquí me siento como en casa, despierta en mí emociones que pensé que jamás sentiría, como amor por una amiga. Llevo dos días en Ñiro y ya quiero a los padres de Alex, a sus capitanes, pero sobre todo adoro a Mani y Balmernia, son las amigas que siempre he deseado tener.

Lo que me fastidia es que no quieren tener hijos, quiero ser tía, los casados dicen que es demasiado peligroso, y los solteros dicen: Gémigro que está muy bien como está y Balmernia está buscando a su mitad desde el día en que nació hace tres mil ciento setenta y seis años.

- ¿Qué te gustaría que hiciera para tu boda? - me pregunta Balmernia.

- ¿A qué te refieres exactamente?

- A tu vestido de novia, naturalmente.

- ¿Quieres diseñarme el vestido? - exclamo asombrada y excitada a la vez.

- Si tú quieres sí.- murmura con una timidez impropia en ella.

- Si eres buena diseñadora...- dejo la frase en el aire.

Chilla y me abraza con fuerza.

- Creo que me he enamorado de ti.

- Vas a dejar de amarla cuando te ponga límites. - añade Mani con una sonrisa divertida.

- ¿*Límites*? - gruñe Balmernia alejándose de mí con los ojos entrecerrados.

- ¿No te has fijado en que nunca lleva volantes, ni encaje, ni lentejuelas? - alza las cejas mientras yo miro sin comprender y Balmernia comprende al fin.

- ¿Ni volantes, encajes o lentejuelas? - exclama como si fuera un ultraje no permitir que los utilice en mi vestido.

- Espero que estés de broma.

Lloriquea intentando darme pena, pero estoy decidida, mi vestido no va a ser de princesa, ni muerta.

- Al menos dejarás que organice la ceremonia.- me advierte.

Miro a Mani sin fiarme mucho de la renacuaja.

- Ella solita organizó la boda de Lairem y Max.

- SÍ - afirmo sin dudar.

Balmernia vuelve a chillar y me abraza otra vez, miro a Mani por encima de la cabeza de Balmernia, me sonríe, sus ojos beige brillan con emoción, la luminosidad diurna arranca reflejos dorados de su cabellera de un rojo encendido.

CAPITULO 13: TU OBSESIÓN POR VERME MUERTA RESULTA IRRITANTE.

- Tienes que quedarte aquí con mi madre, tengo que ir a la sala del consejo. - le dice el gansmo a su prometida antes de darle un beso en la frente.
- ¿Algo importante? - inquiere ella preocupada.
- No. - sonríe y alisa la arruga de su ceño con el dedo.- No tardaré. - le promete y se transporta a las montañas.

Toma uno de los túneles blancos que le conducen a la sala del consejo, es la única sala, de entre todas las que hay en las montañas, que tienen puertas. En ella se encuentran los veinte miembros del consejo, también están sus capitanes y Adán, el vampiro más poderoso después de Iván y mejor amigo del líder del ejercito, también se encuentran representantes de la comunidades gansmas más poderosas e influyentes.

Cada uno de ellos está sentado en una de las butacas blancas que forman un amplio círculo en el centro de la enorme sala, columnas doradas les custodian. Camina hasta el centro del círculo, lugar que debe ocupar aquel que haya convocado la reunión.

Siente la presencia de Tersa en su conciencia, la condenada está utilizando la conexión, la inutiliza para que no pueda ver que planea la que espera sea la última batalla.

- Supongo que ya sabéis el motivo de esta convocatoria.- murmura el muchacho girando sobre sí mismo para mirarlos a todos.
- No estamos del todo seguros de lo que propones. - expresa Yubar, el más anciano del consejo y portavoz de la comunidad.
- Eres un muchacho complejo, - afirma con lentitud el portavoz de otra comunidad - joven príncipe, el único que posee la capacidad de bloquear su mente para que nadie conozca tus pensamientos, realmente no nos inspiras demasiada confianza.
- Eso es algo que todo el mundo sabe, no es necesario explicarlo, - le taladra con la mirada - ¿a dónde quieres llegar?
- Queremos que nos expliques con tus propias palabras lo que pretendes, no sabemos a qué atenernos si no conocemos tus pensamientos. - dice otro.
- Es una petición lógica, pero del todo innecesaria ya que iba a proceder con la explicación. Si vamos a la guerra debéis conocer los motivos que nos llevan de cabeza a ella.
- No des nada por hecho, puede que no te apoyemos.- le advierte Yubar con frialdad.

Están todos en su contra, solo le tienen en cuenta porque por él están vivos.

- ¿Y os arriesgaríais a perder al único que impide que seáis destruidos? - alza una ceja con arrogancia. Todos los líderes desvían la mirada, sus capitanes y Adán sonríen con satisfacción.
- Procede. - le indica Tarmaním con un gesto de la mano.
Toma aire lentamente y cruza su mirada con Adán antes de comenzar a hablar.

Los bellos y esmeraldinos ojos de Eda se clavaron en Iván, el vampiro le devolvió la fría mirada con indiferencia.
- ¿Ya sabes lo que pretende? - le preguntó a la bella bruja vestida de rojo con una capa negra.
- Por muchos años que pasen, una parte de él siempre será mía, no puede ocultarme nada porque no sabe que mantengo la conexión inalterada.- sonrió con malicia, pero su bello rostro mostraba una expresión de inocencia y bondad, se acarició el sedosos y largo cabello negro a tono con el traje de Iván, en un intento de mantener la calma que amenazaba con desaparecer ante la ira que sentía.
- ¿Y qué pretende? Iván se deslizo al suelo, dejando atrás el alto diván de bruma, este tomó su forma original. - ¿Matarnos? - caminó hasta situarse tras ella, con la voluble bruma blanca lamiéndole las piernas y le susurró al oído.
- No puede. ¿Tal vez intentará llevársela muy lejos de su mundo para ponerla a salvo? sabe que eso tampoco servirá, el tiempo y el espacio es nuestro, allí donde la esconda terminaremos encontrándola. - se rió suavemente, con la esencia de la maldad repiqueteando en su tono.- Aunque puede que se la haya ocurrido darle de beber de la copa sagrada para acelerar su transformación, pero la matará, no se puede presionar a un gansmo para que se transforme cuando a uno le venga en gana, y eso también lo sabe, ¿verdad?
Eda se giró para mirarle con una dulzura no fingida, de la que no podía desprenderse, era su maldición.
- No le subestimes, recuerda que son necesarios todos nuestros poderes fusionados para igualar los suyos. ¿Quieres saber lo que va a hacer? - inquirió la bruja - lo que llevamos tanto tiempo temiendo que haga y no ha hecho nunca porque nunca ha estado en verdadero peligro, pero ahora vamos a por lo que ama y valora más que su propia vida, - acarició la Lágrima Del Vampiro que colgaba de su cuello - y no va a permitírnoslo.
- ¿Y qué va a hacer para impedir que nos la llevemos? - arqueó una ceja.
- Pues...

- ...atacarles.- la última palabra de la frase retumba por cada centímetro de la estancia.
- ¿Y como vamos a hacerlo? - pregunta Yubar con sarcasmo - No conocemos la ubicación Del Lugar.

Todo el mundo comienza a hablar a la vez, a gritos, unos contra otros, muy pocos a favor de la propuesta de Alex, pero Adán no se percata de ello, se limita a mirar a su amigo, en silencio, sacudiendo la cabeza al comprender al fin.

El vampiro trasmite la orden de silencio a todas las mentes, cuando el silencio se adueña de la estancia, se pone en pie y se sitúa frente a Alex con las manos en los bolsillos de su pantalón negro.

- Nosotros no, pero tú si lo sabes. - afirma con voz neutra, el gansmo no responde.
- ¿Conoces la ubicación Del Lugar? - pregunta Yubar con un hilo de voz, Alex no le mira, pero asiente levemente con la cabeza. Se pone rojo, lleno de ira.
- ¿Como lo has escondido? - inquiere al fin Adán, ignorando al anciano miembro del consejo, que está tan furioso que no es capaz de hacer otra cosa que no sea balbucear.

Alex sonríe de forma siniestra.

- ¿Nunca pensaste que era muy prepotente por tu parte creer que eras el único al que no podía dejar fuera de mi mente? - alza las cejas y amplia su amarga sonrisa - Solo ves lo que yo quiero que veas.

Adán le devuelve una desganada sonrisa y asiente con la cabeza.

- Aunque conozcas la ubicación Del Lugar, existe un problema. - afirma Yubar muy furioso, rompiendo el pesado silencio que había caído sobre la estancia tras las palabras de Alex. - La Lágrima Del Vampiro.

Un estremecimiento de terror recorre los cuerpos inmortales, con dos únicas excepciones, Adán y el príncipe.

- Sé anular los poderes de esa lágrima.- anuncia este último.

Tarmaním balbucea, conmocionado.

- Si nos enfrentamos a Los Del Olymdos, lo haremos en igualdad de condiciones, yo me encargaré de Eda, Iván y de la maldita Lágrima, vosotros tan solo tendréis que ocuparos del ejército.
- Yo te ayudaría con Eda e Iván, pero mi hija... debo resolver el problema antes de exponerme a que me maten y se quede sola sin saber lo que es.
- Tranquilo, investiga qué era Esmeralda, aunque después de nueve siglos no creo que encuentres nada.

-África es testaruda.

- Muy bien,- Yubar carraspea para llamar la atención de los presentes, mira a Tarmaním, este asiente en un cabeceo casi imperceptible.- enviad la orden a todas las comunidades, entramos en guerra.

Varias horas más tarde, cuando la reunión ha terminado y es madrugada, alguien entra en la habitación de Tesa mientras la chica duerme y sonríe con ternura ante su ceño fruncido.

El intruso se deja caer con la elegancia y el sigilo de una sombra sobre un diván junto a la cabecera de la cama para verla dormir, es tan bella, misteriosa y cascarrabias. Le alegra comprobar que poco a poco los sentimientos despiertan en ella, sentimientos que no se limitan a lo que siente por él.

Se frota el rostro con las manos lleno de preocupación y ansiedad, la hora se acerca, también teme el dolor que va a sentir cuando se transforme, él mismo lo padeció tiempo atrás y aún ahora cuando lo recuerda le dan escalofríos, en ellos el dolor es más atroz que en los demás, a ellos acuden todos los poderes de la raza.

- Tengo miedo al mañana.- le confiesa a la joven dormida. - Nadie siente con tanta intensidad como un gansmo y yo te amo tanto, Tes... - suspira y le aparta un mechón de la frente, sonríe al reconocer el tacto de eso dedos que la acarician - Nuestro camino será duro, princesa, temo no estar preparado.

La futura gansma murmura algo inteligible, ese murmullo despierta curiosidad por los sueños de la joven en él y se interna en ellos.

- Muchos son los que nos persiguen, pocos son los que nos protegen y solo nosotros vamos a luchar hasta el fin, pero todo será como tú quieres.- el cuerpo de la chica emite un destello, la transformación está cerca.

Se tumba a su lado y la abraza con fuerza y ternura, Tes se acurruca contra él, cuando despierte la llevará a ver a sus padres, es hora de visitar La Tierra.

Le da un beso en la frente y la deja disfrutar de su boda soñada.

- Todo será como tú quieras.- le promete en un bajo susurro, la sonrisa de ella se amplía.

Un leve destello de emoción brilla en mi corazón ante la perspectiva de ver a mis padres tras estar tres días sin verles. Es raro, nunca antes me había sucedido algo así, ni siquiera les recordaba cuando recorría España en los campamentos de verano.

Alex abre el portal que nos lleva a La Tierra.

- Mmmm... Madrid me llama. - susurro y lo cruzo a toda carrera arrastrando a Alex tras de mí, se ríe ante mi emoción.

Veo a mi madre y todo parece iluminarse, es como si la viera por primera vez tras cogerle mucho cariño, algo dentro de mí explota y me inunda de amor por ellos. Me abalanzo sobre mi madre y la abrazo con todas las fuerzas de mi alma, ella corresponde al abrazo con la misma intensidad.

- Te quiero.- le susurro al oído y comienza a llorar, entonces me doy cuenta de que es la primera vez en toda mi vida que se lo digo.

Volver a Madrid tras tres días perfectos, culmina la perfección; quiero a mis padres y eso me hace sentirme muy orgullosa de mí misma.

Varias horas más tarde aprieto con fuerza la mano de Alex mientras termino de contarles lo que he hecho en estos días pasados en la comunidad gansma más influyente del universo, Ñourem, y todo gracias a mi gansmo.

- No puedo quedarme.- anuncio al fin después de cenar.

- ¿Por qué? - pregunta mi padre, parecen confusos.

- Hugo, - dice Alex - será tan poderosa como yo, con ella venceremos al Olymdos, pero de momento es inofensiva e Iván ya nos ha enviado una advertencia.

- Carlos puede...

- Raquel, por favor. - la interrumpe exasperado - Tu hijo es un rastreador de futuros gansmos, trabaja para el Olymdos y ahora Tesa está en su punto de mira, no dudará en entregársela, para

él los gansmos somos el ene... - se interrumpe y entrecierra los ojos.

- ¿Qué sucede? - le miro preocupada.

- Al suelo... ¡¡YA!! - brama, todavía está pronunciando la última palabra cuando se abalanza sobre mí y todos los cristales a nuestro alrededor estallan.

Escucho chillar a mi madre, pero no puedo verla porque Alex me mantiene aplastada contra el suelo. Detecto el olor de dos vampiros y dos brujos. Tras ponerme en pie de un tirón y protegerme tras su espalda, Alex se enfrenta a ellos. Está completamente relajado, incluso parece un poco aburrido.

Miro a mis padres, ambos están en el suelo, llenos de cortes y ensangrentados.

Alex se ríe sin ganas, misterioso. Es tan sexy.

- ¿No se ha atrevido a venir Iván? - inquiere burlón.

Vuelvo a mirar a mis padres, permanecen inmóviles.

Mis padres...

Ya me ocuparé de ello más tarde.

Una de las vampiras sonríe con perversidad al tiempo que clava su mirada en mí, codea a su compañera, esta también me mira y olisquea, sostengo su mirada con intensidad a pesar de que Mani y Balmernia me advirtieron que nunca mirara a un vampiro fijamente a los ojos, pero tengo tantas ganas de matarlas por lo que le han hecho a mis padres que me salto las normas.

- No le necesitamos para hacer lo que hemos venido a hacer.- escupe uno de los brujos, sin percatarse de la larga mirada que intercambiamos la vampira y yo.- Aunque eso ya los sabes, ¿verdad, traidor?

- ¿Es más traidor el que traiciona a los suyos o el que aniquila a sus propias creaciones? Yo sé en qué momento y a quién, debo guárdale fidelidad.

Yo apenas escucho nada, estoy absorta en mis propios actos; no lo he hecho nunca, pero por algún motivo sé exactamente qué debo hacer.

Hola. Le susurro mentalmente, casi con ternura.

La vampira ladea levemente la cabeza, su compañera la observa con inquietud.

Ven a mí. le pido, y ella da un paso al frente.

- ¡¡¡TES, NO!!! - brama Alex pero ya es tarde, voy a matarla y no puedo evitarlo. Algo dentro de mí se incendia y se proyecta hacia afuera, como ondas en el agua solo que esta vez las ondulaciones son creadas en el aire, la vampira chilla, se retuerce enloquecida y se desintegra.

Los brujos y la vampira dan un salto atrás, aterrados, mis rodillas se debilitan y lo último que veo antes de que todo se ponga del revés, es a Alex girarse para cogerme, una bola de fuego y la mayor atrocidad que nadie pueda imaginar.

Navego por un lugar extraño y siniestro... la oscuridad.

Me encuentro reducida dentro de un espacio oscuro del que no soy capaz de salir, algo me llama desde la superficie, pero mis oídos se niegan a procesar las palabras, aunque no quiero, reconozco esa voz, ¿dónde o cuando dejaría de reconocerla?

Me habla con ternura, acaricia mi rostro con suavidad.

Una convulsión sacude mi alma, es un recuerdo que se me escapa, que quiere salir a luz en este centro de oscuridad. Es algo malo, terrible y me da tanto miedo recordar que prefiero centrarme en descifrar las palabras que susurra la voz amada.

Al principio me cuesta, recojo las palabras, son un murmullo suave y dulce, poco a poco se abren paso en mi mente.

- Venga, Tes, hazlo por mí, por favor, despierta. - me suplica con angustia.
- Una semana es desasido tiempo sin que me gruñas... te necesito.- las dos
últimas palabras son apenas un susurro, pero brotan de su alma desolada y
eso me conmueve, me odio a mí misma por no haberle escuchado antes.
- Déjala, Alex, hijo mío, deja que su alma sane.
- ¡Ya lleva una semana! Ni siquiera puedo utilizar nuestra conexión, tan solo
hay oscuridad.
- Siente como una gansma y vio como una bola d fuego impactaba contra
sus padres.
Ya está. Eso es lo que se me escapa. Mi alma se retuerce de dolor, sufrimiento
y agonía... pero algo está mal, yo no quería a mis padres tanto, no hasta
este extremo.
¡Oh, Dios!
El dolor que recorre mi alma es como una llaga supurante. Vuelvo a cerrar
los oídos, es imposible que Alex me esté hablando, es una mala jugada de
mi mente, que anela con todas sus fuerzas que sea real, pero no lo es.
Alex está muerto.

CAPITULO 14: BAILARÉ SOBRE TU TUMBA.

Eda e Iván cruzaron una mirada de satisfacción, lo estaban consiguiendo.
- No ha sido tan difícil. - afirmó Iván con la voz teñida de maldad.
- Ahora viene lo difícil. Te dije que engañarla tan solo nos costaría una vampira.- sonrió con dulce perversidad.- En cuanto la muy estúpida utilizó sus poderes nos abrió su mente.
- Y pudimos manipularla.- se rieron a la vez, sincronizados. - Prosigamos con el trabajo antes de que Alex se percate de nuestros planes.
- Sí, - ronroneó la bruja - en esta ocasión será diferente.- añadió con su dulce mirada esmeraldina brillando de odio.- Cuando Tesa lo aprenda todo con nosotros, no se marchará, no hará como Alex, ella lleva la maldad en las venas, lo reprime, pero en cuanto se aleje de su amorcito el tiempo suficiente le será imposible reprimirlos y porque... - se encogió de hombros con ligereza - ...si nos traiciona, la mataremos.
La sonrisa del vampiro se tensó, no quería a Tesa muerta, la quería viva, para él y Eda lo sabía, pero también sabía que no sacrificaría el imperio que estaban construyendo por una mujer, tenia la certeza de que si dejaba de serles útil, altamente improbable, no dudaría ni un solo segundo al matarla.

Una voz persigue mi conciencia, pero logro esconderme de ella en inhóspitos recovecos de mi mente, en aquellos huecos que permanecen sin explorar, oscuros relatos de antiguos secretos que se forjaron en mi mente antes de que naciera y de los que aún no soy consciente, pero esa voz maligna no tarda en encontrarme y obligarme a escuchar.
Me tortura durante horas, me enseña cómo escapar de esto, me promete tantas cosas que no dan resultado y entonces recurre al chantaje, me muestra la verdad y estoy tan agradecida pero a la vez tan aterrada, que me preparo para escapar y traicionar a los gansmos por El Olymdos.
Abro los ojos lentamente, con la amargura estrujando mi alma, llevo días esperando que Alex me deje sola, ya lo estoy. Ha llegado el momento.
La voz me instruyó enseñarme como mantener la conexión a oscuras, tras un mes escondida dentro de mí misma, haciendo sufrir a Alex con mi inconsciencia, vuelvo a salir para marcharme.
Reprimo las lágrimas al ver mi ropa limpia, pero me calzo las zapatillas y consigo concentrarme. Necesito abrir un portal y esa voz maligna, la del vampiro, la de Iván, me ha dicho como hacerlo.

Comienzo a buscar dentro de mí ser, según la voz de Iván hay suficiente poder en mí como para abrir la puerta que me sacará de aquí... para siempre.

Ya está. Tengo un cúmulo de magia suficiente para proyectarla hacia afuera y abrir mi vía de escape.

El resplandor plateado me baña el rostro, dos gruesas lágrimas caen por mis mejillas cuando doy varios pasos y comienzo a cruzar el portal que me llevará allí donde la voz quiera.

- Tes... - la voz esperanzada de Alex inunda mis sentidos. - ... ¿qué haces?

Se me hiela el alma al escuchar esa pregunta que expresa confusión. Le miro asustada por encima del hombro, está desconcertado y vivo.

- Me voy.- susurro.

Palidece. No sé como es posible que se convenza tan rápido, ¿por qué no duda?

Porque el portal está abierto, porque has fingido estar inconsciente mientras él te rogaba una y otra vez que despertaras y no lo hiciste y porque en el fondo, nunca ha confiado en nadie, ni tan siquiera en ti, me dice una vocecilla dura y sincera.

- ¿Qué? ¿Por qué?

Intento escupir las palabras que me ha dicho Iván que dijera si se producía esta situación, me cuesta, peor lo consigo.

- Por tu culpa murieron mis padres. - le reprocho. Menuda estupidez, ahora sí que me va a pillar, amo a Alex más que a nadie, y él lo sabe perfectamente.

Su rostro se contrae en una mueca extraña, como si creyera que le culpo por la muerte de dos personas que comparadas con él no significaban nada para mí. ¿Realmente está dando resultado?

- Pero... ese no es motivo para unirse al Olymdos.

- Ya, el verdadero motivo por el que me marcho es que... ya no sé si te quiero.- espero que el cielo se abra y me parta un rayo por mentirosa.

Parece confuso, como si no comprendiera mis palabras, pero nada más que él importa, por eso debo hacer lo que estoy haciendo.

- Adiós.- musito y me doy la vuelta.

Siento que tiran de mí en dos direcciones diferentes, mis piernas tiran hacia delante mientras que mi corazón está intentando desgarrarse para quedarse con Alex.

Solo un segundo antes de que el portal se cierre a mi espalda, se abalanza sobre él, pero ya es tarde, ya no estoy ahí. Me marcho sintiendo que mi corazón y mi alma no se van. El dolor es tan intenso que parecen oleadas de un mar furioso y me dejo arrastrar para que el dolor me ahogue, me torture y acabe con mi alma. Quiero morirme.

Si todo cuanto amas se queda atrás, ¿para qué vas a avanzar?

Esa voz me hizo creer que Alex había muerto y sentí tanta agonía que cuando me dijo que estaba vivo y que tenía que dejarle para que no le mataran, me sentí feliz, pero ahora....

Alzo la mirada al escuchar pasos, lentos, elegantes, siniestros. Una preciosa mujer vestida de rojo con una capa negra camina hacia mí por entre una espesa bruma que lo es todo.

Recuerdo una ocasión en la que le pregunté a Alex el motivo por el que nunca vestía de otro color que no fuera negro con pinceladas de rojo de vez en cuando y respondió: "Es el color Del Olymdos, supongo que me acostumbré a él durante el periodo de tiempo que viví con ellos." ahora viene a mi cabeza una pregunta estúpida, ¿acabaré yo también vistiendo de negro?

Me encojo cuando noto el intento de Alex de contactar con migo, consigo rechazar la conexión.

Es por él, me repito a mí misma antes de sumergirme en la bruma blanca, inconsciente, lo último que noto es el frío suelo chocando contra mi mejilla y el dolor que me produce el golpe, insignificante comparado con los jirones de mi alma.

Sigo esperando que me parta el rayo.

Entra en la sala del consejo hecho una furia, Balmernia palidece al ver la expresión de su rostro.

El joven príncipe gansmo camina hasta Yubar y se inclina sobre él, apoyando las manos en los brazos de la butaca blanca.- Hace tres días, - sisea por entre los dientes apretados - te dije que anunciaras la suspensión del ataque, de modo que ¡¿POR QUÉ EL AMLDITO EJERCITO ESTÁ PREPARADO?! - le brama en la cara. - Dame una muy buena explicación si no quieres que te mate.- le ordena con frialdad pero a la vez lleno de ira.

- Que tu novia se marche con el ejército enemigo es suficiente explicación. Tenemos que cargar contra ellos antes de que la entrenen y acabe con nosotros.

Se aparta de Yubar y le da la espalda, con una mano se cubre los ojos, en la que brilla la alianza que Tesa le regaló y la otra la guarda en el bolsillo de su pantalón negro.

- Si cargamos... la matarán.- bisbisea con desesperación.- Y te advierto que como la maten, te haré lamentarlo.

- ¿Y quién te crees que eres para advertirme nada? - inquiere Yubar con pasmosa tranquilidad. Balmernia está temblando.
Alex se gira bruscamente y le da una patada a una de las butacas, que se estrella contra una de las columnas de oro y se hace añicos.
- Soy alguien capaz de matarte, - le señala con el dedo, desesperado y furioso - te aconsejo que n lo olvides.- le vuelve a advertir con amargura antes de marcharse con la fuerza de un huracán.

Las lágrimas brotaban desde las mismas profundidades de mi alma. Conseguí hacerme un ovillo en el sofá de bruma, detestaba este lugar, por aquí no pasaba el tiempo ni la vida, aquí el sufrimiento no acababa, se regodeaba torturándome. Quería marcharme peor no podía, no podía marcharme porque estaba aquí para protegerle. A mi Alex.
La silueta oscura y elegante de Iván se acercaba con la fluidez de una serpiente por entre la bruma; sus ojos oscuros se burlaban de mí, se cuerpo, su boca, incluso su ondulado cabello castaño y su ropa negra, todo parecía divertirse con mi sufrimiento.
- Levántate, - me ordenó con desprecio - es hora de ver qué podemos hacer de ti.
Cerré los ojos y le ignoré, se volvió tan insignificante que ni siquiera recordaba que más allá de mi dolor, de mi soledad y mi amargura existiera algo.
- Aún no está preparada, Iván, - intercedió la maldita de Eda por mí, cuanto la odiaba - deja que se insensibilice de nuevo, tenemos tiempo, - clavó sus ojos esmeralda en mí - con ella aquí no atacarán.

DOS MESES MÁS TARDE.

Me aparté el pelo de la cara y fulminé a Iván con la mirada, le detestaba con todo el hielo de mi alma, y pensar que creía que le amaba.
- Dime algo, pequeña, - ronroneó con una odiosa sonrisa estirando sus carnosos labios- ¿Cuando vas a dejar de lloriquear por las esquinas?
Grité llena de rabia y arremetí contra él.
- Estás progresando, - se rió mientras esquivaba un puñetazo - pero aún así - me derribó sobre la bruma que acogió mi peso con facilidad - debes mejorar mucho.

- Voy a mejorar lo suficiente como para matarte.- me aparté de él con brusquedad y me puse en pie.

- Durante una semana te hice creer que Alex había muerto, - sonrió con maldad cuando palidecí - ¿estarías dispuesta a soportar que le matara de verdad?

Apreté los dientes y miré para otro lado a la vez que un ramalazo de agonía recorría mi alma, su risa repiqueteó por el Lugar, la guarida de los inmortales Del Olymdos.

Eda estalló en emocionados aplausos, se acercó a mí y me abrazó con falsa dulzura. La miré con total indiferencia, me estaba muriendo por dentro.

- ¡Muy bien! - exclamó con alegría - Aún no te has transformado y ya puedes utilizar gran parte de tus poderes, un aparte muy pequeña, pero son muchos progresos en tan pocos meses.

- Estoy cansada, - mi voz sonó monótona - necesito descansar.

- Ve, - me permitió Eda - ¡Ay, Iván! No pongas esa cara de fastidio, deja que se tome su tiempo, - le reprendió - pero recuerda, querida, todo esto lo haces por la supervivencia de mi ex marido.- se rió de forma inocente y descarada.

La fulminé con la mirada, me alejé y alcé cuatro muros de bruma que me dieran privacidad y una cama que me proporcionara comodidad.

Los días eran largos y dolorosos, aunque mucho menos que al principio. Aprendía a ser insensible otra vez, la capa de hielo que rodeaba mi corazón era más gruesa que nunca, ahora sabía lo que se sentía cuando te desgarraban el corazón y no iba a permitir que sucediera otra vez.

No me odies, Alex. Lo hago por ti.

No está muerto... podría estarlo... te mueres con él pero él está vivo... ven conmigo... serás invencible... únete al Olymdos y él vivirá... mátalos a todos... a cambio de la vida de Alex entrégame la de ellos.

Maldito fuera Iván.

TRAS UN AÑO EN EL LUGAR.

Iván me mostró la información limitándose a pensar en ella. Vino a mi mente como un chorro de luz.

- Él será tu primer trabajo, en un futuro será muy poderoso, ahora es lo suficiente como para plantearte algún pequeño problema si no estás preparada, si lo estás, lo... - alzó las cejas castañas oscuras- ...petaremos.
- Iván, - intervino Eda pensativa - creo que ese termino se utiliza cuando un lugar está abarrotado, - ahora, - mi miró - acaba con tu trabajo.

Entro en el pequeño apartamento abriendo la puerta de una patada, el joven gansmo, que está sentado en un sofá viendo un partido de fútbol en la tele, me mira sobresaltado. No me ha olido, no me ha escuchado llegar, soy indetectable.
Camino hacia él con decisión y envuelvo su cuerpo con mis lazos mentales, saco la glock plateada de la mochila que cuelga de mi hombro y poso el cañón entre las cejas del casi gansmo. Está cargada con bolas llenas de veneno para gansmo, eso quiere decir que a mí también me matan.
Tengo el arma lista para disparar, tan solo debo apretar el gatillo, pero es más fácil decirlo que hacerlo.
- Por favor.- me suplica con el pánico brillando en sus bellos ojos, aprovechando mí indecisión quiere darme pena.
No.puedo.hacerlo.
Dejo escapar un gruñido por entre mis dientes apretados. Tenso el dedo sobre el gatillo y giro la cabeza para no tener que mirarle a los ojos cuando le vuele los sesos. Escucho como se retuerce para intentar librase de mis lazos mentales. Las lágrimas brotan de mis ojos al percibir su desesperación, mis dedos se tensan entorno a la pistola.
- No me mates, por...
- ¡Cállate!- bramo enfurecida, mirándole fijamente. ¿Realmente no soy capaz de matar a todos los futuros gansmos del planeta a cambio de la vida de mi Alex? ¿De verdad valoro más la vida de este chico que la mi gansmo? Decididamente no.
Una vida que no me importa a cambio de mi razón de existir, parece un trato justo.
- Lo siento.- susurro, sin sentirlo realmente, antes de apretar el gatillo sin apartar la mirada de sus ojos.
La pistola se me escurre de los dedos tensos y se estrella contra el suelo repiqueteando de forma desagradable. Observo sus ojos sin vida y me consuelo pensando que gracias a ellos la mirada que amo sigue brillando en algún lugar del universo.
Mi infierno ha comenzado.

TERCERA PARTE: TRAICIONES

CAPITULO 15: SOY UN MONSTRUO.

Hoy hacía tres años que no veía a Alex. Aún no era una gansma, era una humana extraordinaria, pero no una gansma invencible aunque estaba segura de que solo los capitanes y Alex podrían vencerme en un combate. Tenía diecinueve años y hoy hacía veinticuatro meses que era una asesina.

Mi trabajo era eliminar a todos los futuros gansmos que como yo, serían poderosos, suponían que de ese modo la raza se estancaría y los extinguirían, pues yo impedía que se unieran nuevos gansmos a las filas y el ejercito Del Olymdos mataba a los que ya pertenecían al ejercito y El Ejercito De Alex no entraría en guerra para evitarlo porque yo me encontraba en las filas enemigas y Alex no permitiría que me hicieran daño.

Por cada gansmo al que le arrebataba la vida, obtenía un mes más para la vida de Alex, no debía preocuparme por él durante los próximos ochenta años, he asesinado a novecientos sesenta gansmos en dos años, y lo peor es que no me importaba, mataría a todo el que se me pusiera por delante para que Alex pudiera vivir un segundo más.

Debía vestirme.

Me decanté por un vaquero con rotos, azul claro, camiseta rosa con tachuelas, una gruesa rebeca a medio muslo roja y una converse cubiertas de lentejuelas a tono con la rebeca y cordones blancos.

Caminé hacia Iván por entre la espesa bruma blanquecina.

- ¿La has preparado ya? - le pregunté fríamente.

Sonrió con aire perverso y sereno.

- Por supuesto.- me tendió la jeringuilla de titanio, lo único que traspasaba la piel de un gansmo y debía estar desprevenido, alcé la mano para cogerla y fue entonces cuando lo vi, mi anillo de compromiso, un aro de diamante y varias y valiosísimas piedras verde hierba engarzada sobre el aro de diamante, estas piedrecitas eran únicas en el mundo.

Extendí las manos ante mí, llevaba un anillo en cada dedo, entre ellos el de protección que me regaló mi madre, también llevaba muchas pulseras. Todas de mis victimas, no eran trofeos, eran un recordatorio de por qué estaba aquí, en El Olymdos, solo le quitaba las que más me gustaban, clase ante todo, amiga.

Instintivamente alcé la mano hacia mi cuello, donde colgaba el corazón de Alex, estaba un poco agrietado, pero no del todo roto y supongo que dadas las circunstancias con eso me bastaba.

Acepté la jeringa que me tendía llena de veneno para gansmo, lo realmente peligroso de este veneno es que no se puede detectar, está compuesto con hierba buena mezclada con pétalos de rosas moradas y barro hecho con agua marina y arena del desierto, si la hacías bien, la mezcla tendría un bonito color rosáceo.

No importaba la forma de proporcionarlo, con tocar levemente la piel era suficiente, pero yo no podía hacerlo así porque a mí también me mataría y eso realmente no les convenía al Olymdos, también podía administrarse ingiriéndolo pero ¿quién era el listo que intentaba hacérselo beber a un gansmo sin que el líquido tocara tu piel? Yo no, desde luego, por eso les propuse inyectarlo con una jeringuilla de titanio y de forma furtiva.

- ¿Cuál es mi objetivo? - pregunté con total calma.

- ¡Hemos perdido a casi mil futuros gansmos! - brama Yubar enfurecido.

Alex alza una ceja con suficiencia.

- ¿Insinúas algo? - pregunta con calma, ligeramente divertido, como si l a respuesta no le incumbiera lo más mínimo.

- Deberíamos haberla matado cuando tuvimos ocasión, ahora es demasiado tarde, ya es una traidora.

Balmernia observa el rostro de Alex, su expresión no se altera, sus ojos permanecen inexpresivos y ni un solo músculo de su cuerpo se contrae ante esa afirmación, acusación o amenaza, como quiera interpretarse.

- ¿Tienes una huella, su esencia, su rostro visto por alguna de las victimas, una pisada... *algo* - inquiere levantándose de la butaca blanca con lentitud- que la sitúe en alguna de las escenas del crimen? - Yubar desvía la mirada - Porque si no es así, voy a tener que matarte por calumniar a tu princesa.

- Solo ella podría matar a un futuro gansmo con los sentidos completamente desarrollados sin que este perciba su presencia a su lado. - exclama poniéndose en pie para enfrentarse a Alex - Pronto vendrá a por nosotros y seguro que tú la ayudarás a matarnos a todos, ¿verdad, mi príncipe? - añade con sorna.

Ninguno de los allí presentes esperaba la reacción del gansmo que durante los tres últimos años ha sido más frío de lo habitual, completamente inexpresivo, que solo hablaba para responder cuando se le preguntaba y habitualmente lo hacía con monosílabos, por eso les coge a todos por sorpresa cuando con un rugido de ira se abalanza sobre Yubar, cierra las manos entorno a su cuello y le aplasta contra una de las columnas de oro, que se agrieta y suelta polvillo dorado.

Sus seis capitanes se abalanzan sobre él en un intento de llevarse Alex de la sala del consejo, es imposible.

- Escúchame atentamente Yubar,- sisea con voz mortífera y aterradora - vuelve a insinuar que Tes es una asesina y te juro por mi alma que te daré la muerte más horripilante que tu retorcida mente pueda imaginar, ¿está claro?
- ¡Señor! Exclama Gémigro horrorizado, pero Alex no le presta atención, se limita a mirar a Yubar con odio mientras estruja su cuello inmortal - Va a asesinar a otro.
Entonces sí, Alex reacciona, le da un último empujó a Yubar y pestañea y se marcha sin dar ninguna orden.
No saben quién es el asesino, pero saben una cosa con certeza, que es de la especie gansma, y tan solo hay dos gansmos en el universo que podrían esconderse y no ser encontrados por nadie y uno de ellos es Alex, no hace falta pensar mucho para darse cuenta de que Tesa es la asesina, pero cuando uno ama, nadie te va a convencer de que el objeto de tu amor es una asesina, debes verlo con tus propios ojos y aún así continuarás dudando.

He detectado a mi presa.
Camina por entre la gente que abarrota la Gran Vía madrileña.
Acelero el paso, ocultándole mi presencia mentalmente y situándome tras él, saco la jeringuilla con el veneno. Le adelanto con ligereza y en ese breve momento en el que nuestros cuerpos se rozan, clavo la aguja de titanio en su muslo e inyecto el veneno. Nadie lo nota salvo el futuro gansmo, que observa como me alejo tranquilamente; me ve pero sus sentidos no le confirman que esté ahí, permanece completamente horrorizado sabiendo que yo soy la asesina mientras en veneno actúa en su cuerpo.
Sus pulmones se pegan, su corazón se encoge y se devora así mismo en un intento por dejar de bombear la sangre cargada de veneno que le abrasa las venas, cuando cae al suelo y la gente se acerca a socorrerle, es demasiado tarde para intentar salvarle.
Apuro mi paso, alejándome de la escena del crimen, camino en dirección contraria a todo el mundo, quienes se acercan al gansmo muerto para ver si pueden hacer algo por él, pero no soy la única que camina en esta dirección, alguien me sigue y es muy poderoso. Un gansmo, pero no un gansmo cualquiera, sino el mío, mi gansmo.
Un fugaz ramalazo d dolor me atraviesa, ya no me siento con derecho de llamarle de ese modo.

Acelero el paso, no puedo permitir que me vea la cara, no quiero que sepa que estoy matando a su gente, a la raza más poderosa de cuantas existen en el universo.

Mis músculos se ponen rígidos causa de la tensión cuando él también acelera el paso. Está justo detrás mío, a medio metro, su aroma de poder satura mis sentidos completamente desarrollados. Escucho el movimiento de su mano cuando la alza para cogerme del brazo, pero lo esquivo con destreza, sonrío con perversidad (se me ha pegado de Iván), va a descubrir cuán escurridiza soy.

Sigo sin comprender como es posible que no me haya reconocido, aún conservo el mismo pelo y me ha visto de espaldas muchas veces, supongo que no quiere aceptar la realidad.

me muerdo los labios y me preparo para la acción de mi vida, tomo aire y echo a correr con todas mis ganas, la velocidad y la fuerza aún no están excesivamente desarrolladas en mi cuerpo, por lo que él es mucho más rápido, pero yo cuento con la ventaja de que estamos en público

Cruzo una amplia carretera esquivando los coches a toda velocidad, en seguida comienzan a frenar y dar bruscos volantazos, lo que retrasa a Alex en mi persecución.

- Ya.- siseo ferozmente y doy una palmada, detesto el callejón en el que se ha abierto el portal, invisible para el ojo humano, pero yo no soy humana.

ME adentro en el callejón velozmente, con algo d ventaja sobre Alex gracias a la escenita de los coches, cuando estoy a punto de cruzar el portal, con el cuerpo relajado de alivio, una mano brusca se cierra entorno a mi brazo y tira de mí tan bruscamente que me da la sensación de que me ha arrancado el brazo. Caigo al suelo de rodillas, lastimándomelas, el pelo oscuro me cubre la cara por completo.

Estiro el brazo, ya libre de su mano y enganchándolo en sus piernas le hago caer al suelo de espaldas, me pongo en pie mientras giro sobre mí misma y corro hacia el portal, él gruñe, se abalanza sobre mi espalda y caemos al suelo, me golpeo el pómulo, chillo a causa del dolor por su peso, que me aplasta contra el pavimento. Me retuerzo como una culebra, impidiéndole que me de la vuelta para evitar que me vea la cara, pero sus brazos se cierran entorno a mí con fuerza, aprisionándome. Me obliga a incorporarme, quedando ambos de rodillas y sin aflojar su abrazo. Escucho su respiración jadeante junto a mi oído, sollozo cuando su torso y sus brazos comienzan a desprender calor, pero no como hizo aquella vez en la azotea de las torres Kio para hacerme entrar en calor, ahora lo hace para abrasarme.

O aún no acepta que yo sea la asesina o ya no le importo y por eso me está matando, Solo tengo una salida.

Cierro los ojos con fuerza, deseando no tener que hacer lo que estoy a punto de hacer, tomo aire... y le electrocuto. Ahogando una exclamación me suelta bruscamente, aprovecho la ocasión para correr a tropezones hacia el portal, pero su mano se cierra entorno a mi tobillo, tira con brusquedad, giro en el aire y caigo al suelo de espaldas. Gruño de dolor, pero consigo sacar fuerzas de donde no las tengo y le asesto una patada en la mandíbula, cae hacia atrás.

Me apoyo en los codos, exhausta, para darme cuenta, completamente horrorizada, de que acabo de mostrarle m rostro. Durante lo que dura un latido todo parece detenerse, hasta que escucho el débil crujido del colgante, su corazón.

Bajo la mirada hasta la preciosa esfera roja, una grieta la atraviesa, alzo la mirada hasta Alex y deseo con todas mis fuerzas que un rayo me fulmine al ver la expresión de espanto en su rostro.

- ¿Eres la asesina?- pregunta con un hilillo de voz, sin dar crédito a lo que ve. Guardo silencio, sosteniendo su acusadora mirada sin titubear. Antes de que pueda darme cuenta me está poniendo en pie tirándome del pelo, chillo ante el dolor y la sorpresa de que pueda caréeme daño deliberadamente.

- ¡Respóndeme! - brama furioso.

Me trago el pánico que siento y consigo responder con valentía y orgullo.

- Sí.

Palidece, me abofetea con furia y acto seguido me estrecha contra él en un arazo desesperado.

- ¿Por qué? - su voz es un agónico susurro. Le abrazo con fuerza, evitando responder a su pregunta y busco sus labios, sedienta de sus besos.

No parece importarle especialmente que acabe de matar a uno de los suyos, porque me besa con un amor que me transporta al cielo.

- Te amo. - sollozo.

- Y yo a ti, mi vida.

Soy incapaz de parar las lágrimas, que como si de una cascada se trataran caen una tras otra.

- Vamos. - me ordena sujetándome de la mano y tirando de mí.

- No.- exclamo zafándome de un brusco tirón.

- ¿Qué? - me frunce el ceño ferozmente.

- No voy con tigo, no puedo.

Su bello rostro se crispa.

- ¿Por qué no quieres volver con migo a Ñourem? - sisea entre dientes, dominándome con su increíble estatura, con los ojos brillando como dos verdes praderas bañadas por el sol. Es... magnifico.

Doy varios pasos hacia atrás, intentando llegar al portal pero me sujeta por los hombros y me aplasta contra él.

- Déjame ir. - le suplico.
- Si vienes con migo nadie va a hacerte daño, nadie sabrá que... lo que hiciste.
- No lo comprendes.- sacudo la cabeza con desesperación.
- Claro que sí, - afirma con suavidad, esperanzado - tienes miedo.
- ¡No! - chillo aterrada, quiero marcharme ahora, no lo soporto más - ¡No lo comprendes! - repito enloquecida y a continuación cometo el mayor sacrilegio posible, poso las manos sobre su pecho y le doy una descarga eléctrica que a cualquier otro gansmo habría dejado frito. Sale despedido hacia atrás y cae al suelo, para cuando dos segundos más tarde se pone en pie, yo ya he desaparecido y cerrado el portal.

Varias horas más tarde continuaba mirándome en un espejo de bruma, tenía una fea herida en la rodilla derecha, el pómulo morado, la mandíbula despellejada y el pelo como el Rey león.

- No sé como has conseguido escapar viva de un enfrentamiento con Alex. - afirmó Eda a mi espalda.

Me giré y observé sus bellos ojos esmeraldinos, solo tenía una pregunta en mi mente, por lo demás en blanco.

- ¿Y ahora qué? - susurré desolada.

La bruja frunció el ceño. Confusa.

- ¿A qué viene esa pegunta? Ya sabes lo que hay que hacer, tienes que ir a Dublín para hablar con Rosana, nadie Del Olymdos puede acercarse a ella si quiere seguir con vida, los hechizos de protección de Alex son letales.
- Yo soy Del Olymdos.- murmuré sin ganas.
- Estás con El Olymdos, pero tu corazón pertenece a otro ejército.

Balmernia se introduce en la habitación de Alex con sigilo, el muchacho no se mueve aunque escucha sus silenciosos movimientos, su respiración y el débil latido de su corazón. Permanece completamente inmóvil, con los ojos fijos en el alto techo dorado.

Balmernia cruza sus pequeños y delgados brazos y se planta a los pies de la enorme cama granate.

- ¿Estás bien? - inquiere, preocupada a pesar de que no ve ninguna herida, al menos externa.

El semi gansmo semi humano permanece impasible, silencioso e inmóvil. Se sienta junto a él, que está tumbado y le acaricia la frente con ternura, apartando los mechones negros, pero él no da señales de notarlo y si lo nota no lo demuestra.

¿Por qué Tesa se ha aliado con El Olymdos?

- Todos quieren saber qué sucedió en Madrid.- murmura, firmemente convencida de que no va a responder.

- A través de Gémigro seguro que lo vieron todos, - la sorprende con voz monótona - no hay más que contar.

Balmernia suelta unas repiqueteantes risitas.

- Nadie vio nada, Mani centró sus visiones en un concierto de Mika y Gémigro se ocupó de extender la visión a todas las mentes, ahora fingen estar confusos de modo que el consejo te achaca la culpa a ti.

- ¿Cómo no? - resopla, clava la mirada vacía en ella - ¿Nadie se ha dado cuenta de que mienten?

Pone sus enormes ojos violetas en blanco.

- Ten un poco más de fe en nosotros, ¿quieres? estamos haciendo todo lo posible por que esto no salga a la luz y porque nadie se entere de que tesa se ha unido Al Olymdos, la información se ha quedado en las altas esferas.

Un ligero brillo hace resplandecer los ojos verde hierba del gansmo.

- ¿Todos me brindáis vuestro apoyo? - exclama con incredulidad, incorporándose sobre sus codos.

- Si al decir todos, te refieres a Mani, Yorbin, Gruneil, Froseisa, Gémigro, Móxterm y a mí, entonces, sí, te apoyamos todos.

- ¿Por qué?

- Siempre has arriesgado tu vida para protegernos a nosotros y además, eres nuestro niño. - se ve envuelta en un cariñoso abrazo - Bueno, supongo que tenemos que ponernos manos a la obra y adivinar los siguientes pasos de Tesa.

Alex hace una mueca de culpabilidad.

- ¿Ya los sabes? - bufa sorprendida.

- Desde hace rato, tuve una visión en cuanto salió Del Lugar.

Balmernia se pone en pie llena de vitalidad.

- Pues vayamos a patearle el culo a Eda e Iván, de ese modo no pondremos a Tesa en peligro y ella no nos matará.

Un minuto más tarde está frente a sus hermanos, aquellos que están dispuestos a dar la vida por él.

- Antes de marcharnos debéis saber algo, - suspira, cierra los ojos y lo suelta.

Una rata corretea por entre mis pies, la observo mientras se aleja por entre la basura y reanudo mi camino cuando la pierdo de vista. El callejón en el que me encuentro es asqueroso, hay basura por todas partes, un perro en estado de putrefacción... huele horriblemente mal.

- Hola, guapa.- ronronea un vampiro que yace repantigado en el suelo mojado. Primero le miro asqueada y cuando me sonríe mostrando sus colmillos amarillentos, opto por ignorarle.

Continúo caminando hasta llegar al final del callejón, que desemboca en unas empinadas escaleras de piedra grisácea que conducen a un sótano, más específicamente a la puerta de acero de color verde del sótano. Bajo por las empinadas escaleras y aporreo la puerta.

Ella es la única persona que puede ayudarme, o eso me ha dicho Eda, Iván no ha podido acercarse a mí por que al oler mi sangre gansma enloquecería por hincarme el diente, es una vampira que se esconde de la luz solar, no sé si sabrá que no le hace daño.

La puerta verde se abre, dentro está oscuro pero yo ya veo en la oscuridad. Las lentejuelas verdes de mis zapatillas resplandecen.

Mi vía de escape se cierra a mi espalda con un sonido atronador mientras observo la habitación clavada en la entrada, ero no me da miedo, ésta es la dirección que Alex "escribió" en mi mente de forma subliminal, me dijo que algún día la necesitaría y aquí estoy. Además, él protege a esta vampira, Rosana, porque es su madrina.

Veo dos sofás verdes colocados en forma de "L" y una mesa de oscura madera en el centro, es baja y redonda. Las paredes están tapizadas con terciopelo carmesí y apoyadas contra ellas hay varias cómodas cubierta por encaje de un blanco puro. el suelo está protegido por mullidas alfombras de llamativos colores y del techo penden, sujetos por brillantes y gruesos hilos azules, todo tipo de joyas, de este tiempo y de aquellos tan remotos que su existencia es ignorada por los humanos.

- Siéntate, querida. - me ofrece la amable voz de una mujer, la vampira se sienta en el sofá, es bellísima, de rostro delicado y cuerpo exuberante.

Su cabello está trenzado en miles de finísimas trenzas. Su piel resplandece como ónice líquido. Sonríe en la oscuridad y sus perfectos dientes blancos emiten un destello,

- Acércate.- insiste moviendo la mano, innumerables pulseras rígidas tintinean en su muñeca. la larga falda parece oro fundido sobre sus piernas y el pequeño top azul es como un pequeño pedazo de cielo nocturno fusionado contra su cuerpo. - Te estaba esperando. - ronronea cuando me siento en el otro sofá, lejos de ella.

- Serías muy mala futuróloga si no lo hicieras.- replico.

Se ríe con una risa extraña; hipnótica y ligeramente ronca.

- Amarga como un poso de café, por eso i pequeño Alejandro se enamoró de ti.- suspira con aire melodramático y sonríe con un aire siniestro.- he oído muchos rumores acerca de ti, y los pobres plebeyos que no se codean entre la realeza están tan equivocados en todo, creen que eres una diosa que con solo mirarles les convertirás en seres poderosos, pero ellos no han visto tanto futuro tuyo como yo, creo que me he centrado demasiado en ti.

- Pues yo creo que no has podido ver demasiado sobre mi futuro, voy a morir muy pronto a manos de un vampiro.

- El futuro cambia, nunca hay nada hecho, a pesar de la creencia popular tú eliges tu propio destino. Además, ¿cómo sabes que vas a morir muy pronto si ni el vampiro ni tú envejeceréis? - alza una ceja de forma inquisitiva lentamente.- Serás eterna, él ya lo es, ambos estancados en una apariencia juvenil de edad incalculable, ¿cómo calcular el tiempo basándonos en las arrugas si no envejecemos? - su voz es pausada, con una entonación lenta y rítmica, relajante.

He de admitir que ahí tiene toda la razón del mundo.

- ¿Puedo ofrecerte algo? - inquiere amablemente - Tal vez un té de vainilla. - señala la mesa con un movimiento elegante y sincronizado, sobre ella reposa un humeante taza amarilla; taza, que hace dos segundos no estaba.

Abro la boca para preguntar, pero su respuesta mata mi pregunta antes de que consiga brotar de mis labios.

- Los chicos que trabajan para mí son rápidos, silenciosos y discretos, saben hacerlo todo sin ser vistos.

La cadencia pausada de su voz me relaja. Cojo la taza y le doy un sorbo.

- No es necesario que me lo agradezcas, - la miro con pasmo, ¿cómo lo sabía? - y no, no te ayudaré porque me hayas caído en gracia, ni por el suco dinero Del Olymdos, que no voy a aceptar, lo hago por Alejandro. - hago ademán de hablar, pero me responde antes de que diga nada - Lo que Alejandro tiene que ver en esto es mucho, ¿sabías que soy su madrina? Claro que lo sabes, - se responde a sí misma - en fin, - suspira y bebe de una copa que repentinamente sostiene en su mano. Olisqueo, es sangre recién extraída de un cuerpo humano. - Le quiero y él te quiere a ti, de modo que si no te ayudo me despedazará.

- ¿Sa...?

- Sí, - me interrumpe - conozco el motivo de tu visita, sería muy mala futuróloga si no lo supiera, - añade con una sonrisa, repitiendo las primeras y casi únicas palabras que he dicho - y voy a decirte lo mismo que le dijera a Alex en el momento en que comenzó a dudar de todo. "Las dudas y la indecisión sin enemigos que hay que derribar, conoces algo que muy poca gete conoce de sí misma, el motivo por el cual has nacido, aprovecha esa ventaja y sé dueña de tu propio destino."- me sonríe con simpatía - Alejandro visitará vuestro lugar especial de aquí a mañana. Adiós, vuelve pronto.

Salgo del sótano algo desconcertada, esa vampira está completamente loca, pero a la vez estoy llena de miedo, no me atrevo a ver a Alex.

CAPITULO 16: ADIÓS A LOS SECRETOS.

Un atronador y extraño sonido rompió la calma Del Lugar, Eda e Iván se miraron con confusión y desconfianza, en El Lugar, donde no existía la vida ni el tiempo, jamás sucedía nada.

A lo lejos, muy a lo lejos, una llamarada de fuego lamió el cielo blanco.

- Nos están atacando. - escupió Iván con sereno odio.- Y solo hay uno que conoce la ubicación exacta Del Lugar y con suficiente valor para internarse en la guarida del enemigo.

- Alex.- susurró Eda con un deje de pánico en su tono de voz.

- Te dije que no era buena idea casarte con él. - le reprochó Iván llamando a sus capitanes mentalmente, preparándose para la batalla.

El corazón muerto de la ruja se aceleró por causa del oven gansmo. Se casó con él cuando apenas era un crío, tenía diecisiete años, y tras estar un año juntos, el mal nacido les traicionó aliándose de nuevo con los gansmos y formando un ejercito, El Ejercito De Alex, llevaba treinta y cinco largos años sin verlo.

Se le cortó la respiración cuando su silueta emergió por entre la bruma, parecía irreal. Ocultaba la expresión de su rostro bajo una máscara bella pero inexpresiva como era su rostro de líneas perfectas, lo que no podía ocultar era la fiera determinación que brillaba en sus ojos verde hierba.

Caminaba con la seguridad que le transmitía su poder, un paso por delante de sus compañeros de ojos lilas, quienes se movían con la misma confianza que él, obtenida batalla tras batalla, victoria tras victoria.

Ante Los Del Olymdos se alzaban los imbatibles, aquellos que jamás habían sido derrotados. Junto con ellos también caminaba la peligrosa Manier Carriox, la líder absoluta de los servicios secretos Del Ejercito De Alex.

Eran el ejercito más poderoso jamás conocido, sus ojos lilas los diferenciaban del resto, hablaban de sus proezas, de su grandeza y poder.

Los ojos verdes de Alex se clavaron en los esmeraldinos de Eda, ninguno dio muestras de las emociones que corrían por sus sistemas nerviosos, sus rostros permanecían impasibles.

- ¿No te sorprende verme? - inquirió Eda alzando una de sus arqueadas cejas negras.

- En tí nada me sorprende, querida.- respondió el gansmo con un voz casi dulce, que provocaba que escalofríos de deseo y terror recorrieran la espina dorsal de la bruja, acto seguido Alex alzó una mano y una ráfaga de viento barrió a Los Del Olymdos haciéndoles rodar por entre la bruma.

MIentras volvían a ponerse en pie cruzaron una mirada, debían esconderse, al menos de momento.

- No habrá lugar en el universo en el cual podáis esconderos de mí, y lo sabéis, además Eda, tú no puedes salir de aquí y a los que se marchen, sabed que os buscaré, os encontraré y os haré pagar todos vuestros crímenes.

- Y que tú fueras un santo. - replicó Eda - Además, fue Tesa quien mató a todos aquellos gansmos.

Alex se encogió de hombros con insolencia, ignorando las palabras de la bella bruja y cuando volvió ha hablar su voz era dura como el mármol.

- Tenemos cuentas que saldar, querida.

La mente de Eda trabajaba a toda velocidad intentando encontrar una salida, pero era incapaz de dar con ella.

- Nadie puede morir dos veces. - afirmó Eda; el dolor retorció su corazón, peor la maldad anidaba en sus entrañas.

- Tú no estás muerta, Eda.

- Tampoco estoy viva. Gracias a ti.- añadió con amargura.

- Solo sé que no estás muerta y he de ponerle solución a ello, se lo debo a mi gente.

- Con migo también tienes deudas, y solo quieres pagar las que tienes con ellos, pero lo que les debes no puedes entregárselo: mi cabeza. Ésa es la única forma de que olviden tu traición.- su voz se convirtió en un sensual siseo - ¿Estarías dispuesto a traicionarles otra vez... por mí? - dulzura y sensualidad, peligrosa mezcla para una ex mujer despechada y enamorada.

- ¿Realmente necesitas que responda a esa pregunta? - escupió Alex con desdén.

Por un breve instante pareció que la bruma se solidificaba, era una sensación rara, opresiva, pero que no tardó en desvanecerse cuando Eda chilló de ira y se abalanzó sobre Alex al mismo tiempo que los siete escogidos para luchar contra los imbatibles se preparaban.

Esquivó el cuerpo femenino con facilidad y elegancia, giró sobre sí mismo para rechazar el rayo de Iván y contraatacó con una bola de fuego que impactó contra el escudo protector del vampiro, alzó la mano para detener junto a tiempo un poderoso hechizo de Eda que le despellejó el antebrazo y del que brotó sangre.

Iván saltó sobre él con desesperación al oler el único alimento al que no podía resistirse, la poderosa sangre de un gansmo.

La bruja aprovechó el momento de distracción para lanzar un ataque contra el.

Móxterm extendió la mano y Balmernia la utilizó para tomar impulso y golpear a su altísimo contrincante en la cara. Éste dio varios pasos hacia atrás, aturdido. De un brinco la pequeña gansma se alejó de Móxterm y del brujo contra le que su amigo luchaba.

Un vampiro la perseguía, anhelante por probar la sangre prohibida, se arrojó sobre ella, Balmernia se apartó y Yorbin le rodeó con fuego.

Giró en redondo cuando escuchó gritar a Froseisa y le quitó a una bruja de encima de una grácil patada, Froseisa se apresuró a atarla con sus ataduras psíquicas y tardó medio segundo en desintegrarla.

Gruneil procuró tranquilizarse al detectar que Balmernia acudía en ayuda de su esposa.

- ¡Mani a tu derecha! - bramó Gémigro y alzó un muro telepático entorno a ella; ésta hipnotizó a su oponente y Gruneil le congeló eternamente.

Le empujó hacia arriba mientras Iván intentaba morderle con desesperación, incluso le arañó la cara al tiempo que Eda le atacaba con diversos hechizos.

Sus brazos flaquearon e Iván consiguió lamer parte de la sangre que brotaba de la garganta del gansmo tras el impacto de un hechizo de Eda, le repugnó tanto, que el campo magnético, sin ser llamado, explotó desde su interior y envió al vampiro varios metro más allá, se apresuró a cubrir a todos sus guerreros con las burbujas azules y en medio de los ataques de Los Del Olymdos, se los llevó.

Mani acaricia con ternura los arañazos del bello rostro de Alex y estos desaparecen instantáneamente.

- Bonita casa.- afirma Balmernia entrando en el salón con la boca llena y con toda la comida de la casas cargada en sus bracitos - Y buenísima comida, aunque tienes poca. - le regaña y ataca el bacalao salado, la jarra de gazpacho y un bocadillo de jamón con tomate.

- Balmernia, - protesta Gémigro desamparado - ¿ya te lo has comido todo? Se casa de la boca el último pedazo del bocadillo de jamón y se lo tiende, Gémigro hace una mueca de asco, Balmernia se encoge de hombros y se lo mete de nuevo en la boca.

- ¿Por qué Eda está viva? - pregunta Gruneil con inexpresividad pero hirviendo de ira - Dijiste que estaba muerta.

Alex se levanta del sofá y comienza a pasearse de un lado a otro del salón.

- ¿Ninguno os habéis preguntado el motivo por el que Eda ha dicho que no puedo entregar su cabeza? - exclama con la voz teñida de incredulidad.

- No.- reconoce Yorbin - Pero seguro que tú vas a explicárnoslo.

- Yo... - traga saliva con fuerza - ...después de anular nuestro matrimonio, Eda vino de nuevo a por mí, de modo que nos enfrentemos cuando no quise acompañarla y terminé matándola. No quería hacerlo, aún la amaba, pero era su vida o la mía, la decisión fue fácil, la maté. - cada vez que piensa en ella su sangre hierve de deseo, pero a la vez la detesta con toda su alma - No murió, pero está muerta.

Froseisa deja de masticar el pepinillo que se está comiendo, atónita.

- ¿Y eso cómo es?- chilla Balmernia en medio del silencio sepulcral.

- Es algo que solo un ser superior puede hacer y debe saber hacerlo, escapa de la muerte y si nadie a entregado sus poderes para resucitar su cuerpo carnal, se crea un proyección del mismo, incluso con poderes, pero no puede vagar por entre los humanos, sería destruida en el acto. Se la puede dañar con magia, pero nunca matarla en una batalla porque ya está muerta. Si eres un proyección y entras en El Lugar, no podrás salir a menos que quien mató tu cuerpo carnal muera.

- ¿Estás diciendo que algo así como el espíritu de Eda nos está haciendo la vida imposible?- exclama Móxterm.

- Exactamente.

- ¿Puedes probar eso?- interviene Gruneil - ¿Puedes probar que realmente es una proyección?

Alex suspira y se lleva la mano al bolsillo de su pantalón, y saca del mismo una tira negra de la que pende una resplandeciente lágrima ambarina.

Un silencio sepulcral cae sobre ellos, ni siquiera se escuchan los latidos de los corazones pues se ha detenido.

Todo cuanto han temido, toda contra lo que han luchado, absolutamente todo se reduce a esa lágrima, a La Lágrima Del Vampiro, el único arma que debilita a los gansmos hasta convertirlos en débiles humanos.

Desde hace siglos, han temido a Los Del Olymdos por ser poseedores de ese amuleto y ahora todos eso temores se derrumban a sus pies, convertidos en cenizas, arrebatándoles el sentido a todo cuanto hacen.

Hacía treinta y cinco años que La Lágrima estaba con ellos, pero el nuevo dueño, su hermano, su líder, jamás lo reveló y eso tiene un nombre: traición.

- Esto no debe salir de aquí jamás.- susurra Balmernia, todos cabecean, de acuerdo con ella.- Tú,- mira a Alex fríamente, enfadada - ve a por Tesa, lo tendré todo preparado cuando vuelvas.

- ¡Maldición, ya lo sabe! - chilló Eda enloquecida.

- Siempre lo ha sospechado, ¿cuál es la diferencia? - inquirió Iván con calma.

- hora que tiene la certeza, va a encontrar la forma de matarme.

Iván se mesó el cabello y una extraña música inundó El Lugar.

- ¡APAGA ESO! - bramó la bruja.

- Tranquilízate, Eda, no va a matarte.

- ¿Cómo lo sabes?- le preguntó aterrada.

- Te ama.

- ¿Seguro? - la voz de ella estaba llena de inseguridad.

- Por supuesto, - le tomó el rostro entre sus frías y morenas manos. - el problema es que la quiere más a ella.

El viento azota mi cuerpo y alborota mis cabellos, los aparto de mi rostro con un suspiro de impaciencia y miro la hora en mi móvil.

Está amaneciendo pero Alex no aparece, es hora de marcharme pero mi corazón insiste en esperar un poco más, solo un poco.

Unos cálidos brazos me rodean con ternura.

- Siento haberte hecho esperar tanto. - me susurra al oído, moldeando su musculoso y elegante cuerpo al mío.

- Rosana me dijo que vendrías y... necesitaba verte.- susurro con anhelo, le amo.

- Tres años sin verme y de pronto se despierta en ti la nostalgia.- se burla, aunque ajo esa burla percibo su amargura.

- No lo comprendes.- susurro al borde de las lágrimas.

- Eso ya me lo has dicho con anterioridad y creo que no soy tan tonto como para que debas repetirlo sin descanso. - replica airadamente.

- Alex, - intento girar sobre mí misma para mirarle, pero no me lo permite - no he venido a discutir.

Me besa el cuello con infinita ternura, giro el rostro y nuestros labios se encuentran....

....todo cuanto nos rodea deja de existir.

- Yo tampoco he venido a discutir, - una tierna sonrisa se extiende en sus jugosos labios - he venido para llevarte con migo.

En un principio no comprendo el significado exacto de sus palabras, pero al fin la realidad me golpea con la fuerza de un coche a doscientos kilómetros por hora, con crujidos, dolor y sangre, con toda crudeza.

Doy un paso al frente bruscamente, soltándome de su abrazo, pero sus manos veloces como el rayo me sujetan por las caderas y me arrastran de nuevo hacia él.

No voy a conseguir escapar, no cuento con la ventaja de la sorpresa como en el callejón, además, yo debo abrir un portal para poder marcharme, a él le basta con pestañear.

- No, Alex, por favor. - forcejeo en vano, pero debo hacerlo, no puedo ir con él.

- Voy a llevarte muy lejos de aquí, a un lugar en el que te sientas segura.

- ¡NO! - bramo, aterrada por su vida, no me importa morir yo, pero sería incapaz de soportar verle morir a él. - ¡NO PUEDES HACER ESTO! - chillo mientras me retuerzo como una culebra cuando oto que comenzamos a desvanecernos. - ¡NO.NO.NO! - bramo con todas las fuerzas de mis pulmones, pero es tarde, ya no estamos en Madrid.

Me aparto de él en medio de manotazos y sollozos, aterrada. Tropiezo con una piedra de la cueva a la que me ha traído y caigo al suelo de rodillas, abrazándome a mí misma, sintiendo que el pánico se adueña de mí.

Alzo la mirada hasta Alex, y mi expresión, lo que reflejan mis ojos, le hace palidecer, se arrodilla a mi lado y me abraza con fuerza mientras los sollozos sacuden mi cuerpo.

- ¿A qué le temes tanto? - me pregunta en un ronco susurro.

Me aferro a él con desesperación, sabiendo que le van a matar y le abro mi mente para que lea en ella todo. La certeza de que le van a matar, que Iván me entrenó para explotar mis poderes sin tenerlos aún, lo que Eda le haría si no me iba con ellos, lo que me dijo la voz y.... que soy una asesina.

Me abraza con más fuerza.

- Te amo. - susurra y me besa, su beso interrumpe un sollozo que termina cuando separa sus labios de los míos - Te amo, - repite - y no me mires como si fueras un cervatillo asustado y escúchame, ¿vale?

Asiento débilmente con la cabeza, sin que las lágrimas dejen de brotar desde las profundidades de mi alma.

- No son lo suficientemente poderosos como para matarme, te han engañado.

- ¿Cómo lo sabes? - hipo.

- Porque cuando he ido a por ti, venía de enfrentarme con ellos y... ¡Mírame, aquí estoy!

CAPITULO 17: PEQUEÑO PARAÍSO.

Iván suspiró con fuerza y dirigió su iracunda mirada hacia Eda.
- Ha roto el lazo con nosotros.- siseó con veneno en la voz.
- Entonces... tendremos que matarla.
Los labios de Iván se tensaron, pero asintió con la cabeza, decidido a hacerlo.

Balmernia revolotea a mí alrededor mientras Mani termina de hacerme el moño.
- ¿Cómo has hecho ese moño? - exclama Balmernia muerta de envidia.
- Hay que tener el pelo rojo para saber hacerlo.
- ¡Bah! - la renacuaja hace un gesto de desdén con la mano - Y ahora... el espejo.
- ¿Y porqué no me muestras la imagen a través de tus ojos? Ya leo las mentes.
Parpadea, preguntándose el motivo por el cuál no se le ha ocurrido a ella.
Primero me muestra el moño, flojo, moderno, elegante, intrincado y adornado con pequeñas flores blancas, luego pasa a mi espalda, el escote me llega a la cintura y la vaporosa tela del vestido cae sobre mis caderas hasta mis pies descalzos, acto seguido gira la imagen para que pueda verme de frente. Varios mechones de mi oscuro cabello enmarcan mi rostro, el corpiño del vestido con escote en forma de corazón, está cubierto de pedrería blanca, que da paso a la falda del vestido, drapeada y ligeramente acampanada. Me encanta.
- El ramo.- exclama Balmernia con excitación y me entrega una suave cascada de flores doradas moteadas en blanco.
Siento que voy a estallar de felicidad, nada puede empañar nuestro día, me miro las manos, ni siquiera los recuerdos de experiencias que me han creado como persona, que me han destruido. He destrozado parte de mi alma, la he aniquilado, pero... NO.
Encierro los escombros de mi vida en una caja fuerte y la alejo de mí, este día soy solo de Alex, no voy a compartirme con nadie más.
Las tres chicas salen de la cueva cuando comienza a sonar una música siniestra y bella, obra de Móxterm, dejándome sola.
Debería estar histérica, pero estoy llena de tranquilidad y seguridad. Amo a Alex más de lo que jamás imaginé amar a nadie, pensaba que nuca sería

capaz de sentir nada por nadie y en este momento daría mi vida por la de él. Es el centro de mi universo, es mi universo mismo.

Salgo de la cueva.

Tan solo le veo a él, recortado contra la luz del atardecer, bajo una suave lluvia de pétalos y polvitos de oro, después veo lo demás; la arena de la playa, el aroma a flores, el cielo rojo a causa del atardecer, el agua azul del mar y en segundo plano están los capitanes, Mani, y un sacerdote junto a Alex.

Cruzamos las miradas, la suya brilla con tanto amor que los ojos se me llenan de lágrimas, una sonrisa tan deslumbrante como el propio atardecer se despliega en su rostro.

Camino hacia él con lentitud, paro a unos centímetros de su cuerpo y soltando el ramo tomo sus manos con fuerza. De la unión brota un destello rojo que ciega a todos brevemente, pero nosotros apenas nos damos cuenta de ello, estamos sumergidos en un inmenso océano de amor.

- En toda la historia de nuestra raza, el destello de un amor había cegado a los invitados.

Alex estrecha aún más mis manos.

- Comencemos.

Abro los labios y comienzo a susurrar las palabras que me unirán a él para siempre.

- Te entrego mi alma, mi corazón, mi mente y mi cuerpo, - con cada palabra que brota de mi corazón, noto como mi alma se marcha con Alex, dejándome vacía y un poco asustada, por eso mi voz tiemble ligeramente - te entrego mis días y mis noches te entrego mi vida, te juro amor eterno.

Retiene el aliento cuando termino de pronunciar las palabras, como si tuviera dentro de sí algo nuevo y maravilloso.

- Acepto tu ofrenda, - sonrío cuando veo una estela plateada salir del corazón de Alex, es su alma, y comienza a entrar en el mío - y a camino te ofrezco que cojas de mí todo aquello que quieras para tí, cuida mi alma o destrúyela, salva mi vida o deja que se extinga, como propiedades tuyas, puedes hacer con ellas lo que te plazca, solo espero con toda la intensidad que habita en mí, que decidas amarlas tanto como yo te amo a ti.

Su alma ocupa el lugar que antes ocupaba la mía y eso me produce tal felicidad que no puedo evitar que las lágrimas se desborden, pero sucede algo extraño, en lugar de cristalizarse, permanecen líquidas y cuando caen en la arena se convierten en perlas negras.

Todos y cada uno de los presentes contiene el aliento, incluso el sacerdote. Alex me sonríe, muy orgulloso de mí, como si hubiera hecho otra cosa que no fuera llorar.

El sacerdote se apresura a recoger las perlas negras de la arena y tras observarlas detenidamente, las guarda en un pequeño saquito de piel plateada.

- Estas perlas negras representa, no solo el amor que sentías el uno por el otro, sino el poder que nace de vuestros seres, estas perlas negras representan todo aquello por lo que debéis luchar. No sé como terminará esta historia, no tengo el poder de las visiones, pero de lo que sí estoy seguro es de que vuestro amor traspasa los propios límites existentes. Continuad así, amaos para siempre.

Lo único que consigo escuchar antes de que Alex me sumerja en el placer de sus besos, son los sollozos de Balmernia.

- Tu gente no me aceptará- murmuro mientras nos mecemos al suave son de la música, los pétalos y los finos polvitos dorados caen sobre los que bailan, nosotros dos, los otros se divierten haciendo piruetas entorno a una hoguera gigante.

- Acabas de demostrar que me amas, tus lágrimas se han convertido en perlas negras y de única unión en la que sucedió eso nací yo, el único que ha conseguido que todos los gansmos estén a salvo.

- Tu madre es una asesina de gansmos.

- Nadie sabe que fuiste tú y desde luego no vamos a decírselo. - apoya su frente contra la mía - Tes, eres el amor de mi existencia, si desean que continúe liderando mi ejercito, deberán aceptarte.

Sacudo la cabeza débilmente.

- Lo mejor es que yo no forme parte de esto, viviré en la sombra, tu mujer bandida. - bromeo

- Tú eres esto, sin ti no hay nada, Tes, lo eres todo, la salvación para los gansmos, ¿qué pueden tener en contra tuya? Además, lo que hiciste...

- Lo que soy.- le interrumpo.

- Lo que hiciste, - recalca severamente - tan solo lo saben los altos cargos, no ha cundido a la plebe ni a las demás comunidades, de Ñiro no ha salido.

- ¿La plebe? - exclamo divertida.

- Somos príncipes herederos, debes comenzar a aprender a tratar a la plebe.- me besa para evitar que me ría - Te tengo una sorpresa.

- ¿Cuál?—entrecierro los ojos, desconfiada.

- Ya lo verás.- sonríe con aire misterioso - por ahora disfruta del momento, no creo que Balmernia tarde mucho en venir a molestar. La aludida le hace un corte de mangas desde lejos.

- ¡Venga Alex! - exclamo con una excitada impaciencia.
Se coloca detrás mío y posa sus manos en mi cintura, estoy nerviosa.
- ¿Lista para que te quite el antifaz amarillo? - me pincha, con una clara
entonación que trasmite el "¿De verdad duermes con un antifaz amarillo,
Balmernia?" de antes.
- Sabes que sí.- chillo mordiéndome las uñas.
- Bien, pero primero voy a retirar el campo magnético para que notes el clima.
- ¡Ah! -contengo el aliento cuando un fuerte viento helado me golpea,
siento el hielo caer sobre mi rostro. - ¡¿QUÉ.ES.ESTO?! - chillo muy
emocionada.
Se ríe seductoramente junto a mi oído, me quita el antifaz amarillo y se lo
guarda en un bolsillo.
- No puede ser cierto.- exclamo asombrada. Ante mí se alza una inmensa
cadena de montañas cubiertas de hielo y justo frente a mí hay una cabaña
de madera que expulsa humo por la chimenea - ¿Dónde estamos? - exclamo
con la nieve helándome el rostro.
- En un pequeño planeta, lo que ves es lo que hay, este es tu planeta, lo he
comprado para ti, nadie lo encontrará gracias a un hechizo. Es mi regalo de
bodas, bueno, - se corrige - es el regalo de bodas que te hago yo a ti, quiero
decir...
- Cállate.- de ordeno sin mirarle.
Me encanta.
Me giro, sus ojos brillan con emoción, como dos luceros atrapados en medio
de un verde campo. Me tiemblan los labios, se me llenan los ojos de lágrimas,
chillo y me abalanzo sobre él, quien me lleva en brazos, riendo.
- Muy bien, señora Maxgrim, hora de conocer tu cabaña.
Hacemos un pequeño paseo turístico por la cabaña, me lleva en brazos.
Me muestra el salón, con chimenea de piedra, vigas de madera oscura, el
suelo está cubierto por mullidas alfombras y frente a la chimenea hay unas
montañas de cojines, el enorme sofá está tapizado con piel sintética que
imita a la de un oso polar. La cocina es pequeña y rosa chicle y el baño muy
siglo diecinueve, completamente blanco y dorado.
- No hay dormitorio.- susurro cuando estamos de vuelta en el cálido salón,
aún estoy alzada en sus brazos.
- No.
- ¿Donde vamos a dormir? - inquiero con una obvia sonrisa.
- ¿Quién te ah dicho que vamos a dormir? - inquiere a su vez alzando una
ceja con picardía. Me pongo roja. Se ríe de mí tiernamente.- además, ¿para

qué queremos? los cojines frente a la chimenea.- camina hacia el lugar mencionado.- Debemos darle un uso.

Me tiende sobre la moqueta, entre los cojines de tonos tierra y se tumba sobre mí.

Mi corazón repiquetea violentamente y él lo escucha latir desenfrenado.

- ¿Nerviosa? - besa suavemente mis labios.

- Un poco.- jadeo.

- No tienes motivos.- ronronea contra mi garganta.

Escucho el viento golpeando contra el vidrio de las ventanas, escucho el crepitar de las llamas del fuego de la chimenea y dejo de escuchar para entregarme, única y exclusivamente, a sentir.

- Te amo.- susurro con la dulce sensación de estar entre sus brazos.

- Lo sé.- afirma muy pagado de sí mismo, algo normal dada la situación, pero alzo los ojos hacia él, quién me tiene firmemente apretada contra su cuerpo.

- Se supone que debes decir que tú también me amas. - le critico.

- Pero si ya lo sabes.

- Tonto.- le beso el hombro con ternura.

Ronronea de placer cuando acaricio su musculosos y suave vientre. Me gusta su cuerpo, me gusta él por completo, lo que me hace sentir.

- ¿Quieres hacer algo relajante? - pregunta al cabo de un rato.

- estoy relajada.- afirmo perezosa, incapaz de moverme, incapaz de soltarle de mi abrazo, le tengo firmemente sujeto por la cintura y con una de mis piernas cruzadas sobre sus musculosos muslos.

- Muy bien, - me hace rodar como una pelota y se pone en pie de un salto.

- iré yo solo a relajarme.- y echa a caminar, completamente desnudo, hacia la puerta. Correteo tras él envuelta en una gruesa manta granate.

- ¿A dónde vas? - curioseo. Se carcajea y me alza en brazos, rápido como la luz. Chillo ante la sorpresa.

Camina sobre la nieve con total tranquilidad, rodeando mi cabaña, detrás de ella veo... ¿un estanque? Sí, es un estanque de aguas plateadas, parece acero líquido, rodeado por brillantes piedras moradas bajo un árbol de follaje rosa chicle.

- ¿Vamos a bañarnos? - me da la sensación de que está loco.

- Sí.

Vale, es un hecho, está loco.

Me deja de pie sobre una de las piedras moradas y él se zambulle en el estanque, su circunferencia es bastante grande y debe ser muy profundo para que Alex pueda tirarse de cabeza.

El agua plateada resbala por su cuerpo perfecto cuando sale a la superficie, muy cerca de mí.

- ¿Está muy fría? - no me fío un pelo de él.
- Pero si tú no notas el frío.- se ríe.
- El agua helada es desagradable. - protesto - ¿Está muy fría? - insisto.
- Está caliente.

Está bien, tendré que fiarme de él.

Meto un pie en el agua... ¡está caliente!

Dejo caer el cobertor y me adentro en el agua que me da un poco de miedo, la verdad, Alex se apresura a abrazarme.

Nos sentamos en... no sé donde pero nos sentamos dentro del estanque con nuestros cuerpos entrelazados.

- Relajante, ¿verdad?- musita Alex contra la comisura de mis labios.
- Solo porque tú estás con migo, este agua me da miedo.
- ¿No temes a Iván pero sí a un estanque porque tiene el agua plateada? - exclama con incredulidad.
- Es diferente.- protesto.
- Cierto, Balmernia firma que la plata líquida es buena ara la piel.

Sus labios absorben mis carcajadas un segundo antes de transportarme al mundo de las caricias.

- ¿Qué árbol es? - le pregunto.

Su follaje es demasiado rosa chicle para tratarse de un almendro y tampoco me ayuda a identificarlo como tal el tronco y las ramas azul medianoche.

- Debería saber su nombre,- arruga la nariz - pero odio tanto la botánica que todo lo que aprendí lo he borrado de mi mente, de modo que lo único que sé es que da un fruto muy rico. - sopla hacia las ramas del árbol, se sacuden y cae algo que Alex atrapa. Es una especie de huevo blando color granate, lo abre por la mitad, dentro tiene una crema jugosa azul mora y pepitas doradas que relucen como oro.

- Ten. - cojo la mitad que me tiende con desconfianza; espero que no quiera que me muera.

No. No quiere matarme porque se acaba de comer su mitad de un solo bocado.

Le doy un pequeño mordisco. No sabe a nada.

- Mastica las pepitas doradas y no me mires como si te estuviera envenenando, los harish son comestibles.

Hago lo que él me dice, mastico, la pepita dorada explota dentro de mi boca y se derrama sobre mi lengua mezclándose con la crema azul mora. Es la cosa más deliciosa que he probado en toda mi vida

- ¿Cómo es posible que exista algo tan delicioso?

- No lo sé, me limito a comerlo, no ha cultivarlo.

Aparto la mirada de la fruta y la clavo en sus ojos verdes, siento como un sentimiento maravilloso me recorre: su amor. Puedo sentirlo dentro de mí desde que intercambiamos nuestras almas en la ceremonia.

- Nunca he tenido claro el motivo de mi existencia, - me dice tras besarme - ahora sí, nací para conocerte, para casarme con tigo y hacerte feliz.

Enredo mis brazos entorno a su cuello y me aprieto contra él. Nuestro amor es de esos que destruyen, obsesivo e intenso, sé que lo que sentimos terminará matándonos a uno o a ambos, pero no importa, el tiempo que pasemos juntos compensará con creces cualquier tipo de sufrimiento.

Lo que verdaderamente me fortalece, es la certeza de que pase lo que pase, siempre acabaremos juntos.

Como nuestro amor no hay otro. Una amor más allá de todo límite conocido, un amor que traspasará las fronteras de la muerte, un amor que prevalecerá por encima de todo.

Made in the USA
Las Vegas, NV
03 February 2025